Time Tunnel

Bibliografische Information der Deutschen Nationalbibliothek:
Die Deutsche Nationalbibliothek verzeichnet diese Publikation in der Deutschen Nationalbibliografie; detaillierte bibliografische Daten sind im Internet über http://dnb.dnb.de abrufbar.

TWENTYSIX – Der Self-Publishing-Verlag
Eine Kooperation zwischen der Verlagsgruppe Random House und BoD – Books on Demand

© 2019 Detlef Wolf, Raesfeld-Erle

Herstellung und Verlag: BoD – Books on Demand, Norderstedt

ISBN: 978-3-740714796

Lektorat, Korrektorat, Layout: Cornelia Soltau, pegasusArt, Waldkirch, csoltau@pegasusart.de

Umschlaggestaltung: Covergrafik: Microprisma/ Ruslan Guzov/ Tekla Pototska/ sumroeng chinnapan/ sumroeng chinnapan/ Dinar Omarov/ saiko3p/ Shutterstock.com

Detlef Wolf

Time Tunnel
Eine Reise ins 21. Jahrhundert

Inhalt

Ein Wort zuvor 6
Kapitel 1 – A. D. 1345 7
Kapitel 2 – A. D. 2013 17
Kapitel 3 – A. D. 1345 26
Kapitel 4 – A. D. 2013 37
Kapitel 5 – A. D. 1345 48
Kapitel 6 – A. D. 2013 57
Kapitel 7 – A.D. 1345 93
Kapitel 8 – A.D. 2013 97
Kapitel 9 – A.D. 2007 109
Kapitel 10 – A.D. 2013 116
Kapitel 11 – A.D. 1351 124
Kapitel 12 – A.D. 2013 129
Kapitel 13 – A.D. 1353 140
Kapitel 14 – A.D. 2013 145
Kapitel 15 – A.D. 1354 155
Kapitel 16 – A.D. 2013 159
Kapitel 17 – A.D. 1355 167
Kapitel 18 – A.D. 2013 171
Kapitel 19 – A.D. 2014 186
Detlef Wolf 190

Ein Wort zuvor

Wie immer, so ist auch diese Geschichte meiner Phantasie entsprungen. Es gibt keinen Zusammenhang mit Personen und tatsächlichen Begebenheiten, und falls jemand doch einen solchen konstruieren kann, so habe ich das nicht beabsichtigt. Das wäre dann ein Zufall.
Das gilt auch für die Namen der Personen in dieser Geschichte. Ich habe sie gewählt, weil sie mir gefallen haben oder weil ich sie, entsprechend der Charaktere der Protagonisten, für passend hielt. Falls jemand tatsächlich so heißt, wie eine Person aus dieser Geschichte oder sich in einer solchen zu erkennen glaubt, so ist er nicht gemeint. Ganz sicher nicht.

Raesfeld-Erle, im September 2015

Detlef Wolf

Kapitel 1 – A. D. 1345

„Hab Dank für Dein Geleit." Giselher von Raesfeld, Ratsherr der Stadt Koblenz und Gewürzhändler, nahm ein paar Münzen aus seinem Beutel und drückte sie dem Jungen in die Hand, der ihn mit seiner Fackel den Weg vom Rathaus zu seinem prächtigen Haus in der Löhrstraße unweit des Löhrtors begleitet hatte.

Der Junge steckte hurtig die Münzen ein und bedankte sich. „Vergelt's Gott, edler Herr."

Er verbeugte sich vor dem Ratsherrn und machte sich auf den Rückweg. Vielleicht gab es ja noch mehr Leute, die einen Fackelträger wie ihn brauchten, um in dieser tiefschwarzen Nacht, die kein Stern erhellte, nach Hause zu finden.

Konrad, der Fackelträger, hingegen fand den Weg auch im Dunkeln, so gut kannte er sich aus in den Gassen seiner Heimatstadt Koblenz. Lange genug versah er diesen Dienst schließlich schon, sechs Jahre immerhin, seit dem Tag, an dem seine Mutter verschwunden war.

Sie hatte als Kleidermacherin den Löwenanteil zum Einkommen der Familie beigetragen, denn der Vater war ein fauler, grobschlächtiger Nichtsnutz, der sich nur gelegentlich als Tagelöhner im Hafen verdingte und danach vielfach das wenige Geld, das er für seine Arbeit erhielt, in der nächstbesten Schenke durchbrachte.

Dann war die Mutter plötzlich nicht mehr da, sie war verschwunden, von einem Tag auf den anderen. Niemand wusste, wohin sie gegangen war. Warum sie fort war, das konnte man sich in der Nachbarschaft schon vorstellen. Jeder hier kannte Ruprecht Merseburger und wusste, wie gewalttätig er gegen seine Frau und seine drei Kinder werden konnte, wenn er getrunken hatte. Und betrunken war er oft.

Kein Wunder also, dass sie es irgendwann nicht mehr ausgehalten hatte und einfach davongelaufen war. Obwohl man eigentlich niemals von ihr gedacht hätte, dass sie es fertigbringen würde, ihre drei Kinder, von denen das Jüngste noch ein Säugling war, im Stich zu lassen. Ruprecht musste ihr schon sehr zugesetzt haben, um sie so weit zu treiben.

Zum Glück für Ruprecht, vor allem aber seine drei Kinder, gab es Sieglinde, seine ältere Schwester, die verwitwete Frau des Bäckermeisters Godebrecht. Die war zwar eine streitsüchtige, unleidliche Person, aber sie hatte ein großes Haus, in dem sie sechs Kinder großgezogen hatte. Bis auf den Ältesten, Heinrich, der inzwischen das Geschäft seines Vaters weiterführte, waren sie allesamt ausgezogen und lebten mit ihren Familien im weiten Umkreis von Koblenz verstreut.
Sieglinde war alles andere als begeistert, ihren trunksüchtigen Tunichtgut von Bruder und seine Brut bei sich aufnehmen zum müssen, aber was blieb ihr anderes übrig? Die vermeintliche christliche Nächstenliebe und Barmherzigkeit den anderen gegenüber, allemal wenn sie aus derselben Familie stammten, gebot es nun einmal. Denn selbst versorgen konnte Ruprecht seine Kinder nicht. Konrad vielleicht, der war inzwischen neun Jahre alt, mit dem wäre er zurechtgekommen. Nicht aber mit der kleinen Gertrude, die schon immer etwas kränklich gewesen war, und mit Johann, dem Säugling.
Also zogen die vier Merseburgers wenige Tage nach dem Verschwinden der Mutter in das Haus der Bäckerin um.
Sieglinde allerdings war weit davon entfernt, ihrer Verwandtschaft ein kostenloses Obdach zu gewähren. Energisch trieb sie Ruprecht zum Arbeiten an, und auch der junge Konrad musste sich am Broterwerb beteiligen. Alsbald brachte sie ihren Sohn Heinrich dazu, sich das Haus der Merseburgers überschreiben zu lassen, damit es verkauft werden und sie den Erlös einkassieren konnte, als Kostgeld und Mietzins für die vier Merseburgers unter ihrem Dach.
Konrad folgte dem Gebot seiner Muhme und suchte sich eine Beschäftigung. Er wurde Fackelträger, denn keiner der Handwerker in Koblenz wollte ihn als Lehrling einstellen, schon gar nicht, wenn Vater oder Tante nicht bereit oder nicht in der Lage waren, das Lehrgeld zu bezahlen, das üblicherweise fällig war. Außerdem hielten sie Konrad für viel zu schmächtig. Der Junge musste ja erst einmal aufgepäppelt werden, bevor er zum Arbeiten taugte und sich somit sein Essen verdienen konnte.
Sieglinde kam es jedenfalls gerade recht, dass Konrad eine Tätigkeit gefunden hatte, die ihn in der Nacht beschäftigte. So konnte er tagsüber

seine kleineren Geschwister hüten, in der Zeit, die sie selbst in der Bäckerei mithalf.

Das einzige Zugeständnis, das die Bäckerswitwe Konrad machte, war die Erlaubnis, die Lateinschule der Kartäuser auf dem Beatusberg zu besuchen. Auf die hatte ihn seine Mutter schon geschickt, seit er sechs Jahre alt geworden war. An drei Vormittagen in der Woche gestattete Sieglinde ihm nun, auf den Beatusberg zu den Kartäusern hinaufzusteigen. Ganz selbstlos war allerdings auch das nicht, bekam doch der Junge, der immer einen guten Appetit hatte, an den Schultagen auch gleich eine warme Mahlzeit im Kloster. Drei Mahlzeiten in der Woche, für die sie nicht aufkommen musste.

Oft war Konrad hundemüde, wenn er, nachdem er fast die ganze Nacht hindurch mit seiner Fackel die Leute durch das nächtlich dunkle Koblenz begleitet hatte, am frühen Morgen zur Frühmesse ins Kloster ging. Denn der Besuch der Frühmesse war für die Schüler der Lateinschule obligatorisch. Zur Prim hatte man da zu sein und durfte danach mit den Mönchen das karge Frühstück im Refektorium einnehmen, bevor der Unterricht begann, der zur Sext, nach dem Angelusläuten mit dem Mittagsgebet endete. Danach gab es das Mittagessen.

Trotz der Mühe, die es machte, ging Konrad gerne zur Schule, und er war ein guter Schüler. Denn er war schlau, was nicht sein Verdienst war, und er war fleißig, wofür er sehr wohl etwas konnte. Es war nicht immer einfach, Papier und Tinte zu besorgen, wenn er etwas aufschreiben wollte, aber meistens schaffte er es irgendwie. Das meiste allerdings schrieb er auf sein Wachstäfelchen und wischte es wieder weg, wenn der Platz zu knapp wurde. Aber manches Geschriebene wollte er auch länger aufbewahren, und dafür brauchte man eben Papier, Federkiel und Tinte.

Die beschriebenen Blätter verwahrte er in der Truhe, die er von zu Hause mitgebracht und in der die Mutter einst ihre Nähsachen untergebracht hatte. Jetzt stand die Truhe in der kleinen, zugigen Kammer unter dem Dach, die ihm die Tante zugewiesen hatte. Diese und eine weitere Truhe, in der er seine Kleidung aufbewahrte, bildeten die einzigen Möbelstücke in dieser Kammer. Schlafen musste er auf einem

Strohsack. Zum Schreiben setzte er sich auf die eine und legte das Papier auf die andere Truhe. Es war mühsam und unbequem, da die beiden Truhen beinahe die gleiche Höhe hatten. Allemal im Winter, weil die Kammer nicht beheizt werden konnte. Aber das machte ihm nichts aus. Wenn er nur überhaupt schreiben konnte.
Oft kam das allerdings nicht vor, denn viel Zeit hatte er nicht. Schließlich musste er sich tagsüber um seine kleinen Geschwister kümmern und, wann immer sich die Gelegenheit bot, auch einmal schlafen. Denn sobald es dunkel wurde, zog er mit seiner Fackel los, immer auf der Suche nach Leuten, denen er mit seinem Licht den Heimweg zeigen konnte.

***

Konrad machte sich auf den Weg zum Markt. Zu dieser Stunde würde es dort sicherlich noch einige geben, die auf seine Dienste angewiesen waren. Angesichts des morgigen Markttages waren viele Fremde in der Stadt, da würde er gut zu tun haben.
Aber wider Erwarten war es ruhig auf dem Marktplatz. Also ging er weiter zum Frauenhaus. Das tat er ungerne, denn die Besucher dieses Hauses waren in der Regel ziemlich ungehobelte Gesellen, geizig zumindest, die ihm nicht selten seinen Dienst mit ein paar Hieben statt mit klingender Münze vergolten, wenn sie nach dem Besuch der aufreizenden Weiber und dem Genuss von zu viel Branntwein wieder herauskamen.
Tatsächlich brauchte er nicht lange zu warten, bis jemand aus dem Haus kam. Konrad bemerkte sofort, dass der Mann angetrunken war, aber er konnte sich einigermaßen auf den Beinen halten und machte auch sonst einen eher friedfertigen Eindruck.
„Braucht Ihr ein Licht für den Heimweg, mein Herr?", fragte er den Mann.
Der schien ihn bislang nicht bemerkt zu haben. Sein bisher eher finsterer Blick hellte sich auf.
„Kennst Du das Gasthaus am Rhein, in der Nähe von Sankt Kastor?", fragte er.

Konrad nickte. „Ja, das ist mir bekannt, mein Herr."
„Gut, dahin will ich."
„Dann folgt mir, bitte."
Konrad ging voraus und hielt sein Licht so, dass der Mann keine Mühe hatte, seinen Weg zu finden und Hindernissen auszuweichen.
„Morgen ist Gerichtstag", meinte der Mann, nachdem sie ein paar Schritte gegangen waren. „Der Vogt des Erzbischofs ist in Koblenz. Gestern ist er angekommen."
„Ja, das ist mir bekannt", antwortete Konrad.
„Ein Räuber und Mörder wird unter das Rad kommen. Ich werde hingehen. Einen Tag bin ich deshalb länger in Koblenz geblieben. Ein solches Spektakel sollte man sich nicht entgehen lassen. Du wirst doch sicher auch hingehen?"
Konrad schüttelte den Kopf. „Nein. Ich werde in der Schule sein, wenn es geschieht."
„Das ist bedauerlich. Da entgeht Dir etwas."
Unterdessen hatten sie das Wirtshaus erreicht. Das enthob Konrad einer weiteren Antwort. Er war froh darüber, denn es war ihm unbehaglich zumute bei diesem Thema. Aus einem guten Grund.
Der Mann gab Konrad ein paar kleine Münzen, die er lose in einer Tasche seines Beinkleides bei sich trug. Wie bei jedem bedankte sich Konrad mit einer kleinen Verbeugung und einem „Vergelt's Gott". Dann drehte er sich um und verschwand in der Nacht.

***

In der Frühmesse war Konrad nicht bei der Sache. Immerzu musste er an das denken, was sich am Mittag auf dem Richtplatz abspielen würde. Es nahm ihn so sehr mit, dass er nicht einmal sein Frühstück anrührte. Wenigstens würde es ihm erspart bleiben, das grausige Schauspiel mit ansehen zu müssen.
Aber er hatte sich getäuscht.
Die Kartäuser Mönchsbrüder hatten sich entschlossen, Pater Remigius, einen der ihren, der ausgewählt worden war, dem Verurteilten in seiner letzten Stunde beizustehen, zur Hinrichtungsstätte zu begleiten. Die

Schüler der Lateinschule nahmen sie mit. Ausschließen durfte sich keiner.

Konrad war leichenblass, als er in dem kleinen Trupp seiner Mitschüler vom Kloster auf dem Beatusberg zum Richtplatz hinunterging. Eine große Menschenmenge hatte sich bereits versammelt und noch immer strömten die Leute in Scharen durch das weit geöffnete Stadttor hinaus. Besonders viele waren es heute, denn es war Markttag, und viele von außerhalb hielten sich in der Stadt auf.

Ein Platz war freigehalten worden für Pater Remigius und die Kartäusermönche. Dorthin begaben sie sich. Konrad sah zu, in die letzte Reihe zu kommen, um möglichst weit weg vom Geschehen zu sein. Bereitwillig wurde ihm das gewährt, denn alle anderen drängten möglichst weit nach vorne, um ja nichts zu verpassen.

Man hatte ein Schafott aufgebaut, auf dem der Verurteilte zu Tode gebracht werden würde und auf dem auch der Vogt in seinem Richterstuhl Platz nehmen würde.

Da kam er auch schon. In seiner Kutsche, verziert mit dem Wappen des Erzbischofs und Kurfürsten von Trier, gezogen von zwei prächtigen Schimmeln. Die Kutsche hielt vor dem Schafott an, der Vogt, ein kleiner, rundlicher Mann, arbeitete sich mühsam heraus, stieg die Stufen empor und ließ sich ächzend in seinem Richterstuhl nieder.

Kurz darauf folgte ein weiteres Gefährt, ebenfalls von zwei Pferden gezogen. Darauf befand sich der Verurteilte, in Ketten gelegt, die am hölzernen Aufbau des Wagens befestigt waren, und vier Büttel, die benötigt wurden, um den kräftigen Mann zu bändigen.

Der Mann war Ruprecht Merseburger, Konrads Vater.

Muhme Sieglinde hatte Konrad gesagt, wessen der Vater sich schuldig gemacht hatte. Mit Abscheu in der Stimme hatte sie ihm berichtet, wie er eines Abends ins Frauenhaus gegangen war, um sich dort zu vergnügen. Als es ans Bezahlen ging, wollte er der Frau, der er beigewohnt hatte, den Lohn schuldig bleiben. Zu schlecht sei das gewesen, was sie geleistet habe. Statt sie zu bezahlen, hatte er ihr Gewalt angetan und sie dann erwürgt, nachdem er ein zweites Mal seinen Trieb befriedigt hatte. Noch in derselben Nacht hatten sie ihn geholt.

Vier Mann waren nötig gewesen, ihn zu binden und abzuführen. Mit der Kraft eines Verzweifelten hatte er sich gewehrt. Denn er wusste, was ihn erwartete. Auf Räuberei, Notzucht und Mord stand der Tod durch das Rad.

Heute nun war es soweit. An diesem Tag sollte das Urteil vollstreckt werden.

Die Büttel lösten die Ketten vom Wagen und stießen Ruprecht hinunter. Wie ein Klotz fiel er zu Boden, denn seine Hände und Füße waren eng aneinander gekettet, so dass er den Sturz nicht abfangen konnte. Dann schleiften sie ihn hoch auf das Schafott, warfen ihn auf den Boden und ketteten seine Hände und Füße an vier kräftige Holzpfähle, die aus dem Boden herausragten und so weit auseinanderstanden, dass Arme und Beine weit gespreizt waren. Unmöglich war es nun für ihn, sich noch zu rühren.

Während zwei der Büttel dem Todgeweihten die Kleider vom Leib rissen, holten die anderen beiden das große, eisenbeschlagene Rad mit den sechs Speichen, mit dem ihm die Knochen zerschlagen werden sollten. Als er es sah, begann er vor Entsetzen zu schreien.

Der Vogt erhob sich und streckte die Hand aus. Der Lärm, den die Zuschauer machten, die inzwischen den weiten Platz zur Gänze gefüllt hatten, ebbte ab. Mit ein paar kräftigen Fußtritten stoppte einer der Büttel das Geschrei des Verurteilten.

Man reichte dem Vogt eine Papierrolle, die dieser langsam und feierlich entrollte.

„Ruprecht Merseburger", begann der Vogt mit lauter Stimme, „Du bist angeklagt und für schuldig befunden worden der todeswürdigen Verbrechen der Notzucht, der Räuberei und des Mordes an der Dirne Irmtraut Kohlhas. Im Namen und Auftrag Balduins, des ehrwürdigsten Kurfürsten und Erzbischofs von Trier bist Du daher verurteilt zum Tode durch das Rad. So groß ist Deine Schuld, dass man mit der Prozedur von unten nach oben beginnen soll. Danach wirst Du auf das Rad geflochten, das, hoch aufgerichtet, an diesem Ort verbleiben möge, bis die Vögel des Himmels, der Wind und das Wetter, Deinen verdammten Leib vollends zunichtegemacht haben."

Der Vogt rollte das Pergament wieder ein und setzte sich auf seinen Stuhl.

„Man möge beginnen", sagte er, an die Büttel gewandt.

Auf dieses Wort hin stieg Pater Remigius die Stufen zum Schafott hinauf und nahm an der Seite des Richterstuhls Aufstellung.

Als zwei der Büttel nach dem Rad griffen, begann er zu beten: „Pater noster, tu es in Coelis ..."

Aber sein Gebet ging im Gebrüll des Verurteilten unter, der wieder zu schreien begonnen hatte, sobald die Büttel das Rad anhoben, um es auf Ruprecht Merseburgers rechten Unterschenkel herabfallen zu lassen.

Der Schrei, den er ausstieß, als das schwere Rad die Knochen seines Unterschenkels zerbrach, schien aus keiner menschlichen Kehle zu kommen.

Konrad hatte sich hinter seinen Mitschülern verborgen, um nicht mitansehen zu müssen, was seinem Vater da widerfuhr. Den entsetzlichen Schmerzensschreien konnte er allerdings nicht entkommen.

Während die Büttel das Rad wieder aufnahmen, sank er zu Boden.

***

Am frühen Nachmittag war es vorbei.

Ruprecht Merseburger hatte seine gerechte Strafe erhalten. Bereits, als man seine gebrochenen Glieder durch die Speichen des Rades flocht, lebte er nicht mehr.

Nachdem die Büttel das Rad mit dem Leichnam darauf aufgerichtet hatten, zerstreute sich die Menge.

Konrad blieb allein zurück, unfähig, sich zu rühren.

Jetzt hatte er also auch keinen Vater mehr. Nicht, dass er ihn nötig gebraucht hätte, hatte sich dieser doch Zeit seines Lebens kaum um ihn und seine jüngeren Geschwister gekümmert. Aber es war ein Makel, ohne Eltern zu sein, umso mehr durch die Schande, die der Vater mit seinem abscheulichen Verbrechen über die Familie gebracht hatte.

„Konrad, der Sohn des Räubers und Mörders Ruprecht Merseburger, den sie aufs Rad geflochten hatten", würde man ihn nennen. Und es

war zweifelhaft, ob sich ein achtbarer Bürger noch von so einem des Nachts die Fackel tragen lassen wollte.
Als die Sonne bereits tief im Westen stand, gelang es ihm endlich, sich aufzurappeln und nach Hause zu gehen.
Seine Muhme würdigte ihn keines Blickes, als er das Haus betrat, noch richtete sie das Wort an ihn. Jetzt nicht und auch später nicht, als sich alle um den großen Tisch versammelt hatten, um das Nachtmahl einzunehmen. Wieder vermochte Konrad kaum etwas zu essen. Ebenso wenig wie die jüngeren Geschwister es konnten. Still saßen sie auf ihren Stühlen, Gertrude, die inzwischen elf Jahre alt war und die in der Bäckerei ihres Cousins und ihrer Muhme arbeitete und die immer noch etwas kränklich war, und der sechsjährige Johann, der Liebling der Schwiegertochter der Tante.
Zu gerne hätte sich Konrad an diesem Abend in seiner Kammer verkrochen. Er fühlte sich elend und wollte niemanden sehen und auch mit niemandem reden. Trotzdem ging er wieder hinaus, sobald es dunkel geworden war. Es half ja nichts, er musste sein Scherflein zum Unterhalt der Familie beitragen. Auch hätte es ihm die Muhme niemals gestattet, seiner Arbeit fernzubleiben.
Zum Glück bekam er reichlich zu tun. Noch immer waren ja viele Fremde in der Stadt, die ihn nicht kannten und die ihm daher nichts nachzusagen wussten. Morgen würde das anders sein, denn morgen waren sie alle wieder weg und die Koblenzer unter sich. Von denen wusste fast jeder, wer er war.
Sie kannten ihn und sie mochten ihn. Konrad Merseburger war eine ehrliche Haut, freundlich, höflich, anstellig und arbeitsam, auch wenn ihm die Mutter davongelaufen war und der Vater das genaue Gegenteil dieser Eigenschaften verkörperte.
Jetzt schien das nicht mehr zu zählen.
Konrads Befürchtungen bestätigten sich nur zu bald. Niemand von denen, die in der Stadt lebten, wollte mehr etwas mit ihm zu tun haben. Alle wandten sich von ihm ab. Nur Fremden konnte er sich noch andienen und das auch nur so lange, bis sie erfahren hatten, um wen es sich bei Konrad, dem Fackelträger, handelte.

Seine Verzweiflung wuchs von Tag zu Tag. Er brachte kaum noch Geld nach Hause, was seine Muhme Sieglinde gegen ihn aufbrachte, die ihm schon damit gedroht hatte, ihn auf die Straße zu setzen, sollte er nicht endlich seinen Beitrag leisten, wie sie das von ihm gewohnt war und was sie für das Mindeste hielt, um sich Kost und Obdach in ihrem Haus zu verdienen.

Noch schlimmer als das aber war die Verachtung, die ihm überall in der Stadt entgegenschlug.

Aus der Schule hatte man ihn hinausgeworfen, nachdem viele sich beschwert hatten, dass ihre Söhne mit ‚so einem' zusammen dem Unterricht folgen mussten. Überhaupt, wozu sollte ‚so einer' sich im Lesen und Schreiben und den anderen Künsten üben? Pah, der Sohn eines Mörders, was sollte aus dem schon werden?

Auch mit dem fröhlichen, freundlichen Plausch der Fackelträger, wenn sie sich nächtens zwischen ihren Gängen auf dem Marktplatz trafen, war es vorbei. Für Konrad jedenfalls. Sobald die anderen ihn sahen, wandten sie sich ab und gingen davon. Ob sie sich stattdessen anderswo wiedertrafen, wusste er nicht. Und er suchte auch nicht nach ihnen, weil er wusste, dass es wieder so sein würde.

Zusehends verlor Konrad an Gewicht und Kraft. Denn die Mahlzeiten, die er bislang im Kloster der Kartäuser einnehmen konnte, wurden durch solche im Haus der Bäckerswitwe nicht ersetzt. Allemal, da er jetzt noch weniger Lohn nach Hause brachte als zuvor, hielt sie es für ihr gutes Recht, ihm dieses zusätzliche Essen zu verweigern.

Es stand schlimm um Konrad, den Fackelträger.

Kapitel 2 – A. D. 2013

Das Flugzeug war pünktlich gelandet. Beate und Lukas warteten geduldig, bis sie mit dem Aussteigen an der Reihe waren. Das hatte gedauert, aber jetzt war es endlich soweit. Mühsam quälten sie sich aus den engen Sitzen und nahmen das Handgepäck aus den Ablagefächern. Das war so umfangreich wie es gerade noch sein durfte. Sie hatten alles hineingestopft, was sie für ihren zweiwöchigen Campingurlaub an der kroatischen Küste brauchten. Viel war das nicht, denn der Wohnwagen, den sie dort gemietet hatten, war komplett ausgestattet, und zum Anziehen brauchten sie ebenfalls kaum etwas. Also konnten sie sich einen Koffer sparen, der nur zusätzliches Geld gekostet hätte, wollten sie ihn im Flugzeug mitnehmen.

Überhaupt waren sie einigermaßen billig davongekommen. Der Flug mit einer Billigairline, der Campingplatz und die Verpflegung, um die sie sich meistens selbst kümmerten, hatte ihre knapp bemessene Reisekasse nicht allzu sehr belastet. Klar, sie hätten's auch wesentlich bequemer haben können. Wenn sie mit den Eltern in den Urlaub gefahren wären. Aber das wollten sie nicht. Erstens waren sie mit ihren achtzehn und neunzehn Jahren längst aus dem Alter heraus, gemeinsam mit den Eltern Ferien zu machen, und zum zweiten hätte das geheißen, den Urlaub getrennt voneinander zu verbringen.

Letzteres hatte schließlich den Ausschlag gegeben.

Es war ihr erster gemeinsamer Sommerurlaub, denn kennen gelernt hatten sie sich erst im letzten Herbst, zu Beginn des Wintersemesters. Beide studierten sie in Aachen. Lukas Maschinenbau an der Technischen Hochschule und Beate Germanistik auf Lehramt. Bei einer Informationsveranstaltung für die Erstsemester waren sie sich zum ersten Mal begegnet. Zufällig. Im Hörsaal gab es zwei freie Plätze nebeneinander.

Weil die Einführungsveranstaltung langweilig war – das meiste, das dort erzählt wurde, kannten sie schon –, waren sie miteinander ins Gespräch gekommen. Und weil sie sehr schnell feststellten, dass sie sich allerhand zu erzählen hatten, entschlossen sie sich, nach der Veranstaltung ihr Gespräch in einer Pizzeria in der Innenstadt fortzusetzen. Und weil das immer noch nicht genug war, entschlossen sie sich nach dem Essen, sich erneut zu verabreden.

Wann? – Keine Ahnung. Sie tauschten ihre Handynummern aus und versprachen, sich irgendwie für irgendwo und irgendwann zusammenzutelefonieren.

Lange hatte das nicht gedauert, denn schon am nächsten Tag trafen sie sich wieder. Im ‚Café zum Mohren' diesmal, gleich in der Nähe des Doms. Ob der Kuchen dort gut war, vermochten sie hinterher nicht mehr zu sagen, der Kaffee war jedenfalls am Ende kalt geworden, so vieles gab es, über das sie auch diesmal reden konnten.

Das änderte sich auch nicht, nachdem sie sich noch viele Male getroffen und sich dabei viele Stunden miteinander unterhalten hatten. Wobei diese Treffen keineswegs immer in irgendwelchen Cafés oder Pizzerien stattfanden. Das gab ihr begrenztes Studentenbudget einfach nicht her. Schließlich brauchte man zum Reden ja auch nicht unbedingt in einem Café oder einer Kneipe zu sitzen. Jedenfalls nicht immer. Oft tat es auch die Mensa oder der Stadtpark, der zudem den Vorteil hatte, dass man miteinander durch die frische Luft laufen konnte.

Anfangs taten sie das, locker nebeneinander her schlendernd, später dann Hand in Hand. Dass das Wetter, der Jahreszeit entsprechend, oftmals eher schmuddelig als gut war, störte sie nicht. Dafür gab es warme Kleidung. Und die wiederum hinderte sie nicht daran, sich nach einiger Zeit, die sie nun schon mit Reden verbracht hatten, zum ersten Mal zu küssen. Mitten auf der Wiese vor dem großen Springbrunnen, östlich des Kurhauses. Der war zwar jetzt abgestellt und konnte sie daher nicht mehr mit seinem Rauschen betören, aber das machte nichts. Das Rauschen in ihren Ohren, das sie empfanden, als sie sich umarmten und sich ihre Lippen das erste Mal fanden, genügte ihnen vollkommen.

Über Weihnachten hatten sie dann ihre Eltern überredet, ihnen statt der beiden einzelnen Zimmer in zwei verschiedenen und zu allem Überfluss auch noch weit auseinanderliegenden Studentenwohnheimen, eine gemeinsame Wohnung zu mieten. Die Kosten seien ja die gleichen, hatten sie argumentiert und so spare man sich aber die viele Zeit, die das lästige Hin- und Herfahren durch die Stadt koste, wenn man sich gelegentlich sehen wolle. Also gelegentlich, täglich, sollte das heißen. Denn es sei doch erstaunlich, wieviel man sich zu sagen habe.

Augenzwinkernd hatten beide Elternpaare zugestimmt, und schon zum Ende des Wintersemesters konnten sie umziehen. In eine sechsundsiebzig Quadratmeter große Wohnung in der Nähe der Frankenburg. Das war nun nicht gerade *sooo* zentral, so dass die Aachener Verkehrsbetriebe durch das Unterbleiben der beiderseitigen Pendelei keine allzu großen Verluste hinnehmen mussten, aber dafür war es eine Neubauwohnung mit Balkon und Tiefgarage. Neben dem Wohnzimmer und der gut ausgestatteten Küche, die sie beide gemeinsam nutzen wollten, gab es für jeden noch ein weiteres Zimmer, in dem sie sich, ganz individuell, ihrem Studium und dem Schlafen widmen konnten. Gegenseitige Besuche nicht ausgeschlossen. Auch nicht nach zweiundzwanzig Uhr.

Allerdings, wie schon zuvor die zeitraubende Fahrerei durch die Stadt, wurde es ihnen alsbald auch mit den Besuchen in ihren jeweiligen Zimmern zu lästig, zumal es in einem Einzelbett ziemlich eng zuging, wenn man dort einen Übernachtungsgast beherbergen wollte. Selbst dann, wenn man sich mochte. Sogar, wenn man sich *sehr* mochte.

Also beschlossen Beate und Lukas, ihre individuellen Studier- und Schlaf-Kombizimmer aufzugeben und diese in ein gemeinsames Schlaf- und ein gemeinsames Studierzimmer umzufunktionieren. Seitdem besuchten sich die beiden nicht mehr. Das hielten sie nicht mehr für nötig, denn sie waren ja ohnehin immer zusammen.

Und weil sie das auch bleiben wollten, entschlossen sie sich weiterhin, in dem nun kommenden Sommer gemeinsam in den Urlaub zu fahren. Nach Kroatien. Dort war es schön und sonnig und preiswert, und eine Badehose brauchte man dort auch nicht. Eigentlich überhaupt keine Kleidung, wenn man das denn so wollte.

Beate und Lukas wollten. In ihrer Wohnung brauchten sie ja auch keine. Die meiste Zeit über jedenfalls nicht. Sie hatten sich das so angewöhnt. Genauso wie die gegenseitige Besucherei wurde ihnen auch recht schnell die gegenseitige An- und Ausziehere zu lästig. Das kostete nur

Zeit, die man anders besser nutzen konnte. Zum Studieren beispielsweise. Schließlich war das ja ihre vornehmste Aufgabe. Einschließlich des gegenseitigen Studierens. Das allerdings fand vornehmlich in der vorlesungsfreien Zeit statt. Aber auch in den Semesterferien. Und so wie die Dinge lagen, würde sich *dieses* Studium über viele Semester hinziehen.

Vorerst jedoch war es erst einmal Frühling geworden, und als die beiden bei einem Spaziergang auf der Wiese vor dem Springbrunnen, östlich des Kurhauses, ihren ersten Kuss wiederholten – aus einer romantisch-sentimentalen Anwandlung heraus – war ihnen, diesmal begleitet vom Rauschen der wieder eingeschalteten Wasserfontäne, die Idee mit dem Kroatienurlaub gekommen.

Der unmittelbar darauf vorgenommene Kassensturz betätigte ihnen, dass es bei dieser Idee nicht bleiben musste, sondern dass diese auch durchaus umsetzbar war. Herausgefunden, wohin sie wollten, hatten sie schnell. Ganz altmodisch buchten sie daraufhin ihren Mietcaravan in einem Reisebüro, nicht ohne der Chefin dieses Etablissements noch ein wunderbar kitschiges Kroatienposter abzuschwatzen, das sie dann zu Hause auf die Innenseite der Schlafzimmertür klebten. Dieserart wurden sie jedes Mal gleich nach dem Aufwachen daran erinnert, dass ihnen noch etwas Schönes bevorstand, was die Vorfreude darauf nicht unerheblich vergrößerte und immer wieder aufs Neue anstachelte.

∗∗∗

Nun war der Urlaub allerdings vorbei, und sie standen beide wieder auf heimischem Boden. Gut gelaunt, gut erholt und nahtlos gebräunt. Und das Wetter, in das sie kamen, nachdem sie das Flugzeug verlassen hatten, sah ganz danach aus, als ob sich das auch nicht so schnell ändern würde. Jedenfalls war es jetzt, um Viertel nach neun am Vormittag, schon ganz schön muckelig warm, selbst auf den rauen Höhen des Hunsrücks.

Sie ignorierten das Gedränge rund um das Gepäckband und machten sich mit ihren Rucksäcken, die sie inzwischen aufgeschnallt hatten, auf den Weg zum Parkplatz für Langzeitparker, auf dem sie ihr Auto abgestellt hatten. Das war Lukas' ganzer Stolz. Ein Golf TDI. Zwar nicht mehr so ganz taufrisch, aber dafür mit allerhand unter der Haube. Und mit seinen Initialen und seinem Geburtstag auf dem Nummernschild: „LK 77", Lukas Kramer, geboren am siebten Juli.

Den Tag hatten sie während ihrer Ferien gefeiert. Mit einer Riesen-Fete. Zwar nahmen daran nur zwei Personen teil, aber auch so war es ein aufregendes Fest gewesen. Die ganze Nacht hatte es gedauert. Lukas grinste, als er daran dachte.

„Was ist, warum grinst Du so?", fragte Beate dann auch sofort. Denn natürlich war ihr das nicht entgangen.

„Och, nur so", meinte Lukas achselzuckend.

„Das glaub ich Dir nicht."

Immer noch grinsend wies Lukas auf das Autokennzeichen. „Ich musste nur gerade an meinen Geburtstag denken. Und an Dein Geburtstagsgeschenk."

„Wieso? Ich hab Dir doch gar nichts geschenkt." Beate sah ihn irritiert an.

Sein Grinsen verbreiterte sich. „Doch, Dich", antwortete er.

Scheinbar empört knuffte sie ihn in die Seite. „Och, Du!"

Lachend brachte er sich vor ihr in Sicherheit.

„Jetzt komm, und schließ die Karre auf, damit wir endlich loskommen", verlangte sie.

Lukas tat ihr den Gefallen.

Als er den Kofferraum öffnete, entdeckte er das kleine Zelt, das er seit ewigen Zeiten da drin liegen hatte und spazieren fuhr.

„Was hältst Du davon, wenn wir heute noch nicht gleich nach Hause fahren, sondern runter zum Rhein, da ein bisschen herumtrödeln, irgendwo über Nacht zelten und dann morgen erst zurückfahren? So als Urlaubsabschluss sozusagen." Er sah hinauf in den wolkenlos blauen Himmel. „So'n Wetter hier, das muss man doch ausnutzen, oder meinst Du nicht?"

„Hab nix dagegen", stimmte Beate zu. „Aber zelten nicht nochmal auf'm Campingplatz. Davon hab ich erstmal die Nase voll", schränkte sie ein.

„Müssen wir ja nicht. Meinetwegen schlagen wir uns irgendwo in die Pampa, wo uns keiner stört und hauen uns da in die Sonne."

Jetzt war es an Beate, zu grinsen. „Hauen uns in die Sonne, wo uns keiner stört", echote sie. „Ich hab so das Gefühl, Du willst nochmal Geburtstag feiern, was?"

Er stupste sie auf die Nasenspitze. „Wie hast Du das nur erraten, mein Schatz?"

Kopfschüttelnd warf sie ihren Rucksack in den Kofferraum und nahm auf dem Beifahrersitz Platz.

***

Aber dann nahmen sie doch die B327, die ‚Hunsrückhöhenstraße', die quer durch den Hunsrück bis hinunter nach Koblenz führt.

Ein Stück oberhalb von Koblenz bog Lukas nach links in einen Waldweg ein. Das war zwar offensichtlich nicht erlaubt, denn eine abgebrochene Schranke, die wohl eigentlich den Weg für Autofahrer hätte versperren sollen, lag gleich neben der Einmündung im Graben, aber Lukas störte sich nicht daran. Die hölzerne, ehemals rot-weiß angestrichene Schranke war schon so vermodert, dass er nicht daran glaubte, das gute Stück erneuert und wegversperrend angebracht vorzufinden, wenn er morgen wieder aus dem Wald hinausfahren wollte.

Nach einem guten Kilometer war der für Autos befahrbare Weg zu Ende. Lukas hielt an und stieg aus. Beate folgte ihm. Skeptisch sah sie sich um.

„Na, so richtig sonnig ist das aber nicht hier, mitten im Wald", meinte sie.

„Nee, das ist es wirklich nicht", gab Lukas zu, der sich ebenfalls umgesehen hatte. „Aber das macht nichts. Wir lassen die Karre hier steh'n und suchen uns irgendwo 'ne sonnige Lichtung, wo wir unser Zelt aufbauen können."

Eine gute halbe Stunde später war alles erledigt. Eine schöne, abgelegene Lichtung war gefunden, das Zelt aufgebaut und alles, was sie sonst noch benötigten, aus dem Auto herbeigeschafft. Dann taten sie, was sie sich vorgenommen hatten. Sie breiteten eine Decke aus, die Lukas ebenfalls noch im Kofferraum seines Autos entdeckt hatte, zogen sich aus, rieben sich gegenseitig den Sonnenschutz auf die nackte Haut und streckten sich auf der Decke aus.

Eine Weile dösten sie still vor sich hin, bis Lukas nach Beates Hand griff.

„Krieg ich jetzt mein Geburtstagsgeschenk?", fragte er leise.

Beate sah ihn lächelnd an und nickte.

So verbrachten sie den Tag. Immer mal wieder unterbrachen sie ihr Sonnenbad, damit Lukas sich sein Geburtstagsgeschenk abholen konnte und regelmäßig gab er es seiner Freundin kurz darauf wieder zurück. Seinetwegen hätte das ewig so weitergehen können.

Dass es am Ende dann doch nicht dazu kam, lag allerdings nicht an Beate, sondern am Wetter, das nachmittags plötzlich nicht mehr mitspielte. Es war ihnen beim eifrigen Austauschen der Geburtstagsgeschenke nämlich völlig entgangen, dass der Himmel längst nicht mehr so blau war wie am Morgen, als sie vom Flugplatz in Hahn losgefahren waren. Erst als die Wolken so dick wurden, dass es sich um sie herum verdunkelte und der Himmel eine schwefelgelbe Farbe angenommen hatte, fiel es ihnen auf.

„Schätze, da braut sich ganz schön was zusammen", meinte Lukas mit einem kritischen Blick nach oben.

Indem er das sagte, zuckte schon der erste Blitz nieder. Sekunden später folgte der Donner.

Beate erschrak. „Und was machen wir jetzt?"

Sie mochte Gewitter nicht sonderlich, und jetzt, völlig nackt auf einer abgelegenen Waldlichtung, hatte sie sogar richtig Angst davor.

„Gar nix", antwortete Lukas gleichmütig. „Wir verkriechen uns in unser Zelt und warten ab, bis es sich ausgewittert hat. Zum Weglaufen ist es jetzt sowieso zu spät."

Er hatte Recht, denn schon spürten sie die ersten Regentropfen auf ihrer Haut. Eilig rafften sie die Decke zusammen und verkrochen sich in dem kleinen Zelt. Zum Glück hielt es dem Unwetter stand, denn Lukas hatte es ordentlich festgezurrt, so dass der Wind es nicht davonblasen konnte. Obwohl es ziemlich hefig wehte und wie aus Kübeln goss. Die Blitze konnten sie nicht sehen, da das Zelt aus blickdichtem Material bestand, aber die Donnerschläge hörten sie in immer kürzeren Abständen. Die ganze Zeit hielt Lukas seine vor Angst und Kälte zitternde Freundin fest in seinen Armen. Und auch ihm war etwas mulmig zumute. Dass das Unwetter so heftig werden würde, hätte er nicht gedacht.

Mehr als eine Stunde dauerte es, bis das Donnern schließlich leiser wurde und der heftige Regen, der lautstark auf das Zelt niederprasselte, allmählich nachließ. Eine weitere halbe Stunde ließen sie vergehen, bevor sie es wagten, den Reißverschluss, mit dem das Zelt verschlossen war, vorsichtig zu öffnen und den Kopf hinauszustrecken.

Von dem anfangs so schönen Sommertag war nichts mehr übriggeblieben. Immer noch war der Himmel mit dunklen Wolken verhangen, und dichte Nebelschwaden lagen über der Lichtung. Kaum, dass man die Büsche und Bäume ausmachen konnte, die sie säumten.

Plötzlich kniff Beate die Augen zusammen. Angestrengt spähte sie nach rechts.

„Du, da vorne steht einer", rief sie kurz darauf und rüttelte Lukas am Arm.

„Wo?"

„Na, da vorne", antwortete Beate und wies mit dem ausgestreckten Arm in die Richtung. „Ein Junge, vielleicht zwölf oder dreizehn oder so."

Lukas nickte. „Ja, jetzt seh ich ihn auch. Na, der wird schön nass sein, wenn er die ganze Zeit im Wald rumgelaufen ist. Und Glück gehabt hat er auch, dass ihn kein Blitz getroffen hat."

Während Lukas redete, war Beate dabei, sich eiligst anzuziehen.

„Was machst Du denn da?", fragte Lukas verwundert, als er es bemerkte.

„Na, was wohl?", gab Beate zurück. „Ich zieh mir was an. Erstens ist mir kalt und zweitens will ich rüber zu dem Jungen. Mal nachseh'n, was er hat. Vielleicht hat er sich ja verlaufen oder so, und wir können ihm helfen."

„Ja, Du hast recht", stimmte Lukas ihr zu und machte sich auch daran, wieder in seine Kleider zu schlüpfen.

Während er das tat, machte sich Beate auf den Weg zu der Stelle, an der sie den Jungen entdeckt hatte.
Der stand auch tatsächlich noch da. Aber er war nicht allein. Ein Mädchen stand neben ihm, das ungefähr in seinem Alter sein musste. Höchst verstört und verängstigt sahen die beiden Beate an.

Kapitel 3 – A. D. 1345

„Konrad, wirst Du mich heute am Abend nach der Sitzung des Rates nach Hause begleiten?"
Die Stimme des ehrenwerten Stadtrates und Gewürzhändlers Giselher von Raesfeld ließ Konrad aus seinen trüben Gedanken hochschrecken. Lächelnd stand der große Mann mit seinem gewaltigen, schwarzen Vollbart vor ihm. Neben ihm stand seine Tochter Elisabeth, die allerdings nicht lächelte, sondern an ihm vorbeizusehen schien.
Konrad kannte das Mädchen. Er hatte es gelegentlich gesehen, wenn es die Haushälterin auf den Markt begleitete oder mit der Amme zusammen, wenn diese es zum Schulunterricht im Beginenkonvent brachte oder von dort abholte. Aber gesprochen hatten sie nie miteinander. Schließlich gab es nichts, was sie sich zu sagen gehabt hätten, der Sohn eines heruntergekommenen, mittellosen Tagelöhners und die Tochter des reichen Gewürzhändlers. Obwohl zusammen in derselben Stadt, lebten sie doch in zwei völlig verschiedenen Welten, die jetzt, für einen Augenblick nur, aufeinandertrafen.
Konrad sprang auf und verbeugte sich. „Wenn Sie es wünschen, wohledler Herr."
„Ich wünsche es ausdrücklich", antwortete der Gewürzhändler. „Ich habe Deine Dienste früher schon in Anspruch genomen, und ich möchte das auch weiterhin tun. Du bist ein zuverlässiger Bursche und hast keine Schuld an dem, was Dein Vater getan hat."
Konrad verbeugte sich erneut. „Ich danke Euch, wohledler Herr."
Der Ratsherr klopfte dem Fackelträger aufmunternd auf die Schulter und entfernte sich dann.
„Warum tut Ihr das, Herr Vater?", fragte seine Tochter, nachdem sie ein paar Schritte gegangen waren. „Er ist der Sohn eines Mörders."
„Ja, das ist er allerdings", antwortete der Vater. „Aber seine Schuld ist es nicht. Er hat nichts zu tun mit dem, was sein Vater verbrochen hat, und man sollte nicht ihn dafür bestrafen. Der Vater hat seine gerechte Strafe bekommen, der Sohn sollte darunter nicht zu leiden haben. Das ist nicht gerecht und ein Unrecht vor Gottes Angesicht."

Elisabeth nahm die Zurechtweisung ihres Vaters wortlos hin. Was hätte sie auch sagen sollen? Er hatte wohl recht gesprochen, wie er das ja stets zu tun pflegte. Sie verehrte ihren Vater, wenn sie auch insgeheim manchmal gegen seine Entscheidungen protestierte. Aber nicht in diesem Fall. Was gab es da schon zu protestieren? Das Schicksal Konrads, des Fackelträgers, war ihr im Grunde völlig gleichgültig. Ob er nun der Sohn eines Mörders, Räubers und Frauenschänders war oder nicht. Was hatte sie mit so einem schon zu schaffen? Der Vater nutzte seine Dienste. Nun gut, sollte er. Sie brauchte sich um so etwas nicht zu kümmern. Sie brauchte keinen Fackelträger, sei er nun Konrad oder ein anderer, der diesen Dienst versah. Ohne Begleitung, im Dunkeln, war sie nicht unterwegs.

***

Unterwegs war sie allerdings am folgenden Tag. Allein. Es war ein herrlicher Sommertag, und sie war aus dem Haus gegangen, um Blumen zu pflücken, für ihre Mutter, die wieder einmal unter der Schwermut litt und teilnahmslos in ihrer Stube saß. Frisch gepflückte Wiesenblumen würden sie aufheitern, das wusste Elisabeth. Manchmal jedenfalls. Und sie wollte es versuchen.
Auf den Wiesen und am Rande der Felder vor der Stadt fanden sich die schönsten Blumen in den herrlichsten Farben. Die würde sie der Mutter bringen. Ein harmloses Unternehmen, denn so nah außerhalb der Stadtmauer drohte dem Mädchen keine Gefahr. Das wusste Elisabeth und auch ihre Eltern und ihre Amme. Daher ließ man sie alleine gehen. Während sie an den Feldern vorbei und über die Wiesen streifte, sich hin und wieder bückte, um eine besonders schöne Blume abzupflücken, die sie dann in den kleinen Korb legte, den sie am Arm trug, traf sie unerwartet auf Konrad. Er lag im hohen Gras und starrte in den Himmel.
Ausgerechnet ihn, Konrad, den Fackelträger, musste sie hier treffen. Das war ihr nicht recht, aber weglaufen konnte sie nicht mehr. Er hatte sie bereits gesehen und war sofort aufgesprungen.

Er würde ihr nichts tun, da war sie sich ziemlich sicher. Trotzdem blieb sie in einem gebührenden Abstand von ihm stehen.
„Was tust Du hier, so ganz allein?", fragte er sie verwundert.
„Blumen pflücken, für meine Mutter", antwortete sie.
„Das ist ein mühseliges Unterfangen. Darf ich Dir dabei helfen?"
„Warum nicht, Konrad?"
Erschrocken schlug sie die Hand vor den Mund. Was hatte sie da gesagt? Wieso waren ihr diese freundlichen Worte herausgerutscht? Aber dann auch wieder dachte sie: Was war daran falsch? Seine Freundlichkeit und seine offene Art gefielen ihr. Außerdem war er ein stattlicher Bursche, in dessen Begleitung man sich schon sehen lassen konnte, fand sie. Wenn er auch nur ein einfacher Fackelträger war, mit dem sich ein Mädchen ihres Standes nicht abgeben sollte.
Aber, warum eigentlich nicht? Hier draußen, so weit vor der Stadt, sah sie ja keiner.
Verwundert sah Konrad sie an. „Du kennst meinen Namen?"
Sie lächelte und nickte. „Ich war dabei, als mein Herr Vater Dich kürzlich ansprach und nach Deinem Dienst fragte. Du erinnerst Dich wohl nicht an mich?"
„Doch, natürlich erinnere ich mich an Dich", beeilte sich Konrad, ihr mit einer Verbeugung zu versichern. „Eine so wohledle Jungfer, wer könnte die wohl vergessen? Aber ich habe nie damit gerechnet, dass Du Dir meinen Namen gemerkt hast."
Elisabeth lachte und machte einen Knicks. „Vielen Dank für das Kompliment, edler Herr", sagte sie.
Konrads Blick verfinsterte sich. Er trat einen Schritt zurück. „Ihr solltet mich nicht verspotten. Ein Herr, das bin ich nicht und werde es auch niemals sein. Und ein edler schon gar nicht. Ganz anders ist es bei Euch. Ihr werdet ganz sicher eine Dame, wenn Ihr es nicht jetzt schon seid."
Sie ging einen Schritt auf ihn zu, aber er wich zwei Schritte zurück.
Sie hob beschwichtigend die Hand. „Ganz bestimmt kam es mir nicht in den Sinn, Dich zu verspotten, Konrad. Einen kleinen Scherz wollte ich machen, weiter nichts."

Konrad sah sie prüfend an. Als er merkte, dass sie nur dastand und ihn anlächelte, entspannte er sich ein wenig. Die Falte auf seiner Stirn verschwand.

„Wirklich nicht?"

Sie schüttelte den Kopf. „Nein, wirklich nicht", versicherte sie. „Warum sollte ich das auch tun?"

„Weil's alle tun. Warum solltet Ihr da eine Ausnahme sein?"

„Mein Herr Vater hat es mir geboten. Wir haben über Dich gesprochen, nachdem wir Dich getroffen hatten, und da sagte er, es sei nicht recht, wie die Leute mit Dir umgingen. Dann hat er mir geboten, Dich gerecht zu behandeln."

„Und jetzt tut Ihr es, weil Ihr Herr Vater es so will. Von Euch aus würde Ihr es nicht tun?"

„Doch, ich würde. Ich habe darüber nachgedacht, was er gesagt hat, und ich finde, er hat recht. Früher sagte man über Dich, Du seiest ein guter Kerl. Warum sollte sich das geändert haben, nachdem, was Dein Vater getan hat?"

„Ob ich ein guter Kerl bin, das weiß ich nicht. Geändert habe ich mich jedenfalls seither nicht."

Elisabeth machte einen weiteren Schritt auf ihn zu. Diesmal wich er nicht zurück.

„Ich glaube Dir", sagte sie. „Wenn Du die Zeit hast, darfst Du mir helfen."

Konrad lachte. „Natürlich habe ich die Zeit. Mein Dienst beginnt erst, nachdem es dunkel geworden ist. Noch ist es aber hell." Er streckte die Hand aus. „Gebt mir Euren Korb und sagt mir, welche Blume ich für Euch pflücken soll."

Sie reichte ihm den Korb. „Dann bist Du jetzt bei Tag ein Blumenpflücker und ein Fackelträger in der Nacht", stellte sie fest. „Nur fürchte ich, ich werde Dich für Deine Tagdienste nicht entlohnen können."

Er nahm ihr den Korb ab. „Aber das tut Ihr doch schon. Ihr sprecht und seid freundlich zu mir. Das ist mein Lohn."

Aber dann schwiegen sie doch, während sie über die Wiesen und Felder liefen. Stumm deutete sie auf die Blumen, die er pflücken sollte. Er tat es, und wenn er eine in das Körbchen legte, lächelte sie jedes Mal.

***

Es blieb dabei. Giselher von Raesfeld war der einzige Koblenzer, der Konrads Dienste als Fackelträger in Anspruch nahm. Ansonsten musste Konrad sich an die Fremden halten, die ihn nicht kannten. Viel war damit nicht zu verdienen. Darum litt er häufig Hunger, denn seine Tante hielt ihn kurz. Kein ausreichender Lohn, kein ausreichendes Essen, nach diesem Grundsatz richtete sie sich.

Also versuchte Konrad, sich auch bei Tage irgendwo zu verdingen, aber damit hatte er kein Glück. Schmächtig und schwach wie er war durch die schlechte Ernährung, konnte man ihn nirgendwo gebrauchen. Denn einem, der kein Handwerk gelernt hatte, konnte man nur die schwere Arbeit aufbürden, solche, die kräftige Arme verlangte aber sonst keine besondere Fertigkeit.

Er versuchte es am Fluss, beim Entladen der Schiffe. Die Schiffer, die von sonst woher kamen, kannten ihn ja nicht, und so gaben sie ihm Arbeit. Einen halben Tag lang sah man mit an, wie er sich abmühte, dann schickte man ihn weg. Er war nicht zu gebrauchen.

Es blieb ihm also nichts weiter übrig, als seine Zeit anderswo zu verbringen. Er tat es außerhalb der Stadt, wo er den Anfeindungen der Koblenzer nicht ausgesetzt war.

An einem dieser müßigen Tage traf er wieder auf Elisabeth. Einmal mehr war sie mit ihrem Körbchen unterwegs, um Blumen zu sammeln. Als sie ihn unter einer hohen Eiche im Schatten sitzen sah, ging sie geradewegs zu ihm hin.

„Ich habe mir gedacht, dass ich Dich hier finde", sagte sie zur Begrüßung.

Konrad sah zu ihr hoch. „Ihr habt mich gesucht?", fragte er ungläubig. Sie schüttelte lachend den Kopf. „Nein, das nun nicht gerade. Aber es erschien mir sehr wahrscheinlich, Dich hier zu treffen."

„Ja, das ist es wohl", stimmte er zu. „In der Stadt bin ich nicht gelitten, und Arbeit will man mir keine geben. Ich habe es bei den fremden Schiffern versucht, aber nachdem sie bemerkten, wie schlecht ich nur zupacken kann, haben sie mich wieder weggeschickt."

Einen Moment lang betrachtete sie ihn. „Das wundert mich nicht. Du machst ja auch nicht gerade einen kräftigen Eindruck."

Konrad nickte. „Das gebe ich zu. Leider braucht man Geld, wenn man sich etwas zu essen kaufen will, damit man kräftig wird. Da ich aber kaum etwas verdiene, kann ich mir kein Essen kaufen. Also bleibe ich schwach."

„Aber Du lebst doch im Haus Deiner Muhme, der Bäckersfrau?"

„Das wohl, aber die gibt mir zu essen nach meinem Verdienst. Früher konnte ich dreimal in der Woche bei den Kartäusermönchen essen. In der Früh und auch am Mittag. Aber nachdem sie mir nicht mehr gestatten, am Unterricht teilzunehmen, bekomme ich dort auch keine Mahlzeiten mehr. Und die Tante gewährt mir keinen Ersatz."

Erschüttert hörte sich Elisabeth sein Geständnis an. Nicht genug zu essen zu haben, das konnte sie sich gar nicht vorstellen. Im Hause des Gewürzhändlers von Raesfeld gab es *immer* genug zu essen. Im Überfluss sogar. Sie selbst konnte sich gar nicht vorstellen, wie das sein mochte, Hunger zu leiden. Hätte sie es nur gewusst, der Vater hätte ihr sicherlich erlaubt, dem Fackelträger von ihrem Überfluss etwas mitzunehmen. Er selbst gab ja auch reichlich an die, die bedürftig waren. Jetzt stand sie mit leeren Händen da.

Oder doch nicht mit ganz leeren Händen. Sie hatte ja ihr Körbchen.

„Ich habe einen Vorschlag, Konrad", sagte sie. „Wir werden heute keine Blumen pflücken, sondern Beeren sammeln. Damit kannst Du vielleicht ein wenig Deinen Hunger stillen."

Konrad lachte, aber es war kein frohes Lachen. „Was ich an Beeren finden konnte, habe ich schon gegessen."

„Aber Du warst alleine", entgegnete sie. „Nun sind wir jedoch zu zweit. Möglich, dass sich da noch mehr finden lassen."

Weil er sah, dass sie es gut meinte, widersprach er ihr nicht. Doch nur zu bald musste sie einsehen, wie wenig sie ausrichten konnte. An den Sträuchern, die am Waldesrand wuchsen, waren keine Beeren mehr zu finden. Sie musste ihn hungrig zurücklassen. Und ihr Körbchen blieb auch leer, denn zum Blumenpflücken war ihr jetzt die Lust vergangen.

***

Nach dem Essen am Abend erzählte sie ihrem Vater von Konrad. Der Gewürzhändler wurde augenblicklich zornig.

„Diese Bäckersfrau ist eine geizige, missgünstige und selbstherrliche Person", schimpfte er. „Ich könnte sie verstehen, wenn sie selber Not leiden würde. Aber das tut sie nicht. Ich weiß sehr wohl, dass ihre Bäckerei, der jetzt ihr Sohn vorsteht, reichlich Gewinn abwirft, von dem die Familie gut satt werden kann. Auch wenn sie jetzt zusätzlich die drei Kinder ihres Bruders Ruprecht versorgen muss. Hunger zu leiden braucht da niemand."

„Es ist aber so", versicherte Elisabeth. „Sie gibt nur entsprechend dem Lohn, den man einbringt."

„Eine sehr christliche Einstellung, fürwahr", lästerte der Vater. „Aber sie denkt wohl, mit dem Christentum wäre es genug, wenn man sich am Sonntag in der Kirche ‚Unserer Lieben Frau' zeigt. Möglichst weit vorne, damit es alle sehen können."

Giselher von Raesfeld sah seine Tochter ernst an. „Elisabeth, morgen wirst Du Konrad aufsuchen und ihm etwas zu essen mitnehmen. An den Tagen, an denen er von seiner Muhme nichts bekommt, soll er hier essen. Für uns und all unser Gesinde ist genügend da. Also wird es auch für einen zusätzlichen Burschen wie Konrad noch reichen."

Das Ansinnen ihres Vaters machte Elisabeth froh. Zum dritten Mal jetzt schon hatte sie Konrad getroffen, und sie musste sich eingestehen, dass er ihr nicht nur leidtat, sondern dass er ihr auch von Mal zu Mal besser gefiel. Vor allem sein freundliches und zurückhaltendes Wesen. Er musste es wohl von seiner Mutter mitbekommen haben, denn von seinem Vater hatte man das ja wahrlich nicht behaupten können.

So konnte sie es kaum erwarten, sich am folgenden Tag auf den Weg zu machen, um den Wunsch ihres Vaters zu erfüllen. Ihr Körbchen war diesmal voll, als sie das Haus verließ. Gewürzbrot, Specksaiten und ein paar Äpfel befanden sich darin.

Sie brauchte nicht lange nach Konrad zu suchen. Sie fand ihn an der gleichen Stelle, an der er auch am Tag zuvor schon gesessen hatte: Im

Schatten unter der großen Eiche. Obwohl es heute gar keinen Schattenplatz brauchte. Der Himmel war bewölkt und auch die Hitze hatte sich verflüchtigt.

Elisabeth erklärte ihm, was es mit dem Essen in ihrem Korb auf sich hatte. Konrad war zu hungrig, als dass es der Stolz ihm verboten hätte, von dem Mädchen etwas anzunehmen. Im Gegenteil, er machte sich gleich darüber her. Bestürzt musste Elisabeth feststellen, wie ausgehungert er wohl war, denn schon nach kurzer Zeit war von den Sachen, die sie ihm mitgebracht hatte, nichts mehr übrig.

Gerade als der letzte Bissen in seinem Mund verschwunden war, hörten sie den ersten Donner. Erschrocken sahen sie beide zum Himmel auf. Sie hatten gar nicht bemerkt, wie die Wolken immer dichter und schwärzer geworden waren und auch nicht den Wind, der aufgekommen war und der jetzt immer heftiger wurde.

„Es gibt ein Unwetter", stellte Konrad fest.

Elisabeth erschrak. „Was machen wir denn jetzt?"

Konrad sprang auf und streckte ihr die Hand hin. „Komm!"

Er zog sie hinter sich her, tiefer in den Wald hinein.

„Nach Hause können wir nicht mehr, dazu ist es zu spät", erklärte er, während sie unter dem dichten Laub der Bäume liefen, das den Regen, der inzwischen eingesetzt hatte, wenigstens noch ein wenig abhielt.

„Aber wo willst Du denn hin?", fragte sie ängstlich.

„Ich kenne einen Ort ganz in der Nähe, der uns Schutz bieten wird", antwortete er. „Es ist nicht mehr weit."

Trotzdem waren sie vollkommen durchnässt, als sie wenig später dort ankamen. Es war eine Höhle, die er gemeint hatte.

„Aber dort dürfen wir nicht hinein", protestierte sie, denn sie ahnte, was er vorhatte. „Der Schultheiß hat's verboten."

„Ich glaube nicht, dass der Schultheiß oder seine Büttel es sich angelegen sein lassen, bei diesem Wetter die Einhaltung dieses Verbotes zu prüfen", gab Konrad zurück.

Wieder griff er nach der Hand des Mädchens und zog es mit sich in die Höhle hinein. Um sich vor der Nässe zu schützen, mussten sie tief ins Innere der Höhle hineingehen, denn der Wind stand so, dass er den Regen weit hineintrieb.

Dunkelheit umfing sie, je tiefer sie in die Höhle eindrangen. Doch plötzlich entdeckte Konrad im fahlen Dämmerlicht einige Fackeln, die am Boden lagen. Als er sich danach bückte, fand er auch all die Sachen, die er brauchte, um eine davon zu entzünden. Eifrig machte er sich daran, es zu tun. Und weil er in diesen Dingen sehr geschickt war, dauerte es auch nicht allzu lange, bis die Fackel brannte und es hell wurde in der Höhle.

Konrad legte die Fackeln, Zunder und Feuersteine in Elisabeths Körbchen und hängte es sich an den Arm in dessen Hand er die Fackel trug. Mit der anderen Hand griff er nach der Elisabeths. Zum dritten Mal an diesem Nachmittag. Sie hatte nichts dagegen, denn sie ließ ihm ihre Hand.

„Komm, wir gehen noch ein Stück weiter hinein, damit wir vor dem Wind sicher sind. Da wir die Fackel haben, brauchst Du Dich nicht zu fürchten."

Elisabeth stieß ein kleines Lachen aus. „Ich fürchte mich ja gar nicht", sagte sie. „Ich bin ja nicht allein. Schließlich bist Du ja bei mir."

Dann trieb sie die Neugier. Beide wunderten sich, warum der Schultheiß von Koblenz das Betreten der Höhle verboten hatte. Sie konnten keinen Grund dafür entdecken, auch nicht, als sie weiter und immer weiter in das Innere der Höhle vordrangen. Es war doch nur eine ganz gewöhnliche Höhle.

Plötzlich gab es einen Windstoß, der so heftig war, dass sie das Gleichgewicht verloren und hinfielen. Die Fackel verlosch und der Inhalt des Körbchens, das ebenfalls zu Boden gefallen war, zerstreute sich nach überallhin.

Der Schreck war gewaltig, und sie brauchten eine Weile, bis sie wieder in der Lage waren, sich zu bewegen und zu sprechen.

„Elisabeth?", rief Konrad.

„Ich bin hier", kam es ängstlich aus einiger Entfernung.

„Rede weiter, damit ich Dich finden kann", forderte er sie auf.

Sie tat ihm den Gefallen, indem sie laut ein ‚Ave Maria' betete.

Als sie das ‚Amen' sagte, hatte er sie gefunden. Sie saß auf dem Boden, den Rücken gegen die Felsen gelehnt. Einmal mehr griff er nach ihrer Hand.

„Und was machen wir jetzt?", fragte sie und klang dabei mehr ärgerlich als ängstlich. „Kannst Du die Fackel wieder anmachen?"
„Nein, das werde ich nicht können", antwortete er. „Alles liegt irgendwo verstreut. Bis wir es ertastet haben, haben wir auch den Ausgang wiedergefunden. Wir müssen uns eben vorsichtig bewegen. Wenn wir einander festhalten, wird es schon gehen."
„In welche Richtung werden wir uns wenden?"
„Das ist eine gute Frage", seufzte er. „Ich weiß es nicht. Es wird uns wohl nichts anderes übrigbleiben, als es einfach beliebig zu versuchen. Im schlimmsten Fall ist es die verkehrte Richtung und wir laufen soweit in die Höhle hinein, bis sie zu Ende ist. Im besten Fall kommen wir geradewegs zurück zu dem Eingang, durch den wir hineingekommen sind."
Wie sie diese Botschaft aufgenommen hatte, konnte Konrad nicht feststellen, denn sie antwortete nicht auf das, was er gesagt hatte. Stattdessen bemerkte er, wie sie sich erhob. Und da sie seine Hand nicht losließ, zog sie ihn mit sich nach oben.
Dann gingen sie los. Vorsichtig und langsam tasteten sie sich an den Felswänden entlang. Manchmal stießen sie sich den Kopf an einem herunterhängenden Felsen an. Aber da sie die rechte Vorsicht walten ließen, war es nicht weiter schlimm.
Die Höhle schien kein Ende zu nehmen. Wie eine Ewigkeit kam es ihnen vor, die sie jetzt schon in der Dunkelheit unterwegs waren. Vielleicht gingen sie ja tatsächlich in die falsche Richtung, immer weiter in die Höhle hinein, statt aus ihr hinaus. Sie hofften beide, dass es nicht so war, denn dann würden sie den ganzen, langen Weg zurücklaufen müssen.
Plötzlich machte die Höhle eine Biegung. Dahinter sahen sie einen schwachen Lichtschimmer. Je weiter sie sich vortasteten, desto heller wurde es. Dann hörten sie den Regen. Längst nicht mehr so heftig wie zu der Zeit, als sie die Höhle betreten hatten, aber er hatte auch noch nicht aufgehört. Vom Donner allerdings hörten sie nichts mehr. Nur noch ein kurzes Stück, und sie standen am Eingang der Höhle.
Ein seltsames Gefühl beschlich sie, als sie sich umsahen. Obwohl sie es nicht genau zu sagen vermochten, so hatten sie doch den Eindruck,

alles sei anders als zuvor. Aber vielleicht lag das ja nur daran, dass jetzt Nebel aufgezogen und die Konturen der Bäume und Büsche, die etwas weiter weg standen, nur unscharf auszumachen waren.
Dann sahen sie eine Frau.
Sie rief ihnen etwas in einer Sprache zu, die sie nicht verstanden.
Als die Frau näherkam, sahen sie, dass sie merkwürdig gekleidet war. Sie trug etwas, das aussah wie ein Männerunterkleid, das die Beine fast ganz frei ließ, das aber so bunt war, wie sie es noch nie gesehen hatten. Den Busen hatte sie bedeckt mit einem Hemd, das so eng war, dass man darunter die Brüste ausmachen konnte. Elisabeth fragte sich, wie die Frau es wagen konnte, so unzüchtig gekleidet in der Öffentlichkeit herumzulaufen. Auch Konrad schien das so zu empfinden, denn er verzog missbilligend das Gesicht.
Aber der Frau schien das nichts auszumachen, denn sie trat zu ihnen heran und lächelte immer noch. Wieder sprach sie, und wieder konnten Elisabeth und Konrad nicht verstehen, was sie sagte.

Kapitel 4 – A. D. 2013

Beate sah die beiden Kinder an, die still dastanden und sich an den Händen hielten. Sie wartete auf eine Antwort, aber sie bekam keine. Sie wandte sich um. „Hey, Lukas, kommst Du mal?", rief sie über ihre Schulter hinweg. „Die Zwei hier wollen nichts sagen. Scheinen völlig verschüchtert zu sein. So wie's aussieht, haben sie sich tatsächlich verlaufen."

„Okay, ich komme", rief Lukas zurück.

Wenige Sekunden später tauchte er zwischen den Büschen auf. Ebenfalls barfuß, so wie Beate, hatte er es inzwischen nicht geschafft, sich mehr als eine Shorts anzuziehen. Die beiden Kinder erschraken, als sie ihn sahen.

Er lachte. „Keine Sorge, ich hab nicht vor, Euch zu fressen", sagte er beruhigend. „Könnt Ihr mir mal sagen, wie's Euch bei dem Scheiß-Wetter hierher verschlagen hat, oder habt Ihr die Sprache verloren?"

Einen Moment noch sahen Elisabeth und Konrad den fremden Mann und die fremde Frau an, dann sagte Elisabeth schließlich: „Konrad, ich glaube, sie haben uns etwas gefragt."

Konrad nickte. „Das glaube ich auch. Aber ich vermag es nicht zu verstehen, was sie sagen. Es müssen Fremde sein, die von weither nach Koblenz gekommen sind, dass wir ihre Sprache nicht kennen."

Jetzt verstand Lukas nicht, was gesagt worden war. Einzig den Namen der Stadt Koblenz meinte er, herausgehört zu haben.

„Koblenz?", fragte er. „Kommt Ihr aus Koblenz?"

Er streckte den Arm aus in die ungefähre Richtung, in der er die Stadt vermutete.

Der Junge nickte. „Koblenz", antwortete er und deutete dabei mit dem Finger auf seine Brust.

„Aha", meinte Lukas. „Soweit wären wir also schon mal. „Jetzt müssen wir nur noch wissen, mit wem wir's zu tun haben."

Er zeigte auf seine Freundin. „Sie, Beate", sagte er. Dann zeigte er auf sich selbst. „Ich, Lukas."

Das schienen die beiden verstanden zu haben, denn sie nickten beide.

Konrad deutete wieder auf seine Brust. „Ich, Konrad", sagte er und verbeugte sich.

Elisabeth machte es ihm nach. „Ich, Elisabeth", sagte sie und machte einen Knicks.

„Was ist das denn für 'ne Vorstellung?", amüsierte sich Lukas. „Seid Ihr vom letzten Mittelalterfest übriggeblieben, oder was? So wie Ihr ausseht, könnte man das jedenfalls glatt meinen. Auf den Burgen hier in der Umgebung soll's sowas ja öfter ..."

„Du, warte mal", unterbrach ihn Beate und griff nach seinem Arm. „Mittelalter. Jetzt, wo Du's sagst. Ich glaub, die beiden haben eben Mittelhochdeutsch gesprochen. Jedenfalls, wenn ich das in meiner Vorlesung an der Uni richtig mitgekriegt habe."

„Mittelhochdeutsch?"

„Ja, Mittelhochdeutsch. Du weißt schon, Walther von der Vogelweide, und so. Kennst Du doch sicher: ‚*Ich saz ûf eime steine, ...*' Das alte Minnelied."

„*Ich saz ûf eime steine*", wiederholte Lukas.

„*... und dahte bein mit beine;*
dar ûf satzt ich den ellenbogen;
ich hete in mîne hant gesmogen
daz kinne und ein mîn wange ...", fuhr Elisabeth fort, die das Lied ganz offensichtlich kannte.

„Ja, gut, das kennt jeder", winkte Lukas ab. „Den Anfang davon haben wir alle in der Schule mal gehört."

Aber Elisabeth zitierte weiter:

„*... dô dâhte ich mir vil ange,*
wie man zer werlte solte leben:
   deheinen rât kond ich gegeben,
   wie man driu dinc erwurbe,
   der deheinez niht verdurbe.
   diu zwei sint êre und varnde guot,
   der ietwederz dem andern schaden tuot,
   daz dritte ist gotes hulde,
   der zweier übergulde.
   die wolte ich gerne in einen schrîn.

â leider desn mac niht gesîn,
az guot und werltlich êre
und gotes hulde mêre
zesamene in ein herze komen.
stîg unde wege sint in benomen:
untriuwe ist in der sâze,
gewalt vert ûf der strâze;
fride unde reht sint sêre wunt.
diu driu enhabent geleites niht,
diu zwei enwerden ê gesunt.

Beate war mehr als erstaunt. „Die kann das ganze Lied auswendig", sagte sie kopfschüttelnd. Sie sah erst Elisabeth an, dann Lukas. „Du, und die betont das auch noch richtig! Das ist nämlich gar nicht so einfach. Nur wenige machen das richtig gut. Das haut mich jetzt echt um."
Auch Konrad war erstaunt darüber, was die Gewürzhändlerstochter da von sich gab. Natürlich kannte er das Lied auch. Er hatte es irgendwo aufgeschnappt. Aber das passte doch überhaupt nicht hierher.
„Warum erzählst Du ihnen das, Elisabeth?", fragte er deshalb.
Das Mädchen zeigte auf Beate. „Sie hat angefangen damit, und ich habe geglaubt, sie möchte, dass ich es ihr vorsage."
„Dann spricht sie wohl doch unsere Sprache?"
Elisabeth zuckte mit den Schultern. „Ich weiß es nicht. Dieses Lied kennt sie jedenfalls."
Beate hatte die Konversation der beiden Kinder angestrengt verfolgt. Zwar hatte sie längst nicht alles verstanden, aber so viel doch, dass sie sich einen Reim darauf machen konnte, was gesagt worden war.
Eifrig nickte sie jetzt. Sie kratzte all ihre mittelhochdeutschen Brocken zusammen. „Ja, ein klein wenig kenne ich die Sprache", antwortete sie. Dann nahm sie die Kinder energisch an der Hand. „Aber das ist jetzt auch egal. Es regnet, und wir stehen hier und quatschen. Sehen wir lieber zu, dass wir ins Trockene kommen. Wir bringen Euch jetzt nach Koblenz runter und liefern Euch bei Euern Eltern ab."
„Sehr vernünftige Idee", stimmte Lukas ihr zu.

Während die Kinder verschüchtert dabeistanden, zogen Beate und Lukas Jeans und Sweatshirts über und machten sich daran, das Zelt abzubauen und einzupacken, ebenso wie ihre anderen Sachen auch. Die beiden folgten ihnen, als sie die Sachen zu Lukas' Auto brachten.
„Was ist das denn?", fragte Elisabeth überrascht, als sie den knallrot lackierten Golf sah.
Konrad zuckte ratlos die Achseln. „Beinahe sieht es aus wie eine Kutsche. Aber hast Du schon mal eine rote Kutsche gesehen?"
Elisabeth schüttelte den Kopf. „Nein, noch nie. Du?"
„Auch nicht", antwortete Konrad. Neugierig umrundete er das Auto. „Eine Deichsel hat die Kutsche auch nicht." Er sah sich im Wald um „Und wo sind die Pferde, die sie ziehen sollen?"
Weiter kamen sie nicht in ihren Überlegungen, denn inzwischen hatten Beate und Lukas ihre Sachen im Kofferraum verstaut und die beiden hinteren Türen des Golfs geöffnet.
„Los, rein da mit Euch, damit wir langsam loskommen", kommandierte Lukas.
Da er auch die entsprechende Geste gemacht hatte, wussten die beiden Kinder, was gemeint war. Denn verstanden hatten sie natürlich nichts. Also setzten sie sich auf die Rückbank.
Elisabeths nächste Überraschung war, wie bequem und weich die Polster der Sitze waren. So gut hatte sie noch nie in einer Kutsche gesessen. Konrad war überhaupt noch nie mit einer solchen gefahren. Er wusste es also gar nicht. Aber bequemer, als alles, worauf er bisher gesessen hatte, war das hier schon.
Als alle im Auto saßen, drehte Lukas sich zu seinen beiden Fahrgästen um. „So, wohin sollen wir Euch denn jetzt bringen in Koblenz?", fragte er.
Konrad nickte eifrig. „Koblenz, Koblenz", wiederholte er.
Lukas wurde es langsam zu bunt. „Ja, Koblenz weiß ich auch, Du Knalltüte", fuhr er den Jungen an. „Aber Koblenz ist groß. Ich bräuchte schon die Adresse."
Erschrocken fuhr Konrad zusammen. Er kannte nur ‚Koblenz'. Von dem Rest hatte er nichts verstanden.

Beate ging dazwischen. „Du kannst den Jungen doch nicht so anpfeifen, Lukas. Du merkst doch, er versteht Dich nicht."
„Schön. Und was schlägst Du vor, sollen wir mit den beiden jetzt machen?", fragte Lukas zurück, immer noch ein wenig aufgebracht über so viel Begriffsstutzigkeit.
„Fahr erstmal los", schlug sie vor. „Wenn wir in der Stadt sind, sehen wir weiter. Irgendwas werden sie ja wohl erkennen, an dem sie sich orientieren können."
Lukas stöhnte. „Dein Wort in Gottes Ohr."
Lachend schnallte Beate sich an.
Lukas schob den Schlüssel ins Zündschloss und startete den Motor.
Hinter ihm gab es einen markerschütternden Schrei. Nein, eigentlich waren es zwei Schreie, die Lukas so sehr erschreckten, dass er den Motor abwürgte.
„Sagt mal, seid Ihr vom wilden Affen gebissen, oder was!?", brüllte er, indem er sich umdrehte. „Ihr habt doch wohl nicht mehr alle Latten am Zaun, hier so rumzukrakeelen! Ich fass es ja nicht!"
Aber als er die beiden sah, denen die helle Panik ins Gesicht geschrieben stand, beruhigte er sich ebenso schnell wieder, wie er sich aufgeregt hatte.
„Ist ja nix passiert", sagte er, jetzt wieder in einem normalen Tonfall. „Ich hab doch nur den Motor gestartet." Er brachte sogar ein Lächeln zustande.
Die beiden sahen ihn verständnislos an. Aber als sie bemerkten, dass er offensichtlich nicht mehr wütend auf sie war, beruhigten sie sich ein wenig.
„Also nochmal", erklärte Lukas. „Ich starte jetzt den Motor, dann fahren wir los, und ich bringe Euch nach Koblenz. Alles klar?"
„Koblenz", machte Konrad und nickte.
Lukas lachte. „Koblenz. Na klar." Er legte den Kopf schief. „Und tut mir den Gefallen und schreit das nächste Mal ein bisschen leiser. Bitte!"
Beim zweiten Versuch blieb es hinter ihm ruhig. Erst als er losfuhr, sah er im Rückspiegel, wie die beiden Kinder blitzschnell aus ihren Sitzen in den Fußraum rutschten. Angeschnallt hatten sie sich also auch nicht.

Na gut, wenn sie da unten blieben, dann merkte es ja keiner. Hoffentlich ging alles gut.

***

Lukas holperte langsam über den unebenen Weg aus dem Wald hinaus. Hinter ihm blieb alles ruhig. Als er auf die Bundesstraße eingebogen war und kräftig Gas gab, hörte er lediglich, wie beide scharf die Luft einzogen. Weiter nichts. Achselzuckend fuhr er weiter.
Sie kamen gut voran, denn der Verkehr war schwach an diesem frühen Abend. Zum einen war noch immer Ferienzeit und viele waren verreist, zum anderen fuhren sie in die Stadt hinein, während die meisten anderen, jetzt, zur Feierabendzeit, aus der Stadt herausfuhren. Und auch das Wetter hatte sich wieder gebessert. Das Gewitter war abgezogen und hatte die dunklen Wolken mit sich genommen. Die Sonne schien von einem fast blauen Himmel. Die Straßen begannen schon abzutrocknen.
„Wo willst Du parken?", fragte Beate an der ersten Ampel, an der sie anhalten mussten.
„Keine Ahnung", antwortete Lukas achselzuckend. „Aber die scheinen hier so 'ne Art Parkleitsystem zu haben. Dem werd ich mal folgen."
Es wurde grün, und er fuhr weiter. Die beiden hinter ihm blieben im Fußraum vor den Rücksitzen verschwunden. Umso besser, dachte er sich.
„Hier, Görresplatz", sagte er ein paar Ampeln weiter. „Noch fünfundneunzig Plätze frei. Da wird ja wohl für uns einer dabei sein."
Konzentriert folgte er den Schildern, und wenige Minuten später lenkte er sein Auto behutsam in eine freie Parklücke in der Tiefgarage. Er stellte den Motor ab und drehte sich zu seinen Passagieren um.
„So, Ihr zwei, Ihr könnt wieder auftauchen. Wir sind da."
Natürlich verstanden sie wiederum nicht, was er sagte, aber da das unheimliche Brummen, das sie so verstört hatte, plötzlich nicht mehr zu hören war, kamen Konrad und Elisabeth tatsächlich wieder hervorgekrochen.

Lukas zwinkerte ihnen zu. „Was machen wir denn jetzt mit Euch Beiden? Ihr könnt doch nicht in diesem bescheuerten Aufzug durch die Stadt laufen."
Sie gaben keine Antwort, sondern sahen ihn nur verständnislos an.
„Ach was", sagte Beate stattdessen, „können sie wohl. Es gibt 'ne Menge Leute, die in total verrückten Outfits durch die Gegend latschen. Da fallen die beiden hier doch gar nicht weiter auf. Sauber scheinen sie ja jedenfalls zu sein."
Lukas stieß die Fahrertür auf. „Also, dann mal los", sagte er und stieg aus.

***

Elisabeth und Konrad sahen sich erstaunt um, nachdem sie aus dem Auto geklettert waren. Offensichtlich waren sie in einem Keller, denn es war kein Fenster zu sehen, durch das Tageslicht hereinfiel. Aber so einen riesigen Keller hatten sie noch nie gesehen. Und auch über die vielen Kutschen, die hier standen, die in allen möglichen Farben leuchteten und für die man anscheinend überhaupt keine Pferde brauchte, konnten sie sich nur wundern. Ebenso über die helle Beleuchtung. Wo gab es einen Keller, in dem es so hell war? Laternen waren das jedenfalls nicht, die so viel Licht spendeten. Und auch keine Fackeln, denn dann hätte man ja den Ruß sehen müssen. Und auch riechen. Aber hier roch es nicht nach Rauch. Sondern irgendwie anders. So wie hier hatte es noch an keinem Ort gerochen, den sie kannten.
Aber die Zeit, zu überlegen, was das alles bedeuten sollte, hatten sie nicht, denn der fremde Mann, der so nett sein konnte und dann aber plötzlich auch so böse, hatte die Türen seiner Kutsche zugeworfen und winkte ihnen nun, ihm zu folgen.
Zielstrebig steuerte er an den vielen abgestellten Kutschen vorbei auf eine sonderbar aussehende Tür zu. Sie war aus Metall und glänzte im Schein der hellen Laternen. Einen Knauf oder eine Klinke hatte die Tür nicht. Konrad fragte sich, wie man diese Tür wohl öffnen sollte?
Kurz darauf wusste er es.

Der Fremde, der sich Lukas nannte, hatte seinen Finger kurz auf einen grünen Punkt gelegt, der neben der Tür aufgemalt war, und Sekunden später glitt die Tür, wie von Geisterhand geführt, zur Seite und verschwand in der Wand.

Die Tür gab einen kleinen Raum frei, in den Lukas nun hineinging. Seine Gefährtin tat es ihm nach und winkte dann ihm und Elisabeth, es ebenso zu machen. Damit war der Raum fast gänzlich voll, und Konrad fragte sich, welchen Nutzen es haben sollte, in so einem engen Raum zusammenzustehen? Zumal jetzt auch die Tür wieder aus der Wand herauskam und sie in der kleinen Kammer einschloss. Konrad hatte das Gefühl, dass ihm das Atmen schwer werde, aber er unterdrückte die sich anschleichende Panik. Einen neuen Wutanfall von Lukas wollte er nicht riskieren. Ein kurzer Blick zeigte ihm, dass es Elisabeth ähnlich zu gehen schien. Verstohlen griff er nach ihrer Hand.

Dann gab es einen kleinen Ruck, und wieder hörte man ein Geräusch, das so ähnlich klang wie das, welches er in Lukas' Kutsche gehört hatte. Allerdings dauerte das Geräusch nur eine kurze Zeit, dann verstummte es, und wieder gab es einen kleinen Ruck. Erneut verschwand die Tür in der Wand.

Aber hinter der kam nun nicht das hell erleuchtete Kellergewölbe und die vielen, bunten, pferdelosen Kutschen zum Vorschein, die sich darin befanden, sondern ein weiter Platz tat sich vor ihm auf, der im hellen Sonnenlicht lag. Konrad konnte sich nicht erklären, wie das möglich war.

Sie traten auf den Platz hinaus.

Lukas sah ihn an. „Koblenz", sagte er und zeigte mit dem ausgestreckten Arm in die Runde.

Koblenz? Das sollte Koblenz sein? Niemals!

Niemals hatte Konrad in seinem Leben solche riesigen Häuser in Koblenz gesehen. Paläste allemal und allesamt aus Stein erbaut, mit riesigen Fenstern, durch die man ungehindert hineinsehen konnte. Das konnte nicht sein! Also schüttelte er den Kopf. Nein, das konnte nicht seine Heimatstadt sein. Unmöglich!

„Na, komm, ich zeig Dir was", sagte Beate auf sein Kopfschütteln hin und winkte ihm und Elisabeth mitzukommen.

Gehorsam folgten die beiden ihr und ihrem Gefährten.

Mit Bedacht wählte Beate die kleinen Nebenstraßen aus, um hinunter zum Rhein zu gelangen. Trotzdem stand den beiden Kindern die Furcht ins Gesicht geschrieben. Eng drückten sie sich an die Wände der Häuser, wenn wieder eine von diesen pferdelosen Kutschen vorbeikam, die mit einer solch atemberaubenden Geschwindigkeit fuhren, dass man es kaum fassen konnte.

Kurz entschlossen nahm Beate das Mädchen an die Hand. Als er es sah, machte Lukas es bei Konrad ebenso. Willig ließen die beiden sich führen.

An einer Ampelkreuzung mussten sie die Straße überqueren. Ohne stehenzubleiben wollte Konrad dies tun. Im letzten Moment riss Lukas ihn von der Straße zurück, gerade noch rechtzeitig, bevor ein riesiger Sattelschlepper an ihm vorbeidonnerte, dessen Fahrer wütend das laute Horn ertönen ließ. Konrad war zu Tode erschrocken.

„Mensch, Junge, Du kannst doch nicht einfach bei Rot über die Straße latschen", stieß Lukas hervor, dem die Sache auch einen ziemlichen Schrecken eingejagt hatte.

Voller Angst und eingeschüchtert sah Konrad ihn an.

Beate legte die freie Hand auf den Arm ihres Freundes. „Er versteht Dich doch nicht, Lukas. Jetzt schnarch ihn doch nicht immer gleich so an."

Dann wandte sie sich an Konrad und Elisabeth. „Passt auf, Ihr beiden." Sie zeigte mit dem ausgestreckten Arm auf die Ampel auf der gegenüberliegenden Straßenseite, die immer noch Rot leuchtete. „Rot, nicht gehen", sagte sie, schüttelte dabei energisch mit dem Kopf und wedelte mit dem Zeigefinger hin und her.

Die Ampel sprang auf Grün.

„Jetzt", sagte Beate und ging los, Elisabeth hinter sich herziehend. „Seht Ihr: Bei Rot stehen; bei Grün gehen", belehrte sie Beate schulmeisterlich.

Auf der anderen Straßenseite wiederholte sie ihre Lektion in Worten und Gestik, indem sie auf die Ampeln zeigte, die das entsprechende Lichtzeichen gaben.

Anscheinend hatten die beiden sie verstanden, denn an der nächsten Kreuzung machten sie es richtig.

Ein paar Straßen weiter blieb Elisabeth plötzlich stehen und zog Beate an der Hand zurück.

„Sankt Kastor", sagte sie und deutete aufgeregt auf den alten, romanischen Sakralbau.

„Sankt Kastor", bekräftigte Konrad daraufhin, der die Kirche ebenfalls wiedererkannt hatte.

Die beiden rissen sich los und liefen auf die Kirche zu.

„Stimmt", sagte Beate, während sie und Lukas den beiden langsam folgten. „Das ist allerdings die Kastorkirche, eine der ältesten, romanischen Kirchen in Deutschland. Die haben die zwei erkannt."

„Erstaunlich eigentlich, dass man diese Kirche auch dort zu kennen scheint, wo die beiden herkommen", wunderte sich Lukas.

„Naja, also, kommen tun sie wahrscheinlich schon von hier", sagte Beate gedehnt, mit einem geheimnisvollen Ton in der Stimme. „Allerdings habe ich das Gefühl, sie kommen nicht aus unserer Zeit."

Lukas blieb stehen und sah seine Freundin ungläubig an. „Was willst Du damit sagen?"

„Na, überleg doch mal. Sie tauchen ganz plötzlich aus dieser Höhle mitten im Wald auf. Sie verstehen unsere Sprache nicht, sie sprechen Mittelhochdeutsch. Sie sind auch genauso gekleidet wie die Leute aus jener Zeit, in der man diese Sprache gesprochen hat, und sie benehmen sich so. Sie kennen keine Autos, keine Aufzüge, sie finden sich im Straßenverkehr nicht zurecht und so weiter und so weiter. Da liegt dieser Schluss doch nahe, findest Du nicht?"

„Aber wie soll das gehen? Zeitreisende, so was gibt's doch gar nicht?" In Lukas kam der Ingenieurstudent zum Vorschein, dem alles suspekt war, was sich nicht mathematisch berechnen ließ. „Die machen uns doch was vor. Wahrscheinlich verstehen sie jedes Wort und machen sich jetzt über uns lustig."

Beate schüttelte energisch den Kopf. „Nein, das glaub ich nicht. Dann wär das eben mit dem LKW nicht passiert. Das war haarscharf, und so was macht man nicht, wenn man sich nur einen Spaß erlauben will. Der Junge hatte wirklich keine Ahnung."

„Hm, da ist was dran", gab Lukas zu. „Aber trotzdem …"
„Vielleicht hat es ja was mit der Höhle zu tun, vor der sie plötzlich standen", unterbrach Beate ihn. „Da sind sie vermutlich auch rausgekommen."
„Du meinst, die Höhle ist ein …"
„…eine Art ‚Time Tunnel'. Genau das meine ich." Beate nickte eifrig. „Wenn man hindurchgeht, gelangt man in eine andere Zeit."
„Das ist doch bekloppt, so was gibt's doch gar nicht", wiederholte Lukas, jetzt mit einiger Empörung in der Stimme.
„Vielleicht sollten wir's einfach mal ausprobieren", schlug Beate vor.
„Du tickst doch nicht ganz sauber", empörte sich Lukas weiter. „Ich latsch doch nicht einfach in eine unbekannte Höhle rein."
„Also hast Du Schiss?" Beate grinste ihn provozierend an.
„Natürlich hab ich Schiss, was glaubst Du wohl?", gab Lukas zu. „Aber vor Steinschlag und Baufälligkeit und irgendwelchen Verwerfungen und sowas und nicht vor so 'nem dämlichen ‚Time Tunnel', von dem Du fantasierst."
„Naja, warten wir erstmal ab, was die beiden uns zu erzählen haben", lenkte Beate ein.
Sie hatte keine Lust, sich weiter mit Lukas zu streiten. Das brachte doch nichts. Denn wenn etwas gegen sein mathematisch-physikalisch-technisches Weltbild ging, war er schwer zu überzeugen. Sie deutete auf die Kirche. „Geh'n wir erstmal rein und sehen nach, was die beiden da so treiben."
Beate und Lukas fanden Elisabeth und Konrad nebeneinander in der ersten Bank kniend tief im Gebet versunken.

Kapitel 5 – A. D. 1345

Giselher von Raesfeld war außer sich vor Sorge. Längst war der Tag zu Ende gegangen, und draußen herrschte finsterste Nacht nach diesem furchtbaren Unwetter, das am Nachmittag über der Stadt niedergegangen war. Und seine einzige Tochter, Elisabeth, war noch immer nicht zu Hause. Spätestens zum Abendessen hätte sie da sein müssen, zusammen mit Konrad, dem Fackelträger, den er an seinen Tisch eingeladen hatte.

Als es dafür Zeit war und sie ausblieb, hatte er sein gesamtes Gesinde geschickt, um nach ihr und dem jungen Mann zu suchen. Aber weder sie noch ihn hatten sie gefunden. Obwohl sie ganz Koblenz nach den beiden abgesucht hatten, bis die Nacht über der Stadt hereinbrach und eine weitere Suche sinnlos machte. Jeden hatten sie gefragt, denn fast jeder kannte Konrad, den Fackelträger, und Elisabeth, die Tochter des Gewürzhändlers und Ratsherren von Koblenz. Aber niemand hatte die beiden an diesem Nachmittag gesehen. So kehrten sie nach und nach alle wieder mit leeren Händen zurück.

Morgen, wenn die Tore der Stadt wieder geöffnet waren, würden sie draußen auf den Feldern und Wiesen und in den Wäldern weitersuchen. Möglich, dass sie dort erfolgreicher waren, denn Elisabeth hatte ihrem Vater ja gesagt, dass Konrad sich oft außerhalb der Stadtmauern von Koblenz aufhalte, da er in der Stadt nur angefeindet werde.

Allerdings, wenn sie die Nacht außerhalb der Mauern verbringen mussten, war es leicht möglich, dass ihnen etwas zustieß. Dort draußen war es nachts nicht ungefährlich. Wenn ihnen nicht schon längst etwas Schlimmes widerfahren war. Wahrscheinlich sogar, denn Giselher von Raesfeld kannte seine Tochter nicht als eine leichtsinnige Person. Und dass Konrad ihr etwas angetan haben konnte, hielt er für ausgeschlossen. Der Junge war kein Verbrecher.

***

Genau das nahm allerdings Sieglinde Godebrecht, die Witwe des Bäckers und Muhme des verschwundenen Konrad, von ihm an.

Wie seine Mutter hatte der Bursche sich einfach davon- und sich die Tochter des Gewürzhändlers zu Willen gemacht. So wie sein Vater es mit der unglücklichen Dirne aus dem Frauenhaus getan hatte. Davon war sie fest überzeugt. Das Rad würde auch auf ihn warten, wenn man ihn fing. Und so einen hatte sie in ihrem Haus beherbergt. Es war doch offensichtlich, dass die ganze Sippe der Merseburger bis ins Mark verdorben war.

Das musste sich ändern, so konnte es nicht weitergehen. Erst die Mutter, dann der Vater und nun der älteste Sohn. Blieben die Tochter und der jüngere Sohn. Die mussten aus dem Haus und zwar sofort.

Entschlossen ging sie hinüber in die Backstube, wo Gertrude Merseburger gerade dabei war, den schweren Brotteig zu kneten. Das bereitete der Elfjährigen sichtlich Mühe, schwächlich und kränklich wie sie war, aber verbissen verrichtete sie ihre Arbeit.

„Pack Deine Sachen zusammen und die Deines Bruders", herrschte Sieglinde das verschüchterte Mädchen an. „Und dann seht zu, dass Ihr fortkommt. Ich will Eure Schande nicht länger auf meinem Haus lasten sehen."

Entsetzt und mit offenem Mund starrte das Kind sie an, unfähig, sich zu rühren. Selbst ihre Hände blieben im Teig stecken. Sieglinde Godebrecht zog sie dort heraus.

„Was ist, bist Du schwerhörig?", keifte sie weiter. „Ich habe gesagt, Ihr sollt verschwinden, Du und Dein Bruder. Bevor noch der Tag gegangen ist, will ich Euch hier nicht mehr sehen."

„Aber …, aber …", stammelte das Mädchen. „Wo sollen wir denn hin?"

„Der Allmächtige wird Euch den Weg schon weisen."

***

Dann standen sie auf der Straße, lange bevor es zu dämmern begann. Gertrude trug ein Bündel mit ihren Kleidern und denen ihres kleinen Bruders, Johann, den sie an der Hand hielt. Die Muhme hatte ihnen noch einen Kanten Brot mitgegeben und sie dann zur Türe hinausgeschoben.

Während der kleine Johann gar nicht wusste, was da geschah, hatte Gertrude Tränen der Verzweiflung in den Augen. Aber sie weinte nicht. Diese Blöße wollte sie sich vor der hartherzigen Frau nicht geben. Ein letzter Blick noch auf das Haus, in dem sie sechs Jahre verbracht hatte, mehr als die Hälfte ihres Lebens, dann wandte sie sich ab.
Sie ging einfach drauflos, ohne zu wissen, wohin oder an wen sie sich wenden sollte. In den Straßen der Stadt herrschte an diesem späten Nachmittag noch geschäftiges Treiben. Viele der Leute, die den beiden Geschwistern begegneten, kannte Gertrude. Sie grüßte, aber sie wurde nicht zurückgegrüßt. Die Koblenzer wollten nichts von den beiden wissen, ebenso wie sie von ihrem älteren Bruder, Konrad, keine Notiz genommen hatten. Sie waren Mörderkinder, alle drei, und mit solchen wollte man nichts zu tun haben.
In der Stadt würden sie für die Nacht kein Obdach finden, das war Gertrude sehr bald klar. Aber auf den Straßen die Nacht zu verbringen, hielt sie auch nicht für eine Lösung. Dort gab es keinen Ort, an dem man sich niederlegen und schlafen konnte. Da war man besser außerhalb der Mauern aufgehoben, irgendwo unter den Büschen am Waldrand, wo weiches Gras wuchs und wo man einigermaßen geschützt lag. Glücklicherweise war es Sommer, und es war warm, so würden sie wenigstens nicht frieren müssen. Und das Wetter hatte sich auch wieder beruhigt nach dem schlimmen Gewittersturm vom Tag zuvor. Hinauszugehen aus der Stadt wäre also eine Möglichkeit, zumindest für diese Nacht. Morgen würde man dann weitersehen.
Entschlossen lenkte Gertrude ihre Schritte nach dem Löhrtor zu. Johann trippelte neben ihr her wie ein junger Hund, der seinem Frauchen hinterherläuft. Der Torwächter sah die beiden hinausgehen und wunderte sich wegen der späten Stunde, da sie das taten. Wenn sie wieder in die Stadt zurückwollten, mussten sie das tun, bevor es dunkel war. Denn dann wurde das Tor geschlossen und niemand kam mehr hinein oder heraus.
Aber er ließ sie passieren, ohne sie anzusprechen. Sie mussten selber wissen, was sie taten. Das Mädchen zumindest, denn das war mit seinen

elf Jahren ja längst alt genug. Ein Jahr noch, dann würde es im heiratsfähigen Alter sein, und da musste man Vernunft walten lassen, bei allem, was man vorhatte.

Gertrude und Johann liefen an den Feldern entlang auf den Wald zu. Einen einigermaßen gut geschützten Platz, abseits der Straße, auf dem sie nicht leicht zu entdecken waren, hatten sie bald gefunden. Ein kleines Bächlein gab es hier auch, mit dessen Wasser sie ihren Durst löschen konnten. Gertrude beschloss, ihr Lager an dieser Stelle aufzuschlagen.

***

Es war den Geschwistern nichts passiert in jener Nacht. Johann hatte noch lange gequengelt, bevor er endlich eingeschlafen war. Er wollte nach Hause und verstand nicht, warum sie dorthin nicht konnten, obwohl Gertrude es ihm geduldig zu erklären versuchte. Aber schließlich war die Natur stärker gewesen als sein Heimweh und er war in den Schlaf gefallen.

Gertrude hatte eine unruhige Nacht. Sie ängstigte sich, so allein in der Dunkelheit, vor den sicheren Mauern der Stadt, die sie sonst beschützt hatten. Die Geräusche des Waldes waren ihr fremd, und oft schreckte sie hoch, wenn ein Tier vorbeilief. Sehen konnte sie keines von ihnen, denn der Himmel war wolkenverhangen und so war die Nacht zu schwarz.

Sobald es hell wurde, packte sie ihre Sachen und lief mit ihrem Bruder an der Hand zurück zum Löhrtor. Als das Tor geöffnet wurde, gingen sie zurück in die Stadt.

Nachdem sie die Frühmesse besucht hatten, ging Gertrude von Tür zu Tür und fragte nach Arbeit. Aber man gab ihr keine. Sie bekam zu hören, was man auch ihrem Bruder Konrad schon gesagt hatte. Sie sei zu schmächtig und zu schwach und nicht zu gebrauchen. Zumal sie den Kleinen dabeihabe. Ob sie wohl glaube, man würde den so ohne weiteres mit durchfüttern? Und sowieso sei sie die Tochter des Schwerverbrechers Ruprecht Merseburger, mit so einer wolle man nichts zu schaffen haben.

Einmal bekam sie ein kleines Stück Brot, das sie sofort an den kleinen Johann weitergab, der schon die ganze Zeit über Hunger geklagt hatte. Den hatte sie natürlich auch, aber um zwei sattzukriegen, war es zu wenig.
Bis zum Angelusläuten war sie unterwegs. Aber dann konnte sie nicht mehr. Sie war zu erschöpft, um noch weiter von Haus zu Haus zu ziehen und jedes Mal wieder weggejagt zu werden. Müde, hungrig und verzweifelt ließen sich die beiden Kinder vor dem Eingang zur Kirche ‚Unserer Lieben Frau' nieder. Gertrude nahm ihr Gebende ab und legte es offen vor sich auf den Boden. Vielleicht kam ja ein barmherziger Kirchgänger des Wegs, der eine Münze hineinfallen ließ.
Aber auch das geschah nicht.
Nach vielen Stunden vergeblichen Wartens wollte sie gerade enttäuscht weiterziehen, als sie angesprochen wurde.
„Was macht Ihr Kinder denn hier am hellen Nachmittag vor der Kirche?", fragte sie jemand.
Gertrude erschrak. Natürlich wusste sie, dass das Betteln hier nicht gestattet war. Aber dann wieder, die Stimme hatte nicht böse geklungen, wie die eines Büttels oder des Kirchendieners, der sie von hier verjagen wollte. Zaghaft sah sie auf.
Vor ihr stand der ehrenwerte Ratsherr und Gewürzhändler Giselher von Raesfeld. Der war ihr natürlich wohlbekannt. Umgekehrt schien es allerdings nicht so zu sein, denn der Herr machte nicht den Eindruck, als ob er sie kenne. Aber er lächelte.
„Ich hoffte, dass jemand des Wegs käme und mir ein paar Münzen zuteilwerden ließe, damit ich Brot kaufen kann für mich und meinen Bruder. Aber bis jetzt ist das noch nicht geschehen."
„Und es besteht auch wenig Hoffnung, dass es geschieht", antwortete der Ratsherr. „An einem Werktag wie diesem gehen wenige Leute diesen Weg."
„Aber ich habe gedacht, die wenigen, die kommen, um in der Kirche ein Gebet zu sprechen, sind vielleicht barmherziger als diejenigen, die auf den Marktplatz gehen, um dort ihren Handel zu treiben", erwiderte Gertrude.

„Eine kluge Überlegung", stimmte der Ratsherr zu. „Aber es scheint doch wohl so, als habest Du Dich geirrt."
Gertrude nickte. „So ist es wohl."
„Nein, so ist es nicht. Es scheint nur so. Denn ich werde nicht einfach so an Dir und Deinem kleinen Bruder vorbeigehen.", widersprach der Ratsherr. „Er ist doch Dein Bruder?"
Wieder nickte Gertrude. „Ja, das ist er, wohledler Herr."
„Nun gut, dann sollen Du und Dein Bruder jetzt mit mir gehen, in mein Haus. Dort werdet Ihr zu essen erhalten, und während Ihr Euch stärkt, erzählst Du mir, was Dir widerfahren ist, dass Du in so jungen Jahren schon auf dem staubigen Boden sitzen und die Leute um ein Almosen bitten musst."
Gertrude schöpfte neue Hoffnung, obgleich sie es noch nicht so recht zu glauben vermochte. „Das wollt Ihr wirklich tun, edler Herr?"
„Natürlich will ich das tun", antwortete der Ratsherr mit fester Stimme. „Sonst hätte ich es nicht gesagt. Ich pflege nie etwas anzukündigen, das ich hinterher nicht auch ausführen würde. Also nimm Deine Sachen und Deinen Bruder, und dann kommt."
Er drehte sich um und ging gemessenen Schrittes davon. Gertrude nahm Johann an der Hand, und beide beeilten sich, dem Ratsherrn zu folgen.

***

Gertrude staunte nicht schlecht, als sie das prächtige Haus des Ratsherrn betraten, das sie bis zu diesem Tag nur von außen gesehen hatte. Die Größe der Räume und die kostbaren Möbel übertrafen alles, was sie bisher gesehen hatte. Der Ratsherr führte sie in eine Stube und wies eine der Mägde an, aufzutischen.
Einmal mehr staunten die Kinder dann über die Fülle dessen, was die Magd heranschaffte. Aber sie hielten sich nicht lange mit dem Staunen auf, sondern langten zu, sobald der Ratsherr mit ihnen das Tischgebet gesprochen hatte.

Wie der Ratsherr es verlangt hatte, musste Gertrude erzählen, während sie aß. Und je mehr sie erzählte, desto zorniger wurde er. Es war himmelschreiendes Unrecht, was die Bäckersfrau den Kindern angetan hatte, unternehmen konnte er jedoch dagegen nichts. Vor dem Gesetz hatte die Frau sich nicht schuldig gemacht. Jedenfalls nicht vor dem weltlichen. Wie es vor dem göttlichen aussah, war freilich eine andere Sache. Aber darüber hatte er nicht zu richten. Darum herumkommen würde die Bäckersfrau ohne Zweifel nicht, nur half das den Kindern im Augenblick wenig.

„Ihr werdet bei mir bleiben und in meinem Hause wohnen", entschied er daher, nachdem Gertrude ihren Bericht vollständig abgegeben hatte. „Arbeit wird sich für Euch finden, mit der Ihr Euer Brot verdienen könnt. Zumal jetzt, da viele meiner Knechte ausgezogen sind, meine Tochter Elisabeth und Euren Bruder Konrad zu suchen." Er erhob sich. „Ich werde die Magd anweisen, Euch eine Kammer herzurichten, in der Ihr wohnen könnt. Jetzt esst zunächst einmal, bis Ihr vollkommen satt seid. Alles Weitere wird sich finden."

Damit ging er hinaus, ehe noch die Kinder die Möglichkeit hatten, sich bei ihm für seine Großzügigkeit zu bedanken.

***

Abermals kehrte das Gesinde des Ratsherrn am Abend mit leeren Händen zurück. Obwohl sie den ganzen Tag mit größter Sorgfalt überall nach Elisabeth und Konrad gesucht hatten, blieben die beiden unauffindbar. Gesehen hatte sie auch niemand, weder in der Stadt, noch außerhalb in den Feldern, auf den Wiesen oder in den Wäldern, soweit man diese hatte durchsuchen können an einem Tag. Auch von den Bauern, die um die Stadt herum ihre Höfe und Güter hatten, oder von jedwedem anderen Landvolk waren sie nicht gesehen worden.

Es blieben also zwei Möglichkeiten. Entweder waren sie in die Hände von Räubern oder anderem Gesindel gefallen, das sich in den Wäldern vor der Stadt und den ganzen Hunsrück hinauf herumtreiben mochte, und man hatte sie irgendwo verscharrt oder aber sie waren von irgendwelchen Angehörigen des fahrenden Volkes überredet worden, mit ihnen in die Fremde zu ziehen. Dies schien jedoch eher unwahrscheinlich, denn sicherlich war die Gewürzhändlerstochter wohl eher keine, die das angenehme Leben im Hause ihres Vaters leichtfertig gegen die Strapazen der Fahrensleute eintauschen würde.

Bei Konrad freilich sah das anders aus. Der Fackelträger hatte in seiner Vaterstadt Koblenz nichts mehr zu verlieren und auch nichts zu gewinnen. Ihm war es durchaus zuzutrauen, dass er sich entschließen mochte, die Vergangenheit hinter sich zu lassen, um irgendwo, in einer anderen Stadt, in der ihn niemand kannte und in der niemand von seinem Schicksal wusste, ein neues Leben anzufangen.

Blieb also für Elisabeth nur die erstgenannte Möglichkeit. Wenn es so gewesen war, dann musste sich die Stelle finden lassen, an der man sie begraben hatte. Allzu weit von der Stadt entfernt konnte diese Stelle nicht liegen, denn ihre späteren Mörder hätten sich wohl kaum die Mühe gemacht, ein widerspenstiges Mädchen zuerst eine Strecke weit mitzuschleppen, bevor sie sich dann doch seiner entledigten. Solcherart waren die Überlegungen des Gewürzhändlers, die er mit seinen Knechten teilte, bevor er sie schließlich anwies, am folgenden Tage noch einmal in die Umgebung der Stadt auszuschwärmen und genau nach solchen Orten zu suchen, an denen man einen Menschen verscharrt haben konnte.

Seiner Ehefrau hingegen verschwieg er seine Gedanken. Sie war ohnedies ganz krank vor Kummer und Sorgen um ihre einzige Tochter, als dass er ihr mit seinen düsteren Schlüssen noch zusätzliches Leid zufügen mochte. Wobei zudem darüber hinaus keinerlei Gewähr dafür bestand, dass sie richtig waren.

***

Einen Hinweis darauf, dass seine tristen Gedanken wohl *nicht* der Wirklichkeit entsprachen, erhielt er am Abend des folgenden Tages. Da wurde ihm berichtet, dass man eine solche Stelle, an der man eine Ermordete habe verschwinden lassen können, trotz sorgfältiger Suche nicht hatte finden können. Und niemandem war auch fahrendes Volk aufgefallen, das sich in oder um Koblenz herum aufgehalten hätte und mit dem Konrad hätte davonziehen können.

Das Verschwinden der beiden jungen Leute, Elisabeth, der Tochter des Gewürzhändlers, und Konrads, des Fackelträgers, war und blieb ein ungelöstes Rätsel.

Kapitel 6 – A. D. 2013

Nicht schnell genug konnten Elisabeth und Konrad zu der Kirche hinrennen. Dieses Gemäuer war das erste, das ihnen vertraut war, nachdem sie aus jener seltsamen Höhle herausgekommen waren. Im Innern der Kirche jedoch war ihnen fast gar nichts mehr vertraut.

Zunächst konnten sie sich nicht erinnern, dass es jemals so hell darin gewesen war, selbst nicht, wenn zum Hochamt die Kerzenträger um den Altar standen und jedes andere Licht in der Kirche entzündet war. Denn dann wurde es gedämpft durch den Rauch, der wie Nebelschwaden durch die Kirche zog. Jetzt aber war die Luft klar und hell, erleuchtet von zahlreichen dieser seltsamen Laternen, die ein ruhiges, gleichmäßiges Licht ausstrahlten und kein bisschen flackerten.

Das breite Langschiff der Kirche freilich war so, wie sie es kannten. Nur die Bänke, die darin standen, die hatte es nicht gegeben. Ebenso wenig wie der Schmuck der Altäre und die Figuren und all das.

Sie fragten sich, wie das alles möglich war. Alles, was ihnen widerfahren war, seit sie diese Höhle verlassen hatten. Es gab nur den *einen* Schluss für sie, der das alles erklärte. Es war Teufelswerk! Ja, so musste es sein. Und darum knieten sie sich in die vorderste der Bänke, die sie nicht kannten, und begannen zu beten. Inständig zu beten, Gott der Allmächtige und Barmherzige möge sie aus diesem furchtbaren Albtraum erwecken und sie wieder dorthin bringen, wohin sie gehörten: In das Koblenz, das sie kannten, und zu den Menschen, die sie kannten und die so waren wie sie, die gleiche Kleidung trugen und die gleiche Sprache sprachen.

Diesmal griff Elisabeth nach Konrads Hand, während sie gemeinsam das ‚Ave Maria' beteten. Bestimmt war es gut, sich auch an die Gottesmutter zu wenden in dieser schrecklichen Lage, in der sie sich befanden. Obwohl, das mussten sie zugeben, die Menschen, die sie getroffen hatten, waren gut zu ihnen gewesen, auch wenn der junge Herr manchmal etwas ungeduldig war und etwas ärgerlich. Er hatte sie zwar angebrüllt, aber er hatte sie nicht geschlagen. Etwas, womit zumindest Konrad schon einige Male gerechnet hatte.

Jetzt betraten die beiden seltsamen Menschen die Kirche. Konrad konnte ihre Schritte hören.

Er stand auf und zog Elisabeth mit sich. Sie traten aus der Bank hinaus und blieben vor Beate und Lukas stehen.

„Bleibt ruhig noch, wenn Ihr noch etwas mehr Zeit braucht", sagte Lukas.

Sie konnten zwar nicht verstehen, was er sagte, aber er sagte es in einem leisen und sehr freundlichen Ton, der sie beruhigte. Und er lächelte. Ebenso wie Beate, die nach Elisabeths freier Hand griff, während Lukas die seine auf Konrads Schulter legte.

„Sollen wir gehen?", fragte Beate, und sie fragte es in der mittelhochdeutschen Sprache, so dass die beiden Kinder sie verstehen konnten.

Beide nickten.

Als sie aus der Kirche heraustraten, umfing sie wieder der Lärm der Großstadt, den sie nicht gewohnt waren und den sie bis jetzt gar nicht richtig bemerkt hatten. Aber er war da, und er machte ihnen Angst. Elisabeth griff nach Beates Hand und Konrad machte es ebenso bei Lukas.

Ein Mann sollte so etwas nicht tun, dachte er dabei, aber er konnte nicht anders. Lukas sah ihn an, drückte seine Hand und zwinkerte ihm zu.

**

„Was machen wir denn jetzt mit den beiden?", fragte Beate, als sie auf dem Kirchplatz vor der Sankt Kastor Kirche standen. „Wir können sie doch nicht einfach hier stehenlassen."

Lukas schüttelte den Kopf. „Wir nehmen sie mit nach Aachen", antwortete er entschlossen.

Beate schien irgendwie erleichtert, als sie ihren Freund diesen Vorschlag machen hörte. Denn die einzige Alternative, die ihr einfiel, wäre die gewesen, die beiden auf der nächsten Polizeiwache abzuliefern, damit die Polizei sich um sie kümmern sollte. Aber das war in ihren Augen keine Lösung. Denn dort hätte man am allerwenigsten gewusst, was man mit diesen ‚Zeitreisenden' hätte anfangen sollen.

Und Beate war fest davon überzeugt, dass sie das waren. Nur, diese Geschichte hätte sie wohl niemandem ernsthaft begreiflich machen können. Am allerwenigsten der Polizei. Daher war sie froh, dass Lukas diesen Vorschlag gemacht hatte und auch nicht lange zögerte, ihn umzusetzen.

Sie gingen den gleichen Weg zurück, den sie gekommen waren. Die beiden Kinder betrachteten alles, was geschah, sehr interessiert, aber nicht mehr so verängstigt. Selbst Aufzugfahren und das Einsteigen ins Auto ging reibungslos vonstatten.

„Aber diesmal bleibt Ihr in Euren Sitzen und schnallt Euch an", sagte Lukas lachend und ging gleich daran, es in die Tat umzusetzen.

Etwas Angst hatten sie schon, als er und Sabine den beiden auf den Rücksitzen die Sicherheitsgurte anlegte. Das konnte er in ihren Augen sehen. Aber sie protestierten nicht und ließen es sich gefallen. Auch gab es kein Geschrei oder andere Anzeichen von Panik, als Lukas den Motor startete und losfuhr. Obwohl er im Rückspiegel deutlich sah, dass sich die beiden Kinder höchst unbehaglich fühlten. Zu Anfang jedenfalls.

Aber als Lukas dann in gemächlichem Tempo durch die Stadt fuhr, entspannten sich ihre Gesichter allmählich. Und wichen grenzenlosen Erstaunen. Unglaublich, wie viele von diesen pferdelosen Kutschen es zu geben schien. Es sah fast so aus, als hätte jeder eine. Kutschen mit Pferden sahen sie hingegen keine. Auch keine Wagen, die von Pferden gezogen wurden, kein Vieh, das ein Bauer vor sich her zum Markt trieb, nichts von alldem, was sie gewohnt waren.

Lukas nahm die B9, Richtung Norden, aus der Stadt heraus. Als sie über die Moselbrücke fuhren, zeigte Beate nach rechts aus dem Fenster.

„Die Balduinsbrücke", sagte sie, nach hinten, zu den Kindern gewandt. Beide sahen in die angedeutete Richtung, und machten ein ungläubiges Gesicht. Die Balduinsbrücke? Aber, das konnte doch gar nicht sein. Die war doch noch längst nicht fertig, obwohl man jetzt schon drei Jahre lang daran baute, nachdem der ehrwürdigste Kurfürst von Trier, Erzbischof Balduin, den Auftrag dazu erteilt hatte. Und es würde auch noch eine lange Zeit dauern, bis man damit fertig war. Doch das hier war die Balduinsbrücke. Ohne Zweifel. Und fertig war sie auch, denn

man sah diese seltsamen Kutschen darüberfahren und Leute darauf, die zu Fuß gingen. Sie konnten sich keinen Reim darauf machen.
Auch nicht auf die vielen, riesigen Häuser aus Stein, die auf der anderen Seite des Moselflusses standen. Denn da war bislang nichts gewesen, das wussten sie genau. Nur Wiesen und Felder.
Vielleicht waren sie doch nicht in Koblenz?
Aber die Kirche war eindeutig die Kirche des heiligen Kastor, und die Brücke ohne Zweifel die, die der Erzbischof Balduin bauen ließ. Was sie hier sahen, das konnte einfach nicht sein. Das war Teufelszeug, Hexenwerk!
Schnell schlugen sie beide das Kreuzzeichen und schickten ein Stoßgebet an die Mutter Gottes.

***

„Falsche Richtung", meinte Beate, als Lukas auf die A48 auffahren wollte, allerdings in Richtung Dernbacher Dreieck, statt in die Gegenrichtung, zum Koblenzer Kreuz hin, von wo aus sie über die A61 und die A4 am schnellsten nach Aachen kämen.
„Nee, nee", antwortete Lukas. „Ich wollte nur kurz über den Rhein fahren und dann auf der anderen Seite den Berg hoch, zu dem Parkplatz. ‚Auf der Zeg' heißt der, und von da hat man eine tolle Sicht über den Rhein bis nach Koblenz hin, weißt Du. Das wollte ich den beiden mal zeigen."
„Ja, kenn ich. Gute Idee, mach mal."
Sie fuhren über die Rheinbrücke, hinüber nach Vallendar und nahmen den Anstieg zum Westerwald. Konrad wunderte sich, wie schnell die Kutsche den steilen Berg hinaufzufahren vermochte. Bevor die Straße einen Bogen nach links machte, lenkte Lukas die Kutsche nach rechts hinunter. Hier gab es eine freie Fläche, groß wie ein Marktplatz. Mitten darauf hielt er an.
Elisabeth und Konrad wollten aussteigen so schnell es ging. Aber das klappte nicht, denn sie waren ja angeschnallt. Beate und Lukas zeigten ihnen, wie man die Gurte löste. Dann hielt sie nichts mehr. Sie liefen

nach vorne zu dem Geländer am Rand des Parkplatzes und konnten nicht fassen, was für ein Panorama sich vor ihren Augen auftat.
Stumm standen sie da, hielten sich an den Händen und starrten hinüber auf das fünf Kilometer entfernte Koblenz.
Beate und Lukas waren ihnen langsam gefolgt. Beate trat hinter die beiden, legte ihnen die Hände auf die Schultern und schob ihren Kopf zwischen die der beiden Kinder.
„Koblenz", sagte sie.
Die Kinder sahen sie an und schüttelten die Köpfe.
Beate hingegen nickte. „Doch, Koblenz", wiederholte sie. „Seht mal, der Rhein, mit den Inseln Graswerth und Niederwerth, die Mosel, das Deutsche Eck, Sankt Kastor, der Beatusberg und die Festung Ehrenbreitstein." Sie streckte den Arm aus, um auf die Orte zu zeigen, die sie nannte.
Das alles kannten sie, zumindest dem Namen nach, denn auf den beiden Rheininseln vor Vallendar waren sie nie gewesen. Aber sie wussten, dass es diese Inseln gab.
Aber es sah ja *alles* anders aus, als sie es kannten. Obwohl ihnen einiges wenige davon bekannt war. Das war zweifelsohne Koblenz und war es auch wieder nicht. Allein wenn sie sahen, wie riesig die Stadt war. Niemals hätten sie gedacht, dass Koblenz wirklich so groß war. Aber sie waren eben auch noch nie an einem solch hochgelegenen Ort gewesen, von dem aus man diesen weiten Blick über die Stadt hatte.
Doch wo war überhaupt die Stadtmauer? Konrad konnte sie nirgendwo entdecken. Tatsächlich waren sie ja auch vorhin gar nicht durch eines der Tore gefahren. Das machte alles noch ein wenig seltsamer. Eine Stadt ohne eine Mauer drumherum, das gab es doch gar nicht. Das war doch viel zu gefährlich, wenn jedermann ganz nach Belieben und zu jeder Tages- und auch Nachtzeit in die Stadt hereinkonnte und auch wieder hinaus. Das alles war einfach unmöglich, Teufelszeug, Hexenwerk, er hatte es ja gesagt.
Zur Sicherheit schlug er schnell noch ein Kreuz, als Beate ihm die Hand wieder auf die Schulter legte. Sie zeigte hinüber zu der roten Kutsche. „So, wir fahren jetzt nach Aachen", sagte sie, und beide Kinder hatten es verstanden.

Jedenfalls ließ ihre Reaktion darauf schließen: Basses Erstaunen, weit aufgerissene Münder und riesige Augen.

„Aachen?", fragte Elisabeth erschüttert. „Aber bis nach Aachen sind es doch viele Tagesreisen."

Beate hatte sich allmählich besser in das Mittelhochdeutsche hineingefunden und verstand jetzt beinahe alles, was die Kinder sagten. Darum schüttelte sie auf Elisabeths Bemerkung hin auch lachend den Kopf.

„Nein, Elisabeth. Nicht viele Tagesreisen, sondern nicht einmal zwei Stunden", erklärte sie.

Das Mädchen hielt Beate für völlig übergeschnappt, das war ihm nur zu deutlich anzusehen. Und auch seinem Gefährten war der Zweifel deutlich ins Gesicht geschrieben.

Aber das wollte Beate den beiden jetzt nicht erklären. Stattdessen zeigte sie hinüber zum Auto.

„Also los, auf geht's, einsteigen."

Lukas war schon vorausgegangen und hatte sich bereits in sein Auto gesetzt. Als er die drei kommen sah, startete er den Motor, was die beiden Kinder veranlasste, sich mit dem Einsteigen ein wenig zu beeilen. Wie sie die Gurte anzulegen hatten, wussten sie jetzt. Beate bemerkte es lächelnd.

Sie fuhren los. Zuerst hoch bis zur Ausfahrt Höhr-Grenzhausen, wo Lukas die Fahrtrichtung wechselte und dann wieder zurückfuhr, hinunter ins Rheintal.

Als hinter der Rheinbrücke die Geschwindigkeitsbegrenzung aufgehoben wurde, gab Lukas Gas. Etwas mehr als zweihundert Sachen gab der Golf mühelos her. Und die fuhren sie jetzt. Das war den beiden Zeitreisenden dann aber doch zu viel des Guten. Ängstlich schlossen sie die Augen. Und natürlich hatte Elisabeth wieder nach Konrads Hand gegriffen. Der fand das inzwischen ganz normal, und er musste sich eingestehen, dass es ihm keineswegs unangenehm war. Im Gegenteil.

* * *

Die beiden Kinder hielten die Augen fest geschlossen, bis Lukas sein Auto an der Tankstelle des Rasthofs ‚Brohltal' ausrollen ließ.

„So, Ihr Lieben, jetzt gibt's Futter", kündigte er an. „Meine Karre braucht was zum Saufen und ich brauch was zum Essen."
Er stieg aus und ging um das Auto herum zur Zapfsäule.
Konrad beobachtete ihn interessiert. Dann schnallte er sich ab, stieg ebenfalls aus und gesellte sich zu Lukas, der den Zapfhahn in den Tankstutzen schob und einschaltete. Einen Moment dauerte es, dann hielt Konrad sich die Nase zu und lief weg.
„Was hat er denn?", fragte Lukas Beate erstaunt, die das Fenster heruntergelassen hatte und nach draußen sah.
Sie lachte. „Er kennt den Geruch von Dieselöl nicht", antwortete sie. „Und der ist ja nun auch wirklich nicht besonders angenehm."
„Besser jedenfalls als der Geruch von frischen Pferdeäpfeln", gab Lukas zurück. „Und den wird er ja wohl kennen."
Er sah sich nach dem Jungen um, der ein paar Schritte abseits, außerhalb der Tankanlage, stehengeblieben war und mit angewidertem Gesicht herübersah.
„Du, da drüben gibt's 'n ‚Burger-King', vielleicht holst Du uns da mal was", schlug Lukas vor. „Für mich 'n Doppel-Whopper und 'ne Cola, und für Euch …, na, was Ihr wollt."
„Okay, mach ich", antwortete Beate und stieg aus.
Sie winkte Elisabeth mitzukommen. Gemeinsam zogen die beiden los. Hand in Hand, denn das Gewusel auf dem Parkplatz war dem Mädchen alles andere als geheuer.
Lukas winkte derweil Konrad, näherzukommen. Der Junge folgte, allerdings immer noch mit zugehaltener Nase.
Lachend gab Lukas ihm einen Klaps auf die Schulter. „Jetzt stell Dich aber ma nich so an, Alter. Wirst schon nich sterben davon."
Natürlich reagierte Konrad nicht. Er hatte es nicht verstanden.
Noch weniger verstand er, was Lukas da machte. Irgendwie hörte es sich an, als würde jemand etwas Flüssiges ausgießen, aber es war nichts dergleichen zu sehen. Lediglich das Brummen war zu hören, das er nun schon verschiedentlich vernommen hatte und auf das er sich keinen Reim machen konnte. Nur dass es jedes Mal ein wenig anders klang.

Irgendwann gab es ein lautes Klicken, Lukas zog die Zapfpistole aus dem Einfüllstutzen und hängte sie in die Zapfsäule ein. Dann schloss er den Tankdeckel und legte Konrad die Hand auf die Schulter.

„Warte hier", sagte er ganz langsam und deutlich. „Ich geh nur eben zahlen."

Brav blieb Konrad neben dem Auto stehen, bis Lukas zurück war. Er bedeutete dem Jungen, sich auf den Beifahrersitz zu setzen.

„Komm, wir fahren rüber auf den Parkplatz und warten da, bis Beate und Elisabeth mit dem Essen zurückkommen."

‚Na schön', dachte Konrad, denn außer ‚Beate', ‚Elisabeth' und ‚Essen' hatte er nichts verstanden. Aber inzwischen hatte er Vertrauen zu dem jungen Herrn und seiner Dame gefasst. Die taten anscheinend schon das Richtige. Auch wenn er nicht immer begriff, was es war.

Kaum hatte Lukas das Auto geparkt, sah er Beate mit Elisabeth aus dem ‚Burger-King'-Restaurant herauskommen. Er winkte ihnen, damit sie wusste, wo er war.

„Na, alles gekriegt?", fragte er und nahm Beate die Tüte ab, die sie ihm reichte.

„Wird Zeit, dass die zwei hier was Anständiges anzuziehen kriegen", sagte Beate statt einer Antwort. „In dem Aufzug werden sie nur angemacht. Gerade auch wieder. Zum Glück hat Elisabeth es nicht mitgekriegt, denn das war alles andere als schmeichelhaft."

„Wenn wir erst in Aachen sind, werden wir uns drum kümmern", meinte Lukas und deutete auf einen der Tische, die mitsamt Bänken auf dem Gras zwischen den Parkplätzen standen.

Sie gingen hinüber und setzten sich. Beate und Lukas packten ihre Burger aus und bissen hinein. Die Kinder beobachteten sie zunächst, dann machten sie es ihnen nach. Allerdings ein wenig zögerlicher, denn was das war, was sie da essen sollten, wussten sie nicht. Es sah merkwürdig aus, und es roch auch komisch. Aber Hunger und Durst besiegten schließlich ihren Argwohn.

Naja, es schmeckte gar nicht mal so schlecht, fanden sie. So etwa wie Brot, Fleisch und rohes Gemüse zusammen. Eine seltsame Mischung, aber, wie gesagt, so schlecht war's nicht. Und weil das so war, war im Nu auch ein Gutteil davon weg.

Noch sonderbarer war allerdings die Flüssigkeit in dem komischen Becher, der nicht aus Holz oder Ton oder Metall bestand, sondern aus irgendeinem Stoff, den sie nicht kannten. Eine schwarze Brühe war das, aus der ständig Luftblasen emporstiegen, gerade so als ob sie kochen würde. Aber das tat sie nicht, sondern, im Gegenteil, sie war eiskalt. So wie das Wasser aus einer Quelle, wenn sie nach dem kalten Winter langsam auftaute.

Mit den goldbraunen Stiften, die da auf dem aufgerissenen Papierbeutel lagen, konnten sie überhaupt nichts anfangen. So etwas hatten sie noch nie gesehen, geschweige denn, gegessen. Misstrauisch probierten sie davon. Aber dann hellten sich ihre Mienen auf. *Das* war ja lecker!

„Das sind Pommes Frites", erklärte Beate. „Die werden aus Kartoffeln gemacht. Etwas, das man zu Eurer Zeit hier in Europa noch gar nicht kannte."

Sie hatte nämlich in ihrem Gedächtnis gekramt, und dabei war ihr eingefallen, dass der Erzbischof Balduin von Luxemburg das Kurfürstentum und die Erzdiözese Trier in der Mitte des vierzehnten Jahrhunderts regiert hatte.

„Wartet einen Moment, da muss noch ein bisschen Salz drüber."

Sie riss eine der winzig kleinen Papiertüten auf, die auf dem Tisch lagen und streute winzige, weiße Körner über die länglichen Stifte. Gleichzeitig machte Lukas das gleiche mit einer anderen Papiertüte, aus der schwarz-braune Körnchen herausfielen.

„Aber das sind ja Salz und Pfeffer!", rief Elisabeth aufgeregt. „Das darf man doch nicht einfach so verschwenden, das ist doch ungeheuer wertvoll und sehr, sehr teuer!"

„Was ist das?", fragte Lukas erstaunt, der inzwischen auch gelernt hatte, halbwegs zu verstehen, was die Kinder sagten. „Das ist überhaupt nicht teuer. Im Gegenteil, das gibt's sogar umsonst", sagte er und warf die angebrochenen Tütchen in den neben dem Tisch stehenden Abfalleimer.

Elisabeth war entsetzt. Sie sprang auf und schickte sich an, die Tütchen wieder aus dem Mülleimer herauszufischen. Lukas hielt sie am Arm fest.

„Nicht, Mädchen, jetzt lass das doch. Da ist doch noch mehr", sagte er und wies auf eine Reihe andere Tütchen mit Salz und Pfeffer, die, noch ungeöffnet, auf dem Tisch lagen.

„Aber mein Herr Vater, der Gewürzhändler und Ratsherr von Koblenz muss viele Goldmünzen bezahlen, wenn er Pfeffer in Venedig kauft oder Salz, das er aus Augsburg mitbringt."

Sie hatte Tränen der Empörung in den Augen.

„Komm, lass gut sein", beschwichtigte Lukas. Er zog sie zu sich heran und streichelte ihre Hand. „Das ist wirklich nicht so wertvoll und teuer wie Du meinst. Und jetzt setz Dich wieder hin, iss Deinen Burger und Deine Pommes und trink Deine Cola."

Elisabeth wusste zwar nicht, was er meinte, aber sie tat genau das. Sie setzte sich wieder und aß und trank.

***

Als Lukas sein Auto in Aachen in die Tiefgarage fuhr, war es schon dunkel. Elisabeth und Konrad schliefen tief und fest. Die aufregende, schnelle Fahrt in der ‚pferdelosen Kutsche' war einfach zu viel für sie gewesen. Nur halb wach und benommen stiegen sie aus und folgten Lukas und Beate in den Aufzug, über den Flur und in die Wohnung.

Dort war es hell. Ungewöhnlich hell. Für Elisabeth und Konrad jedenfalls. Sie waren diese Helligkeit nicht gewöhnt. Wenn es draußen dunkel war, dann spendeten ein paar Kerzen drinnen ein fahles Licht. Aber hier drinnen war es hell wie am Tag.

Die beiden sahen sich um. Nichts war so, wie sie es kannten. Ein Schrank, so groß wie sie ihn noch nie gesehen hatten, füllte die lange Wand im Zimmer. Bücher standen darin, viele Bücher. Der Herr Lukas und die Dame Beate mussten unermesslich reich sein, dass sie so viele Bücher besaßen. Elisabeths Vater hatte eines davon auf einem Gestell stehen. Eine Bibel, die er von einer seiner Reisen mitgebracht hatte. Im Haus von Konrads Muhme gab es überhaupt keine. Was hätte sie auch damit anfangen sollen? Sie konnte ja nicht lesen. Konrad hatte Bücher gesehen bei den Kartäuser Mönchen. Aber es waren nur wenige. Kein Vergleich mit dem, was er hier zu sehen bekam.

„Setzt Euch", sagte Frau Beate und wies auf eine Bank, die mit Stoff überzogen war.
Auch solch ein Möbelstück kannten sie nicht. Vorsichtig ließen sie sich darauf nieder. Es war weich. So ähnlich wie die Sitze in der Kutsche, mit der sie hierhergekommen waren. Man saß gut darin.
Lukas und Beate setzten sich in je einen der beiden Sessel, die noch um den schmalen niedrigen Glastisch standen.
„So, Ihr Lieben", sagte Beate in ihrem besten Mittelhochdeutsch, „jetzt seid Ihr also hier bei uns in Aachen." Sie wies mit der Hand durch den Raum. „Das ist unsere Wohnung. Das Wohnzimmer, jedenfalls oder: Die Stube. So nennt Ihr es doch, oder?"
Elisabeth nickte. „Ja, eine Stube, das kenne ich. Aber solche Möbel, wie sie hier drinnen stehen, die kenne ich nicht."
Konrad schwieg. Er kannte nichts von alldem. In dem Haus seines Vaters hatte es keine Stube gegeben und in dem seiner Muhme ebenfalls nicht.
„Dann gibt es noch ein Schlafzimmer und ein Arbeitszimmer", fuhr Beate fort. „Und natürlich die Küche und das Badezimmer. Das sollten wir uns vielleicht mal ansehen."
Sie stand auf und winkte den beiden Kindern, mit ihr auf den kleinen Flur hinauszugehen.
„Das hier ist das Schlafzimmer, in dem Lukas und ich schlafen", erklärte sie, nachdem sie eine der Türen geöffnet hatte.
Daran, dass es auf wundersame Weise in jedem Raum sofort hell wurde, wenn man hineinging, hatten sich Elisabeth und Konrad inzwischen gewöhnt. Was sie sahen, kam ihnen teilweise bekannt vor. Nur mit dem Kleiderschrank konnten sie nichts anfangen.
„Was ist das?", fragte Elisabeth und deutete darauf.
„Darin verwahren wir unsere Kleidung", antwortete Beate. „Das ist praktischer als sie in Truhen zu legen und einfach an Wandhaken aufzuhängen." Sie ging hinüber zum Schrank und öffnete eine der Türen. „Und wo wir gerade dabei sind, ich denke, es ist endlich an der Zeit, dass Ihr was anderes anzieht. Erstens könnt Ihr in Euren Sachen ja nicht gut schlafen, und zweitens werden die auch schmutzig sein. Ich werd' Euch mal was raussuchen."

Sie machte sich in den Wäschefächern zu schaffen und legte kurz darauf einen Wäschestapel auf eines der Betten.

„So, das zieht Ihr nachher an. Aber jetzt gehen wir erstmal weiter."
Ungläubig betrachteten die beiden das Arbeitszimmer, in dem zwei Schreibtische standen und das ansonsten mit Regalen für Bücher und Aktenordner vollgestellt war. Einmal mehr war es ihnen völlig unverständlich, dass jemand die Mittel besaß, so viele Bücher kaufen zu können.

Auch mit dem teuren Papier schienen sie recht sorglos umzugehen, denn es lagen viele Blätter auf den beiden Tischen herum und in den Eimern, die darunter standen, sah man ebenfalls welche, die sogar zusammengeknüllt waren. Überhaupt nichts anfangen konnten sie aber mit den sonderbaren Gebilden, die auf den Schreibtischen standen. Konrad betrachtete sie interessiert.

„Das sind Computerbildschirme", erklärte Beate. „Aber was man damit macht und wie sie funktionieren, kann Euch Lukas ein andermal erklären. Das ist schwierig zu verstehen für Euch, und jetzt sowieso, weil's auch schon ziemlich spät ist." Sie ging zur Tür und schaltete das Licht aus. „Kommt mit, als nächstes ist die Küche dran."

Die Küche, unter dem Begriff konnten sie sich etwas vorstellen. Aber was sie dann zu sehen bekamen, hatte mit dem, was sie kannten, wenig zu tun. Ratlos sahen sie sich in dem kleinen Raum um.

„Wo ist denn die Feuerstelle?", fragte Elisabeth.

„Und wo sind die Töpfe?", wollte Konrad wissen. „Das sieht hier aber gar nicht wie eine Küche aus."

„Es ist aber eine", versicherte Beate. „Morgen werdet Ihr sehen, wie man darin kocht."

Die Kinder ließen es damit gut sein und folgten Beate ins Badezimmer. „So, Ihr Lieben, das ist das Bad. Und was das alles ist und wie's funktioniert, erklären wir Euch jetzt." Sie legte Elisabeth die Hand auf die Schulter. „Bei Dir mache ich das, und wenn wir beide fertig sind, dann sind Konrad und Lukas an der Reihe."

Sie schickte Konrad zurück ins Wohnzimmer und schloss die Badezimmertür.

„Bitte lege jetzt alle Deine Kleider ab", sagte sie danach zu Elisabeth.

Nach kurzem Zögern kam das Mädchen Beates Aufforderung nach. Das war weiter nichts Schlimmes, denn zu Hause machte sie das ja auch, bei ihrer Amme und einer der Mägde, die ihr halfen, wenn es Zeit für ein Bad war. Sie wunderte sich nur, dass für ein Bad überhaupt nichts vorbereitet war. Wo war der Zuber, in den man sich hineinsetzte und wo das heiße Wasser? Es brauchte einige Zeit, bis man ausreichend viel davon erhitzt hatte. Sollte sie so lange etwa nackt hier herumstehen? Beate ließ ihr keine Zeit zu fragen, sondern schob sie in eine Art gläsernen Kasten, der eine Tür besaß, so dass man hineingehen konnte. Ein seltsames Gebilde aus einem glänzenden Metall hing dort an der Wand, das Beate herunternahm und ihr in die Hand drückte.

„Pass auf, Elisabeth, das ist eine Brause. Da kommt Wasser heraus, wenn man diesen Hebel betätigt."

Elisabeth hatte keine Ahnung, was ein ‚Hebel' war und was man damit machte. Das Ding jedenfalls, auf dem Beates Hand lag, sah schon ziemlich sonderbar aus.

Beate nahm ihr den Duschkopf wieder ab und richtete ihn gegen den Fußboden.

„Nicht erschrecken, Elisabeth, ich drehe jetzt das Wasser auf."

Natürlich erschrak das Mädchen doch, als plötzlich Wasser aus dem komischen Gebilde in Beates Hand floss. Aber da Beate den Hahn nur ein klein wenig geöffnet hatte, war der Schreck nicht allzu groß. Das Erstaunen überwog.

„Wo kommt das Wasser her?", fragte Elisabeth, die sich nicht vorstellen konnte, dass Wasser so einfach aus der Wand zu kommen schien.

„Aus der Wasserleitung", antwortete Beate. „Was das ist und wie das funktioniert, erklären wir Euch auch später. Aber jetzt solltest Du erstmal duschen. Ich zeig Dir, wie das geht."

Sie drückte Elisabeth die Brause in die eine Hand und legte die andere auf den Wasserhahn.

„Sieh mal, wenn Du an diesem Ding ziehst, kannst Du einstellen, wie viel Wasser herauskommt, und wenn Du es nach rechts oder links drehst, wie warm es sein soll. Nach links wird's wärmer, nach rechts kälter. Mach mal."

Elisabeth probierte es aus, und es funktionierte. Viel Wasser, wenig Wasser, heißes Wasser, kaltes Wasser, es war nicht zu fassen. Sie fand es so komisch, dass sie lachen musste.

Beate ließ sie eine Weile herumspielen, dann nahm sie ihr die Brause wieder aus der Hand und schloss den Wasserhahn.

„Also, jetzt weißt Du, wie das mit dem Wasser funktioniert. Jetzt hängen wir das Ding hier oben auf, dann brauchst Du's nicht die ganze Zeit in der Hand zu halten." Sie nahm die Flasche mit dem Duschgel und öffnete sie. „Gleich, wenn Du das Wasser wieder aufgedreht hast und überall ganz nass bist, dann gibst Du ein klein wenig was vom Inhalt dieser Flasche auf Deine Hand und reibst Deinen ganzen Körper und auch die Haare damit ein. Aber nimm nicht zu wenig, sonst funktioniert es nicht. Es muss Blasen werfen, als ob es kocht, verstehst Du? Wenn Du das gemacht hast, lässt Du Dir so lange Wasser über Deinen Körper und den Kopf laufen, bis alles wieder weg ist. Dann stellst Du das Wasser ab, kommst heraus und trocknest Dich mit dem großen Tuch ab, das ich Dir rauslege. Alles verstanden?"

Elisabeth war sich nicht sicher, aber sie nickte vorsichtshalber mal. Beate schloss die Tür der Duschkabine. Als der Magnetverschluss zuschnappte, zuckte Elisabeth kurz zusammen.

„Keine Angst, Du bist nicht eingesperrt", wurde sie sofort von Beate beruhigt. „Du musst nachher nur ein wenig dagegen drücken, dann geht die Tür wieder auf."

Elisabeth wartete einen Moment, bis Beate hinausgegangen war, dann probierte sie es aus, so wie es ihr erklärt worden war.

Und es funktionierte.

Aus dem Ding über ihr kam Wasser heraus, gerade so, als würde es stark regnen. Ein wenig zu kühl war es ihr, aber sie wusste ja, wie man es wärmer machen konnte. Wie angenehm das war! Viel besser, als in dem hölzernen Zuber zu sitzen, in dem das Wasser anfangs zu heiß und am Ende dann zu kalt war.

Auch die Sache mit dem seltsamen Gelee versuchte sie. Als sie ihn auf ihrer Haut verrieb, warf er tatsächlich Blasen, wie das Fleisch, wenn man es brät. Aber er war kein bisschen heiß. Dafür duftete er unglaublich gut.

Sie rieb sich damit ein, so wie Frau Beate es ihr gezeigt hatte. Es dauerte eine Weile, bis sie damit fertig war, doch schließlich stellte sie die Flasche weg und wartete, bis alle Blasen von ihrer Haut und aus ihren Haaren wieder verschwunden waren. Dann stellte sie das Wasser ab.
Die gläserne Tür sprang tatsächlich auf, als sie dagegen drückte. Und da lag auch das Tuch. Frau Beate musste es hereingebracht haben, während sie in der Regenkammer stand. Sie hatte es nicht bemerkt. Wie weich es war! Solch einen weichen Stoff hatte sie noch nie gefühlt. Und wie schnell man sich damit trockenreiben konnte!
Noch während sie mit dem Abtrocknen beschäftigt war, kam Beate wieder herein. Sie trug einige Kleidungsstücke in der Hand.
„So, Elisabeth, hier ist einer von meinen Schlafanzügen. Der ist Dir vielleicht ein bisschen zu groß, aber zum Schlafen wird's wohl gehen. Morgen besorgen wir Dir dann Sachen, die Dir auch passen."
Sie hielt dem Mädchen Shorts und T-Shirt hin.
„Aber das sind ja Bruche, so wie Männer sie tragen", protestierte Elisabeth.
„Nein, das sind Shorts, und die tragen heute Männer und Frauen", widersprach Beate.
Ein wenig widerwillig streifte Elisabeth die Sachen über. Wieder wunderte sie sich, wie weich der Stoff war. Eigentlich gar nicht so schlecht, obwohl sie sich schon ein wenig seltsam vorkam.
Sie gingen zurück ins Wohnzimmer.
Konrad sah Elisabeth an und musste sich ein Lachen verkneifen. Die Jungfer sah wirklich zu komisch aus. Ganz und gar unschicklich, eigentlich, wie sie ihre nackten Beine zeigte. Aber es waren sehr hübsche Beine, das musste er schon zugeben. So etwas hatte er noch nie gesehen, und es gefiel ihm ausgesprochen gut.
Doch lange Zeit, sie zu betrachten und darüber nachzudenken hatte er nicht, denn Lukas stand auf und gab ihm einen Klaps auf den Rücken.
„So, mein Alter, jetzt sind wir dran", sagte er.
Konrad verstand kein Wort, außer, dass Lukas ihm wohl bedeutete, ihm zu folgen.
Im Badezimmer erhielt er die gleiche Lektion wie seine Gefährtin. Nur dauerte es etwas länger, denn die Sprachschwierigkeiten waren nicht so

leicht zu überwinden. Aber schließlich stand er auch unter der Dusche und wusch sich, so wie Elisabeth vor ihm.

Als er nach einer ganzen Weile ins Wohnzimmer zurückkam, war er genauso gekleidet wie sie, in Shorts und T-Shirt. Beate, die gerade dabei war, die Couch in ein Doppelbett zu verwandeln, drehte sich zu ihm um und lachte.

„Niedlich siehst Du aus, Konrad. Genau wie Elisabeth", stellte sie fest. Sie klopfte Decken und Kissen zurecht, während die beiden Kinder verlegen dabeistanden.

Aber darauf ging sie gar nicht ein.

„So, rein da mit Euch, Ihr beiden", kommandierte sie.

Elisabeth und Konrad sahen sich an.

„Aber wir können doch nicht zusammen in einem Bett schlafen!" Elisabeth war empört. So etwas ging ja überhaupt nicht! Gut, sie mochte Konrad ganz gut leiden. Es war schön, wenn er bei ihr war und gelegentlich ihre Hand festhielt. Das war zwar schon ein wenig kühn, aber das konnte sie noch hinnehmen. Sich allerdings mit ihm zusammen in ein Bett legen, das war ja wohl absolut unmöglich. Die Todsünde der Unzucht war das! Die ewige Verdammnis würde ihr sicher sein, wenn sie so etwas tat.

Niemals!

Lukas wurde ungeduldig.

„Jetzt stellt Euch nicht so an und legt Euch hin!", bellte er. „Ich bin müde und will ins Bett. Ich hab jetzt keine Lust, mich mit Euren dämlichen Befindlichkeiten abzugeben."

Beide sahen ihn erschrocken an. Natürlich hatten sie, einmal mehr, nicht verstanden, was er gesagt hatte. Aber sie merkten sehr wohl, dass er ärgerlich war.

Beate war es wieder, die die Wogen glätten musste. Besänftigend legte sie die Hand auf seine Schulter.

„Lukas, bitte", sagte sie. „Das ist für die beiden nicht so einfach, wie Du Dir das vorstellst. Sowas kennen sie nicht. Das ist in ihren Augen ganz und gar unschicklich. Es bleibt uns nur nichts anderes übrig. Also müssen wir's ihnen vorsichtig erklären, aber wir dürfen sie nicht anbrüllen."

„Ich hab doch gar nicht gebrüllt", verteidigte sich Lukas.

„Doch, hast Du", widersprach Beate. „Und jetzt stehen sie da wie die begossenen Pudel. Guck sie Dir doch nur mal an. Die Kleine fängt ja gleich noch an zu weinen."

Tatsächlich war Elisabeth genau danach zumute. Zusammen mit Konrad, den sie kaum kannte, in einem Bett zu schlafen, das war für sie absolut undenkbar.

Im Moment noch.

Aber nachdem Beate eine Weile auf die zwei verlorenen Zeitreisenden eingeredet hatte, wagten sie schließlich doch das Unmögliche. Sie legten sich auf die Couch, die zum Glück breit genug war, um sich nicht ins Gehege zu kommen. Dazu hatte noch jeder seine eigene Decke, in der er sich einwickeln konnte und auch ein eigenes Kissen.

Nachdem sie sich ausgestreckt und zugedeckt hatten, strich Beate ihnen zärtlich über die Köpfe.

„Ihr werdet sehen, es wird schon gehen", sagte sie leise. „Und jetzt schlaft schön."

Dann knuffte sie Lukas in die Seite und hakte ihn unter. „Komm, Du alter Bollerkopp, lass uns auch schlafen gehen."

Im Hinausgehen schaltete sie das Licht aus und schloss die Tür hinter sich. Elisabeth und Konrad waren allein.

Eine Weile lagen sie stumm und unbeweglich nebeneinander.

„Verzeih mir, Elisabeth", durchbrach Konrad endlich die Stille.

„Es gibt nichts zu verzeihen, Konrad. Es war ja nicht Deine Absicht."

„Nein, das war es bestimmt nicht", antwortete er energisch. Dann kicherte er. „Mein Wunsch ist es vielleicht gewesen, das gebe ich zu."

„Hm", machte Elisabeth. „Und so furchtbar schlimm ist es ja auch gar nicht", meinte sie. „Wenn jeder schön unter seiner Decke bleibt."

„Ich werd's tun, das verspreche ich Dir", versicherte Konrad. Und zum Beweis dafür, dass er es ernst meinte, wickelte er sich noch ein wenig fester in seine Decke.

Jetzt war es an Elisabeth, leise zu kichern. „Ich glaub's Dir ja, Fackelträger. Und jetzt lass uns schlafen. Wenn wir mit dem Hellwerden aufstehen müssen, bleibt uns nicht mehr viel Zeit dazu."

***

Allerdings war es längst hell draußen, als Elisabeth am nächsten Morgen aufwachte. Aber davon bekam sie wenig mit, denn Lukas hatte am Abend die Rollläden heruntergefahren, so dass es im Zimmer noch fast dunkel war. Ein wenig Licht fiel durch die schmalen Spalten zwischen den Lamellen. So konnte sie erkennen, dass sie und Konrad ganz dicht beieinanderlagen und ihre Nasenspitzen sich beinahe berührten.

Elisabeth erschrak, als sie es bemerkte. Doch dann bemerkte sie, dass sie beide noch fest in ihre Decken eingewickelt waren. Das beruhigte sie ein wenig.

Da schlug auch Konrad die Augen auf. Er erkannte seine Gefährtin und lächelte sie an. Elisabeth konnte nicht anders als zurückzulächeln.

„Es ist schön, den Tag so zu beginnen", sagte Konrad leise. „Es gefällt mir."

Wobei er den letzten Satz so nicht hatte sagen wollen. Was ihm auf der Zunge lag war: ‚Du gefällst mir', aber das traute er sich natürlich nicht auszusprechen.

Trotzdem hatte Elisabeth es verstanden, und sie errötete. Ein wenig rückte sie von ihm ab. Die ganze Situation war schon unschicklich genug, da musste man sich nicht auch noch *so* nahekommen. Vor allem, wenn man bedachte, wie unpassend sie gekleidet war. Anständige Mädchen hatten lange Nachthemden zu tragen, die bis auf den Boden reichten, aber doch nicht eine Bruche für Jungen und ein kurzes, dünnes Hemdchen. Ein Glück nur, dass die Decke alles verbarg.

Konrad merkte, wie verlegen sie war. Das ließ ihn sich ebenfalls unbehaglich fühlen. Krampfhaft überlegte er, was er wohl sagen konnte, was Elisabeth die Verlegenheit nahm. Aber es fiel ihm nichts ein. Die Situation war so wie sie war, und reden machte es nicht besser. Er lag mit der hochedlen Tochter des ehrenwerten Ratsherrn der Stadt Koblenz in einem Bett. Das war ungeheuerlich!

Elisabeth war es schließlich, die das Schweigen brach.

„Was meinst Du, ob es wohl schon an der Zeit ist, aufzustehen?", fragte sie.

Konrad wurde einer Antwort enthoben, als im selben Moment die Tür aufging und Beate und Lukas hereinkamen.

Beide waren sie barfuß. Beate trug ein Longshirt, das gerade mal die Hälfte ihrer Oberschenkel bedeckte und Konrad war ebenso gekleidet wie seine Gäste. Höchst unschicklich also. Aber es schien ihnen nichts auszumachen, denn sie machten beide ein fröhliches Gesicht.

„Guten Morgen, Ihr beiden", sagte Beate lächelnd. „Na, gut geschlafen?"

Elisabeth und Konrad vermochten nur zu nicken. Sagen konnten sie nichts. Die Situation war aber auch zu peinlich. ‚Sodom und Gomorrha', würde man zu Hause gerufen haben.

Lukas ließ die Rollläden nach oben fahren. Helles Tageslicht strömte ins Zimmer. Konrad erschrak. Es musste schon spät sein. Er hatte verschlafen.

„Verzeiht, edle Dame, dass wir uns nicht rechtzeitig erhoben haben, aber man konnte den Tag nicht kommen sehen", versuchte er, sich zu rechtfertigen.

Beate winkte ab. „Ach was, kein Mensch verlangt von Dir, bei Tagesanbruch aufzustehen. Allemal nicht in den Ferien."

„Ferien? Was sind Ferien?", wollte Elisabeth wissen.

„Ferien nennt man die Zeit, in der man nicht arbeiten muss", erklärte Beate.

„Also die Sonntage", stellte Elisabeth fest. Denn das waren die Tage, an denen nicht gearbeitet wurde. Allerdings, heute war überhaupt kein Sonntag. Wie ging das denn? Hatte sie etwa einen Feiertag nicht bedacht? Nur, welcher Feiertag mochte das wohl sein?

Beate schüttelte den Kopf. „Nein, ich meine nicht die Sonntage. Jeder hierzulande hat eine Anzahl von Werktagen, an denen er nicht arbeiten muss, sondern an denen er das tun kann, was ihm Spaß macht. Viele reisen dann in die Ferne, ans Meer vielleicht, dorthin, wo es warm ist und jeden Tag die Sonne scheint."

„Aber Reisen ist doch kein Spaß", hielt Elisabeth dagegen. „Es ist mühsam, und es ist gefährlich. Überall lauern Gefahren. Räuber, die einem alles nehmen, was man besitzt, manchmal sogar das Leben. Mein Herr Vater, der Gewürzhändler, muss viele und weite Reisen unternehmen, weil er ja in fremde Länder fahren muss, um dort die Gewürze zu erstehen, die er zu Hause verkauft. Wir sind immer in Sorge um ihn, wenn er fort ist. Man hört ja so allerlei schlimme Geschichten über das, was Reisenden widerfahren ist."

„Das ist schon lange nicht mehr so, Elisabeth", erwiderte Beate. „Im Gegenteil, Reisen kann sehr schön sein. Darum tun es viele Leute auch. Lukas und ich, wie sind gestern zum Beispiel aus Kroatien zurückgekommen. Wir waren zwei Wochen dort, am Meer und in der Sonne."

„Kroatien?", fragte Konrad, der die Unterhaltung interessiert verfolgt hatte. „Was ist das?"

„Kroatien ist ein kleines Land am Mittelmeer. Es liegt an der Adria, so wie auch Italien, das Du ja vielleicht kennst. Nur eben auf der anderen, der östlichen Seite der Adria."

„Das kann ich gar nicht glauben", meinte Elisabeth nun wieder. „Viele Monate ist mein Herr Vater unterwegs, wenn er in die Stadt Venedig reist, wo er Gewürze erhandelt und die ebenfalls an der Adria liegt. Wie kann es dann gelingen, in nur zwei Wochen dorthin und auch wieder zurückzukommen?"

„Es geht", antwortete Beate. „Wie, das werden wir Euch noch erklären. Aber nicht jetzt. Jetzt sollten wir erstmal frühstücken und dann müssen wir zusehen, dass Ihr beiden was zum Anziehen kriegt."

„Frühstücken?"

„Ja, ‚Frühstück' nennt man die erste Mahlzeit des Tages. Die wollen wir jetzt gemeinsam einnehmen. Lukas ist schon in der Küche, um sie zuzubereiten. Derweil solltet Ihr ins Badezimmer gehen und Euch fertigmachen. Ich hab Euch was von uns zum Anziehen hingelegt."

„Aber wir haben doch unsere Kleider?", wandte Elisabeth ein.

„Schon, aber die sind in der Waschmaschine. Die waren ja schmutzig. Außerdem könnt Ihr so auch nicht rumlaufen."

Elisabeth rätselte, was wohl eine ‚Waschmaschine' war, aber sie verzichtete darauf, danach zu fragen. Es gab so vieles, was sie nicht verstand, seit dem Moment, als sie und Konrad nach dem schrecklichen Gewitter aus der Höhle herausgekommen waren. Außerdem hatte sie Hunger. Also hielt sie den Mund.

Dafür hatte Konrad jetzt noch eine Frage. „Was sollen wir denn im Badezimmer machen?", wollte er wissen.

„Dasselbe wie gestern Abend auch", antwortete Beate.

„Das heißt, wir sollen wieder in den gläsernen Regenkasten steigen?"

„Genau das", nickte Beate.

„Ja, gibt es denn schon wieder genug Wasser?"

„Wasser gibt es, soviel Ihr wollt. Aber jetzt macht zu, dass wir fertig werden. Ab mit Euch, ins Bad."

„Sollen wir etwa zusammen dort hineingehen?", fragte Elisabeth ungläubig.

Beate lachte. „Wenn Ihr das wollt, könnt Ihr das tun. Lukas und ich machen das auch."

„Aber wir dürfen das nicht tun. Das schickt sich nicht, denn wir sind ja nicht verheiratet. Und wenn wir es doch täten, machten wir uns der schweren Sünde der Unkeuschheit schuldig."

„Na gut, dann geht Ihr eben nacheinander. Wer den größeren Hunger hat, geht zuerst. Darüber müsst Ihr Euch selbst einigen", sagte Beate abschließend und ging hinaus.

Es gab eine kleine Debatte zwischen Elisabeth und Konrad, wer denn nun zuerst das Badezimmer benutzen sollte. Konrad setzte sich schließlich durch, und Elisabeth bekam den Vortritt. Derweil blieb er auf dem Bett sitzen und dachte nach über all das, was ihnen seit gestern widerfahren war.

Er war immer noch damit beschäftigt, als Elisabeth zurückkam. Sie trug einen Jogginganzug, den Beate ihr hingelegt hatte, und Konrad fand, dass sie sehr gut darin aussah. Obwohl ihr der Anzug um einiges zu groß war. Er hätte es ihr gerne gesagt, aber wieder einmal traute er sich nicht.

Nun machten sie es umgekehrt. Konrad verschwand im Badezimmer und Elisabeth wartete im Wohnzimmer auf ihn. Ohne seine Begleitung wollte sie nicht in die Küche gehen. Zum Glück brauchte er nicht lange. Als er zurückkam, war er genauso gekleidet wie sie. Und auch Elisabeth fand, dass ihm die Sachen gut standen, obwohl sie auch ihm viel zu groß waren. Im Gegensatz zu Konrad allerdings, traute sie sich auch, es auszusprechen.

„Du siehst gut darin aus, Konrad."
Das brachte ihn gleich in Verlegenheit. Von einem Mädchen Komplimente zu bekommen, war er nicht gewohnt. Tatsächlich hatte das noch keine getan. Wahrscheinlich schickte es sich auch nicht, da war er sich nicht sicher.
„Darf man das sagen?", fragte er darum.
„Warum denn nicht?", antwortete Elisabeth. „Wenn's doch die Wahrheit ist."
„Dann möchte ich Dir sagen, dass Du mir auch gut gefällst in diesen Kleidern, Jungfer Elisabeth."
Es hatte ihn einige Überwindung gekostet, das auszusprechen, aber er hatte es getan.
Und offensichtlich hatte es Elisabeth gefallen, denn sie lächelte. „Habt Dank, Herr Konrad", sagte sie und machte einen Knicks.
‚Herr Konrad' hatte sie schon einmal zu ihm gesagt, und weil er wusste, dass sie ihn nicht verspotten würde, lächelte er auch. Ja, er verstieg sich sogar dazu, nach ihrer Hand zu greifen. Auch dagegen schien sie keine Einwände zu haben, denn sie ließ es geschehen.
Gemeinsam gingen sie hinüber in die Küche.

***

„Mein Gott, seht Ihr vielleicht niedlich aus, Ihr zwei", lachte Beate, als die beiden in die Küche hereinkamen. „Setzt Euch, und greift zu."
Dann bekamen sie nicht nur das Frühstück, sondern auch ein Lehrstück, wie man es bei Leuten wie Frau Beate und Herrn Lukas mit dem Essen hielt. Das wenigste auf dem Tisch kannten sie, aber Beate erklärte ihnen geduldig, was sie da aßen und tranken. Auch Lukas begann, an der Unterhaltung teilzunehmen. So ganz allmählich fand er ein wenig in die mittelhochdeutsche Sprache hinein. Nicht vollständig, natürlich, aber auch die Kinder begannen etwas mehr von dem zu verstehen, was er in seiner Sprache sagte. So sehr fremd waren sich die beiden Sprachen ja nicht, und wenn man sich bemühte, dann klappte es schon.
Nach dem Frühstück ließen Beate und Konrad ihre Gäste allein. Sie wollten nach Aachen fahren, in die Stadt, um dort Kleidung für sie zu

kaufen. Da sie keine besaßen, konnten sie ihre Gastgeber auch nicht begleiten. Worüber diese auch nicht allzu traurig waren. So entgingen sie den vielen Erklärungen, die bei einem solchen Unternehmen nötig gewesen wären.

Vorerst jedenfalls, denn auf die Dauer würden sie nicht darum herumkommen. Es würde eine harte Arbeit werden mit den beiden Zeitreisenden. Und genau das war auch das Thema, über das Beate und Lukas sprachen, während sie durch die Straßen in der Innenstadt liefen.

„Was fangen wir denn jetzt nur an mit den beiden?", begann Lukas die Unterhaltung mit der naheliegenden Frage.

„Erstmal behalten wir sie bei uns, bis wir uns überlegt haben, wie wir sie wieder zurückbekommen in ihre Welt", schlug Beate vor.

„Ich fürchte, das wird so einfach nicht sein", entgegnete Lukas. „Wer sagt uns, dass sie tatsächlich wieder in ‚ihrer Zeit' ankommen, wenn wir sie zurück in die Höhle schicken? Wenn die denn tatsächlich so 'ne Art ‚Time-Tunnel' ist, wie Du vermutest. Vielleicht landen sie ja auch in einer ganz anderen Zeit. Vielleicht einer schlimmen Zeit, wer weiß das schon? Und das will ich doch lieber nicht riskieren."

„Du willst sie also für immer hierbehalten?"

Lukas zuckte mit den Achseln. „Was bleibt uns denn anderes übrig, Beate? Sag Du's mir. Ich sehe keine Lösung. Ich kann mir nicht vorstellen, dass wir irgendjemandem erklären können, wen wir uns da eingefangen haben. Da wird uns jeder für total Plemplem halten. Und für die Kinder wär's 'ne Katastrophe, wenn man sie uns wegnehmen würde. Die können die Sprache nicht, und die kennen sich nicht aus. Mit nichts. Nicht mal mit den einfachsten Dingen. Die würden unweigerlich in der Klapse landen. Und das kann ich nicht verantworten."

„Du fühlst Dich also für die beiden verantwortlich?"

„Ja, klar, was denn sonst? Sieh mal, die haben doch außer uns keinen sonst. Niemanden. Auf der ganzen Welt nicht. Die sind doch völlig allein. Und hilflos. Außerdem mag ich sie. Weil sie lieb sind und freundlich und höflich. Wahrscheinlich auch klug. Alle beide. Jedenfalls sieht's mir ganz danach aus. Und so zwei, die kann man doch nicht einfach vor die Hunde gehen lassen."

Beate griff nach seiner Hand, blieb stehen und drückte ihm einen Kuss auf die Wange. Mitten auf dem Marktplatz.

„Weißt Du, für so was liebe ich Dich, Lukas Kramer", sagte sie, und genau das sah man ihr auch an.

Lukas nahm sie in den Arm und drückte sie. „Ich Dich auch", antwortete er und gab ihr ihren Kuss zurück. Sehr zum Vergnügen der zahlreichen Passanten, die an diesem Morgen in der Innenstadt unterwegs waren.

Dann nahm er wieder ihre Hand. „Nachdem wir uns darüber ja nun anscheinend einig sind, bringt mich das gleich zum nächsten Punkt", führte er aus. „Wie bezahlen wir das alles? Ich meine, zu zweit kommen wir ja ganz gut zurecht, aber ich bin mir nicht sicher, ob wir das zu viert hinkriegen. Eigentlich glaube ich das kaum. Ich meine, wir müssen die einkleiden, wir müssen die durchfüttern und dass die in unserer Wohnung auf der Couch pennen, ist ja auch keine Dauerlösung."

„Stimmt. Darüber hab ich ebenfalls schon nachgedacht", sagte Beate. „Und in die Schule müssen sie auch. Nur, wie soll das gehen? Lesen und Schreiben können sie ja, aber sie haben doch sonst von nichts 'ne Ahnung. Wie sollen wir sie da in die Schule schicken?"

Lukas nickte. „Ich fürchte, wir müssen uns noch eine Menge einfallen lassen."

Inzwischen waren sie vor einem großen Kaufhaus angekommen.

„Aber nicht jetzt", sagte Beate daher. „Jetzt geh'n wir erstmal Klamotten für die beiden kaufen."

***

Elisabeth und Konrad, die derweil im Wohnzimmer ihrer Gastgeber auf der inzwischen wieder zusammengeklappten Couch saßen, trieben ähnliche Überlegungen um. Auch sie hatten inzwischen begriffen, dass sie sich auf eine Reise durch die Zeit gemacht hatten.

„Ob wir wohl je wieder zurückkommen?", fragte Elisabeth bang.

Aber Konrad war zuversichtlich. „Ich denke schon. Wenn wir einfach wieder in die Höhle zurückgehen, müssten wir, mit Gottes Hilfe, ja wieder in dem Koblenz ankommen, das wir kennen."

Elisabeth war nicht überzeugt. „Und wenn nicht? Wenn wir dann vielleicht in eine ganz andere Zeit gelangen? Diesmal haben wir großes Glück gehabt, dass wir den Herrn Lukas und die Frau Beate getroffen haben, die freundlich sind und die uns helfen. Aber was ist, wenn wir so jemanden dann nicht finden? Was machen wir dann?"
„Du meinst also, wir sollten hierbleiben?"
„Ich kann es mir nicht anders vorstellen. Ich habe große Angst, noch einmal in diese Höhle hineinzugehen."
„Ich kann mir das auch vorstellen, hierzubleiben", sagte Konrad kopfnickend. „Aber für mich ist es leicht. Ich bin in Koblenz nicht gut angesehen, ich habe keine Eltern mehr, und die Muhme ist nicht sehr freundlich zu mir. Da fällt es nicht schwer, woanders zu leben. Gleichgültig, ob es nun ein anderer Ort ist oder eine andere Zeit. Aber was ist mit Dir? Du hast einen Vater und eine Mutter, die sich Sorgen um Dich machen und die Du nie mehr wiedersehen wirst, wenn Du hierbleibst."
Auch Elisabeth nickte. „Das ist wohl so", sagte sie leise und fing an zu weinen.
Konrad griff nach ihrer Hand. Aber diesmal zog Elisabeth sie zurück. Stattdessen rutschte sie ganz dicht an ihn heran und lehnte den Kopf an seine Schulter.
„Dann hab ich nur noch Dich", flüsterte sie.
Wie er dazu kam, wusste er selbst nicht, aber plötzlich ertappte er sich dabei, dass er ihr sanft übers Haar strich. Und sie tat nichts dagegen. Also fuhr er fort, es zu tun.
„Wenigstens hab ich noch Dich", sagte sie daraufhin.
„Ja, einen Fackelträger, der Mühe hat, sich sein täglich Brot zu verdienen und den keiner leiden mag."
„Es ist mir egal, was Du bist, Konrad. Du bist jetzt bei mir, und *ich* kann Dich leiden. Denn Du bist freundlich zu mir, und liebevoll bist Du auch."
„Aber das darfst Du nicht, Jungfer Elisabeth. Das schickt sich nicht für eine von Deinem hohen Stand."
Elisabeth hob den Kopf und sah ihm direkt in die Augen. „Wer sollte es mir denn verbieten? Es ist ja niemand da, der von meinem Stand weiß. Und überhaupt zweifle ich, dass mein Stand hier noch etwas gilt.

Es ist doch alles so ganz anders, und wir wissen nichts von alledem." Sie nahm seine Hand und drückte sie fest. „Wir müssen zusammenhalten, Du und ich", sagte sie eindringlich. „Sonst ist jeder von uns ganz alleine. Und das wäre doch schrecklich, findest Du nicht?"

Konrad gestattete sich ein kleines Lächeln. „Doch, das finde ich auch. Und ich bin sehr froh und sehr dankbar, dass gerade Du es bist, die dieses Schicksal mit mir teilen muss. Auch wenn ich Deiner nicht würdig bin."

„Hör auf damit, Fackelträger", schnappte sie. „Ich will das nicht hören. Du bist meiner würdig, weil Gott uns beiden dieses Schicksal auferlegt hat."

Konrads Lächeln wurde breiter. „Wenn das so ist, dann sollte ich schleunigst eine Kirche aufsuchen und dem Herrn, dem Allmächtigen, dafür danken."

Jetzt lächelte auch Elisabeth wieder, obwohl sie noch immer Tränen in den Augen hatte. „Das sollte ich wohl auch tun", meinte sie und griff gleichzeitig nach Konrads anderer Hand.

***

Um die Mittagszeit kamen Beate und Lukas nach Hause zurück. Sie fanden ihre Gäste im Wohnzimmer, wo sie dicht nebeneinander auf der Couch saßen und sich an den Händen hielten. Die ganze Zeit hatten sie so dagesessen und geschwiegen. Vorerst hatten sie sich alles gesagt, was gesagt werden konnte. Vielleicht hätte es noch viel mehr gegeben, aber es war ihnen nicht eingefallen. Und das, was ihnen noch eingefallen war, trauten sie sich nicht, laut auszusprechen.

Jetzt wurde es wieder lebhafter in der Wohnung in der Nähe der Frankenburg. Beate und Lukas hatten alles mitgebracht, was ein Junge und ein Mädchen zum Anziehen brauchten. Nur passen musste es jetzt noch. Und das wollten sie natürlich auch gleich ausprobieren.

Wie es der Anstand gebot, verzog sich Beate mit Elisabeth ins Schlafzimmer, während Lukas und Konrad im Wohnzimmer blieben, um Anprobe zu halten. Wobei die beiden Zeitreisenden auch gleich im Gebrauch der einzelnen Kleidungsstücke unterwiesen wurden.

Glücklicherweise passten ihnen die Sachen samt und sonders, sogar die Schuhe. Obwohl, so viel Glück war gar nicht dabei, denn Beate und Lukas hatten ihre Gäste auf das genaueste vermessen, bevor sie zu ihrem Kleiderkauf losgefahren waren. Und sie hatten sich unendlich viel Mühe gegeben, auch das Richtige zu kaufen. Jetzt mussten den Kindern die Sachen nur noch gefallen.
Das allerdings war das Letzte, um das die beiden sich Sorgen machten. Zuvorderst waren sie hellauf begeistert von den weichen, bunten Stoffen, die sich so angenehm auf der Haut anfühlten. Sie konnten es kaum fassen. Prinzen und Prinzessinnen trugen solche edlen Stoffe, aber doch nicht die Tochter eines Gewürzhändlers. Und schon gar nicht ein Fackelträger, dem so etwas ja nun erst recht nicht zustand.
Aber Beate und Lukas wischten diesbezügliche Bedenken einfach beiseite.
„Quatsch", bellte Lukas. „Jeans und T-Shirts trägt heutzutage jeder. Und Unterhosen auch. Sogar der Bundespräsident."
Natürlich hatte Konrad nichts von Lukas' Antwort verstanden. Es hörte sich nur wieder recht böse an. Aber da er dabei lachte, wie Konrad mit einem schnellen Seitenblick feststellte, konnte es so böse wohl nicht gemeint sein. Beruhigt machte er also mit seiner Anprobe weiter.
Kurz darauf waren sie damit fertig. Jeans und T-Shirt, Schuhe und Strümpfe behielt Konrad gleich an. Er ging hinaus in den Flur, um sich in dem großen Spiegel an der Garderobe zu betrachten. Es gefiel ihm ganz gut, wie er jetzt aussah. Völlig anders als gewohnt, aber gar nicht schlecht. Er konnte sich gut vorstellen, immer so gekleidet herumzulaufen.
Als er dann allerdings Elisabeth sah, die in diesem Moment aus dem Schlafzimmer herauskam, blieb ihm vor Erstaunen und Erschrecken der Mund offenstehen.
Einen Rock hatte sie zwar an, wie er es von ihr gewohnt war, der jedoch so kurz war, dass man ihre nackten Beine bis hinauf zu den Oberschenkeln sehen konnte. Und statt eines Obergewandes, das sie ganz verhüllte, trug sie etwas, das Arme und Schultern völlig frei ließ und nur Brust und Rücken bedeckte. Zwei schmale Träger über den Schultern sorgten dafür, dass alles an Ort und Stelle blieb. Es sah genauso aus wie

das, welches die Frau Beate gestern getragen hatte, als sie sie zum ersten Mal getroffen hatten und von dem er auch da schon überzeugt war, dass sich so etwas für ein Weib keinesfalls schickte. Und ein Gebende trugen die beiden auch nicht. So konnte man doch nicht auf die Straße gehen! Die Büttel würden kommen und sie gleich in den Turm sperren. Elisabeth schien das ähnlich zu sehen, denn er hatte ganz so den Eindruck, dass sie sich recht unwohl fühlte. Er selbst tat das keineswegs. Im Gegenteil. Soviel wie jetzt hatte er noch niemals von ihr zu sehen bekommen, und er musste sich eingestehen, dass sie noch viel schöner und viel begehrenswerter war, als er das zuvor je angenommen hatte. Zwar waren ihre Brüste noch winzig, das konnte er jetzt unter dem dünnen Stoff ihres Obergewandes deutlich sehen, aber sie war ja auch erst dreizehn Jahre alt. Wenn sie einmal die ersten Kinder bekommen hatte, würde sich das schon ändern. Ebenso wie die zierlichen Arme und Beine kräftiger werden würden, wenn sie dann im Haushalt tüchtig zupacken musste.

Obwohl, musste die Tochter eines reichen Gewürzhändlers das überhaupt? Im Haus des Rastherrn Giselher von Raesfeld gab es doch sicherlich ausreichend Gesinde, das sich um die schwere Hausarbeit kümmerte. So wie in dem, aus dem Frau Beate stammte, vermutlich auch, denn auch sie, die jetzt ebenso gekleidet war wie die Jungfer Elisabeth, hatte zierliche Arme und Beine und war sehr reizvoll anzuschauen. Allerdings waren ihre Brüste um einiges größer als die der Jungfer. Konrad war sich nicht sicher, was ihm besser gefiel.

Er bekam auch keine Gelegenheit, sich darüber abschließend Gedanken zu machen, denn Lukas platzte mitten in seine Überlegungen hinein.

„So, Ihr Lieben. Ich schlage vor, wir sorgen jetzt mal dafür, dass wir was zum Mittagessen kriegen. Was meint Ihr? Wie wär's mit Pizza?"

Während Beate heftig nickte, standen die beiden Kinder dabei und wussten wieder einmal nicht, wovon die Rede war.

***

Zwei Stunden später wussten sie es. Es war eine Lektion gewesen, die ihnen sehr gut bekommen war. In jeder Hinsicht. Und angenehm satt geworden waren sie dabei auch noch.

Vergnügt bummelten sie danach durch die Straßen. Elisabeth und Konrad hatten beschlossen, das Unbekannte und die unendlich vielen, neuen Eindrücke, die auf sie einstürmten, zunächst mal an sich vorüberziehen zu lassen. Wahrscheinlich war das auch notwendig, damit sie nicht verrückt wurden. Trotzdem hörten sie aufmerksam zu, was Beate und Lukas ihnen erklärten.

Eines hatte Elisabeth aber doch registriert. Nämlich, dass sie sich ihrer Kleidung wegen keine Sorgen zu machen brauchte. Unzählige Frauen und Mädchen, denen sie begegneten, liefen ebenso gekleidet durch die Stadt wie sie und Beate. Keine von ihnen trug ein Gebende, nur einige wenige verdeckten ihre Haare mit einem Kopftuch.

Konrad bemerkte viele Männer, die nur eine Bruche trugen, aber keine Beinlinge dazu. Trotz des warmen Wetters, bei dem die Beinlinge nur hinderlich sein mochten, kam ihm das recht unpassend vor. Aber niemand schien sich dabei etwas zu denken. Auch Beate nicht, denn irgendwann sagte sie zu Lukas: „Hätt'st auch Deine Shorts anziehen sollen. Ist doch bestimmt viel zu warm in den dicken Jeans."

Das hatte Konrad zwar nicht verstanden, aber auf seine Nachfrage hin, erklärte sie es ihm.

„Wart Ihr schon mal in Aachen?", fragte Beate, als sie am Dom vorbeikamen.

Beide schüttelten die Köpfe.

„Mein Herr Vater, der war schon einige Male hier", sagte Elisabeth.

„Dann wird er den Dom ja kennen. Es ist noch immer derselbe, und ich nehme an, dass er auch hineingegangen ist."

„Das ist er ganz sicher", bestätigte Elisabeth. „Mein Herr Vater hat es auch auf seinen Reisen niemals versäumt, die heilige Messe zu besuchen. Es nicht zu tun, wäre eine Sünde."

Beate nickte. „Ich nehme an, Ihr wollt sicher auch hineingehen?", fragte sie und bekam ein erfreutes Kopfnicken zur Antwort.

„Leider wird das nicht möglich sein", sagte sie bedauernd. „Dazu sind wir nun wirklich nicht passend angezogen. Auch in dieser Zeit ist es nämlich noch so, dass man geziemend gekleidet sein sollte, wenn man ein Gotteshaus betritt. Es würde uns zwar wohl niemand hinauswerfen, aber ich finde, es gehört sich nicht."

„Wann können wir denn hineingehen?", fragte Konrad, dem es ein Anliegen zu sein schien, seitdem er und Elisabeth am Vormittag davon gesprochen hatten, die heilige Messe zu besuchen.

Beate ging zu dem Schaukasten hin, in dem die Gottesdienstzeiten aushingen.

„Ihr habt jeden Tag morgens um sieben und um zehn Gelegenheit, die Messe zu besuchen", stellte sie fest. „Das wird kein Problem sein."

Nein, Gottesdienste gab es genügend, das war wirklich nicht das Problem. Aber was ‚morgens um sieben und um zehn' bedeutete, das war eines.

Elisabeth und Konrad waren es gewohnt, den Tag nach der kirchlichen Zeitangabe einzuteilen, der zufolge jeder Tag um den Sonnenaufgang herum mit der ‚Prim' begann, um den halben Vormittag herum mit der ‚Terz' weiterzugehen, dann folgte die ‚Sixt', zur Mittagszeit, die ‚None', etwa zum halben Nachmittag, die ‚Vesper', kurz vor Sonnenuntergang und schließlich die ‚Complet' zur Nacht. So genau war man da allerdings nicht festgelegt, da die Länge der Tage unterschiedlich war, sondern man verließ sich auf die Mönche von Sankt Kastor, die die jeweilige Tageszeit mittels der Kirchenglocken verkündeten.

Als die Kinder es Beate erklärt hatten, erhielten sie eine weitere Lektion an diesem so ereignisreichen Tag. Anhand der Kirchturmuhr des Aachener Doms, lernten sie die Einteilung des Tages in zweimal zwölf Stunden, die immer genau gleich lang waren. Was man unter ‚Minuten' und ‚Sekunden' zu verstehen hatte, verschwieg Beate den beiden allerdings. Vorläufig noch. Vorerst hatten sie genug damit zu tun, die ‚Stunden' zu verdauen.

Zumal das nicht die letzte Lektion war, die sie bekommen sollten. Und die folgende war zudem eine besonders aufregende.

Sie kamen auf den großen Marktplatz, gleich hinter dem Dom. Als Beate ihnen erklärte, um was für einen Platz es sich hier handelte, waren sie erstaunt, keine Händler zu sehen, die dort ihre Waren feilboten, so wie sie es gewohnt waren. Es gab auch keine Gaukler oder Heiler oder

Zahnausreißer und kein einziges Tier, das zum Verkauf angeboten wurde. Nun, vermutlich war der heutige kein Markttag. Obwohl, auf dem Markt in Koblenz war eigentlich immer etwas los. Jeden Tag. Wo sonst sollten die Leute ihre Lebensmittel kaufen?
Beate erklärte es ihnen. „Wir zeigen es Euch später. Wir müssen nämlich auf dem Rückweg noch im Supermarkt vorbei und was zu essen kaufen."
Selbstverständlich hatten sie keine Ahnung, was, um alles in der Welt, wohl ein ‚Supermarkt' sein sollte.
„Das werdet Ihr sehen, wenn wir hinkommen", beschied Beate sie. „Es ist tatsächlich auch ein Markt, aber er ist eben anders als der, den Ihr gewohnt seid."

***

Wieder fuhren sie mit der pferdelosen Kutsche, und wieder fuhren sie aus einem riesigen Keller hinaus, was für die beiden Zeitreisenden inzwischen schon nichts Besonderes mehr war. Wie das alles funktionierte, wussten sie nicht, sie nahmen es einfach so hin. Es war eben so. Auch, dass Lukas die Kutsche auf einem riesigen Platz abstellte, auf dem wiederum viele andere der gleichen Art standen, es war eben so.
Sie stiegen aus, und Lukas holte eine seltsame Karre, die er vor sich herschob. Sie gingen in ein riesiges Gebäude, dessen Türen aus Glas bestanden und die sich wie von selbst öffneten. Von dem, was sie drinnen fanden, machten sie sich keine Vorstellung. Anscheinend waren es Sachen, die man essen konnte, aber das meiste davon konnte man nicht einmal riechen. Alles sah so seltsam aus, und es war eingepackt in etwas, durch das man hindurchsehen konnte. Sie konnten es greifen, aber nicht verstehen. Darum versuchten sie es erst gar nicht.
Beate ging langsam an den Gestellen vorbei, auf denen die Esswaren lagen. Hier und da nahm sie etwas und legte es in den Handwagen, den Lukas vor sich herschob. Niemand hinderte sie daran. Niemand nannte einen Betrag, den er dafür haben wollte, und niemand feilschte darum. An einer Stelle gab es Fleisch. Unfassbar viel davon. Auch hier sagte Beate, was sie haben wollte, man schnitt es ihr ab und gab es ihr einfach.

Was für ein seltsamer Ort, dachte Elisabeth. Alle schieben diese seltsamen Karren vor sich her, aber sie begegnen einander, ohne miteinander zu reden. Das ist doch kein Markt. In Koblenz, auf dem Markt, da kannten sich die Leute, und sie sprachen miteinander. Regten sich auf über die hohen Preise, die die Händler verlangten und versuchten, sie herunterzuhandeln. Und man zahlte jedes Mal, wenn man etwas haben wollte. Hier türmte die Frau Beate alle möglichen Dinge in ihre Karre und ging einfach davon. Wie konnte das sein?

Aber hinaus kamen sie nicht so ohne weiteres. Beate legte alle die Dinge, die sie vorher in den Handkarren gelegt hatte, auf einen Tisch, dessen Oberfläche sich bewegte. Am Ende dieses Tisches saß eine Frau, die all die Sachen hochnahm, sie kurz anschaute und dann jenseits des Tisches auf einem anderen, komisch geformten Gestell ablegte. Jedes Mal, wenn sie das tat, gab es ein seltsam piepsendes Geräusch, wie von einem Vogel, der dabeisaß. Lukas nahm die Sachen dann wieder und legte sie zurück in den Handkarren.

Als alles wieder dort hineingelangt war, zog Beate einen ledernen Beutel aus der Tasche, die sie schon die ganze Zeit über ihre Schulter gehängt trug, und nahm mehrere kleine Papierschnitzel heraus, die sie der Frau hinter dem Tisch reichte. Auch einige Münzen waren dabei. Also musste man die Sachen doch irgendwie bezahlen, stellte Konrad fest. Es hätte ihn auch gewundert, wenn das nicht so gewesen wäre. Das zumindest hatte sich nicht geändert.

Die Frau prüfte die Papierschnipsel und die Münzen, legte sie in eine Dose, die sie vor sich hatte und gab Beate einige andere Münzen wieder zurück. Wechselgeld. Das kannten Elisabeth und Konrad. Man gab ein Silberstück für etwas, das man kaufen wollte. War das jedoch zu viel, bekam man einige Kupfermünzen zurück, bis der Preis stimmte. Auch das war so, wie sie es gewohnt waren.

Nachdem das alles erledigt war, schob Lukas den Handkarren hinaus zu seiner Kutsche, in der er all die Sachen, die sie mitgenommen hatten, verstaute. Den leeren Handkarren stellte er zurück an den Ort, wo noch unzählig viele davon standen.

„So, das war's", verkündete er, als er zurückkam. „Jetzt haben wir genug zu essen für die nächsten Tage."

Sie stiegen in die Kutsche, die Lukas dann zurücklenkte in das Haus unterhalb der Frankenburg, in dem sie wohnten.

In der Küche betrachteten sie ehrfürchtig die Sachen, die Beate und Lukas mitgebracht hatten. Etwas davon erkannten sie, das meiste aber nicht. Weil es in allerlei bunten Behältnissen eingeschlossen war, die sie noch nie zuvor gesehen hatten.

Beate erklärte es ihnen, und voll Staunen sahen sie sich alles an. Beate und Lukas mussten wirklich sehr, sehr reich sein, dass sie sich diese Köstlichkeiten leisten konnten. Selbst Elisabeth, die gutes und reichhaltiges Essen gewöhnt war, konnte kaum glauben, was sie da sah.

***

Beate öffnete die Klappe zu einer Truhe in der Küche und dort hinein verstaute sie alles.

„Warum legt Ihr alles dort hinein, Frau Beate?", fragte Elisabeth.

„Das ist ein Kühlschrank, darin bleibt alles schön frisch", antwortete Beate. „Greif nur mal hinein, wie sich es anfühlt."

Vorsichtig berührte Elisabeth mit den Fingerspitzen die Innenwand des Kühlschranks. Es fühlte sich tatsächlich kalt an. Mutiger geworden, legte sie die ganze Handfläche auf den Kunststoff. Aber dann schaltete sich der Kompressor des Gerätes ein. Erschrocken durch das Geräusch des Motors zog sie die Hand blitzschnell wieder zurück.

„Was ist das?", fragte sie ängstlich.

Lukas blies die Backen auf. „Puh, wie soll ich das erklären?" Hilflos sah er von Beate zu Elisabeth und wieder zurück. „Das ist die Maschine, die die Kälte erzeugt", sagte er.

„Was ist eine ‚Maschine'?", fragte Konrad sofort.

„Eine Maschine ist ein Gerät, welches eine bestimmte Arbeit erledigt." Konrad nickte, obwohl er nichts verstanden hatte. Das heißt, Lukas' Sprache hatte er schon verstanden, denn inzwischen klappte es ganz gut mit dem Kauderwelsch, das die vier sich angewöhnt hatten. Aber den Sinn hinter den Worten, hatte Konrad nicht begriffen.

„Und was ist ein ‚Gerät'?"

„Geräte nennt man Gegenstände, die man benutzt, um bestimmte Dinge zu tun", versuchte es nun Beate mit einer Antwort. „Ein Kühlschrank, wie dieser hier, ist also ein Gerät, mit dem man verderbliche Lebensmittel haltbar machen kann." Und bevor die Frage kam, fuhr sie fort: „Und Lebensmittel, das ist etwas, das man essen kann. Fleisch, zum Beispiel. Wenn man es nicht kühl hält, ist es sehr schnell verdorben und man kann es nicht mehr essen. Wenn man es aber kühl hält, bleibt es viel länger genießbar. Früher hat man es gepökelt oder geräuchert, damit es nicht verdarb, heute lässt man es so wie es ist und kühlt es."
Die beiden Zeitreisenden nickten. Das letzte hatten sie verstanden. Pökeln und Räuchern kannten sie. Auch wussten sie, dass man Speisen, die man nicht sofort verzehren wollte, an möglichst kühlen Orten aufbewahrte. Im Winter war das nie ein Problem, jetzt im Sommer jedoch, da war das kaum möglich. Da aß man besser alles sofort auf. Tat man es nicht, wurde man krank, das hatten sie oft genug erlebt.
Na schön, das mit dem Kühlen hatten sie also begriffen, nicht jedoch, wie es geschehen konnte, dass es in dieser seltsamen Truhe um so vieles kälter war als sonstwo im Raum. Konrad war davon überzeugt, dass all das nicht mit rechten Dingen zuging. Hexenwerk, Teufelszeug. Aber er war auch neugierig.
„Ihr spracht von ‚einer Maschine, die Kälte erzeugt', Herr Lukas. Wie kann das geschehen?", fragte er deshalb weiter.
Eigentlich hätte Lukas, der Student der Ingenieurswissenschaften, sofort eine Antwort geben müssen. Schließlich war ihm gut bekannt, wie ein Kühlschrank funktionierte. Das Problem jedoch war, wie er es jemandem erklären sollte, der nicht die geringste Ahnung von den physikalischen Zusammenhängen besaß.
Nachdem er einen Moment nachgedacht hatte, versuchte er es dennoch: „Kommt mit, ich werde es Euch aufmalen, damit Ihr es versteht."
Sie gingen hinüber ins Arbeitszimmer, wo Lukas sich an seinen Schreibtisch setzte und ein Blatt Papier und einen Kugelschreiber aus einer der Schubladen nahm. Interessiert sahen die beiden Kinder zu, was er aufmalte.

„Das Prinzip ist einfach", erklärte er dabei. „Wenn man einen Topf mit einem beweglichen Deckel hat, der mit Luft gefüllt ist und dessen Deckel man in den Topf hineinschieben kann, so dass die Luft, die sich darin befindet, nicht entweichen kann, so wird diese Luft auf einem kleinen Raum zusammengedrückt. Dabei wird die Luft warm. Man fühlt das, wenn man den Topf anfasst, in dem sie sich befindet." Er tippte mit der Spitze des Kugelschreibers auf seine Zeichnung. „So, und an diesen Topf schließt man nun ein Rohr an, das ebenfalls mit der zusammengedrückten Luft gefüllt ist. Und jetzt kommt der Trick. Das Rohr hat eine enge Stelle, durch die die Luft nicht so einfach hindurchkommt. Hat sie es aber geschafft, ist hinter der engen Stelle plötzlich wieder mehr Platz dafür. Die Luft kann sich also etwas ausdehnen. Indem sie das tut, will sie die Wärme, die sie beim Zusammenpressen abgegeben hat, jetzt wiederhaben, und sie nimmt sie sich aus der Umgebung. Dadurch wird diese kälter. Bei einem Kühlschrank ist es nun so, dass man den Teil des ganzen Systems, in dem die Luft zusammengedrückt wird, außerhalb des Kastens anbringt und den Teil, in dem die Luft sich wieder ausdehnt, nach innen verlegt. Damit nimmt sich die Luft die Wärme immer aus dem Inneren des Kastens, während sie diese außerhalb des Kastens abgibt. Also wird es immer kühler im Kasten drin. Klar?"
Konrad brauchte eine Weile, bis er das verdaut hatte, aber schließlich nickte er.
„Ich glaube schon. Aber warum macht man das bei uns nicht?"
„Weil man zu Eurer Zeit das Phänomen von Wärmeabgabe beim Zusammenpressen und von Wärmeaufnahme beim Entspannen von Luft noch gar nicht kannte", antwortete Beate.
„Und außerdem braucht man ziemlich viel Kraft, um das zu bewerkstelligen", ergänzte Lukas. „Und diese große Kraft aufzubringen, war damals noch nicht möglich."
Diese Antwort stellte Konrad keineswegs zufrieden. Immer neue Fragen kamen ihm in den Sinn. Er stellte sie, und Lukas bemühte sich, so gut er konnte, zu antworten und zu erklären. Schließlich schwirrte den beiden Zeitreisenden der Kopf so sehr, dass sie überhaupt nichts mehr wussten. Ratlos sahen sie zwischen Beate und Lukas hin und her.

Beate legte ihnen die Hände auf die Schultern. „Ich glaube, das reicht für heute", sagte sie lachend. „Ein Tag reicht sicherlich nicht aus, um die Entwicklung von weit über sechshundert Jahren zu verstehen."

Kapitel 7 – A.D. 1345

Vier Wochen war es jetzt schon her, seit Elisabeth, die Tochter des Gewürzhändlers Giselher von Raesfeld, und Konrad, der Fackelträger, verschwunden waren. Viele Tage noch hatte der Ratsherr sein Gesinde ausgesandt, nach den beiden zu forschen. Ohne Ergebnis. Es gab nicht den kleinsten Hinweis darauf, was den Kindern zugestoßen war.
Der Ratsherr war verzweifelt.
Doch das Leben musste weitergehen.
Schweren Herzens brach er zu einer neuen Reise nach Venedig auf. Wenn er das Gebirge der Alpen noch bei einigermaßen gutem Wetter überwinden wollte, musste er sich sputen. Denn der Herbst kam früh auf den hohen Bergen und mit ihm die Stürme, die Kälte und der Schnee.
Aber es half nichts, seine Vorräte an Gewürzen gingen zur Neige, und es war hoch an der Zeit, sie wieder aufzufüllen. Allem voran mangelte es an Pfeffer. Der war zwar teuer, aber nicht so sehr, dass nicht etliche der besser betuchten Koblenzer ihn sich leisten konnten. Ganz im Gegensatz zu Safran, der nur ganz selten einmal verlangt wurde, oder gar der Muskatnuss, die so kostbar war, dass man sie mit Gold aufwiegen konnte.
An einem trüben Spätsommermorgen nahm er Abschied von seiner Frau, die das Verschwinden ihrer Tochter noch viel schwerer getroffen hatte als ihn selber und deren Schwermut jetzt kaum mehr von ihr wich, und von den beiden Ziehkindern, die er bei sich aufgenommen hatte, den jüngeren Geschwistern des Fackelträgers, um die er sich kümmerte, beinahe so sehr, wie er es mit seiner eigenen Tochter gemacht hatte.
Dann machte er sich mit seinem Tross auf den Weg. In dem Bewusstsein, dass viele Monate vergehen würden, bis er sein prächtiges Haus an der Löhrstraße in Koblenz wieder betreten würde. Mit Gottes Hilfe, denn es war ihm nur zu bewusst, welchen Gefahren und Unbilden er und seine Begleiter unterwegs ausgesetzt sein würden.

***

Gertrude Merseburger und ihr kleiner Bruder Johann hatten sich unterdessen gut eingelebt im Hause des Gewürzhändlers und Ratsherren. Freilich, arbeiten mussten sie auch hier, so wie Gertrude es schon im Hause ihrer Muhme Sieglinde hatte tun müssen. Statt allerdings in der Backstube den schweren Brotteig kneten zu müssen, ging sie im Hause des Ratsherren der Köchin zur Hand. So verdiente sie sich nicht nur ihre Mahlzeiten, sondern sie lernte auch, wie diese zubereitet werden mussten, damit sich nach dem Essen zufriedene Gesichter um den Tisch herum fanden.
Und es schien, als habe sie Talent dafür. Schnell hatte sie herausgefunden, was sich mit Gewürzen, die sich ja nun im Hause des Gewürzhändlers reichlich fanden, alles machen ließ, um die Speisen zu verfeinern. Die Köchin ließ sie gewähren. Solange sich niemand über das Essen beschwerte, sollte das Mädchen ruhig seine selbst ausgedachten Rezepte ausprobieren.
Auch der sechsjährige Johann wurde jetzt und in diesem Hause zu leichteren Arbeiten herangezogen. Willig machte er sich im Stall nützlich, wo er die Tiere mit Futter versorgte und den Stall ausmistete, sobald das geboten erschien.
Am liebsten aber arbeitete er in der Winzerei.
Giselher von Raesfeld verfügte neben seinem Gewürzhandel auch noch über einige Weinberge, die er sein Eigen nannte, und betrieb einen kleinen Weinhandel. Es war mehr eine Nebensache, denn ein richtiger Broterwerb, um die er sich auch nur gelegentlich und am Rande kümmerte. Die Weinberge hatte er von seinem Vater geerbt, und weil sie nun einmal da waren, mussten sie wohl oder übel auch bewirtschaftet werden. Ein Weinbauer, der zu seinem Gesinde gehörte, kümmerte sich darum.
Diesem schloss sich der kleine Johann nun an, wann immer er Gelegenheit dazu hatte. Wissbegierig eignete er sich an, was es beim Weinanbau zu beachten galt. Das war einiges, gerade in der Jahreszeit, die jetzt heraufzog. Bald würde die Traubenlese beginnen, dann waren die Trauben zu keltern und der Saft in die Fässer abzufüllen. Das hatte der Winzer Johann erklärt, der nun ungeduldig darauf wartete, dass es endlich soweit war.

Mehr und mehr Zeit verbrachte Johann mit dem Winzer in den Weinbergen. Die Arbeit war nicht immer leicht, im Gegenteil, aber sie machte dem Jungen Spaß, und er beklagte sich nie. Um die Tiere im Stall mussten sich derweil andere kümmern. Aber das nahm niemand tragisch, denn bevor die beiden Merseburger-Kinder ins Haus kamen, war das schließlich auch so gewesen. Insbesondere, da man sah, dass der Junge keineswegs auf der faulen Haut lag, sondern eben an anderer Stelle mitarbeitete.

Es sah ganz danach aus, als hätten beide, sowohl die Köchin als auch der Winzer, je einen Lehrling gefunden.

***

Bei aller Arbeit, die man ihnen aufbürdete, ging es den beiden jungen Menschen gut im Hause des Gewürzhändlers von Raesfeld. Niemand schikanierte sie, und sie bekamen reichlich und gut zu essen. Man kleidete sie angemessen und sorgte sich um ihr körperliches Wohlbefinden. Gertrude wurde sogar an jedem Werktag für einige Stunden zu den Beginen gebracht, damit sie Lesen und Schreiben lernte und auch andere Dinge, die die wohltätigen und klugen Frauen einem Mädchen beibringen konnten.

Immer noch lebten sie gemeinsam in der Kammer, die der Ratsherr ihnen hatte zuweisen lassen, als er sie mit sich in sein Haus brachte. Gut und gerne hätte jedes der Kinder auch eine eigene Kammer haben können, das große Haus verfügte über genügend davon, aber sie wollten nicht voneinander lassen. Und groß genug für sie beide war die Kammer allemal. Ganz im Gegensatz zu dem winzigen Verschlag, in dem sie im Haus ihrer Muhme hatten hausen müssen. Sogar ein richtiges Bett hatte jedes von ihnen und nicht nur einen Strohsack, der auf dem Fußboden lag.

An den Sonntagen sah man die Geschwister zusammen zur Kirche gehen. In der Regel gemeinsam mit dem restlichen Gesinde des Ratsherrn, gelegentlich aber auch alleine, je nachdem, wie es die Arbeit im Haus, die auch am Sonntag getan werden musste, erlaubte.

Hin und wieder begegneten sie dabei auch ihrer Muhme, die allerdings nie das Wort an sie richtete, obwohl die Kinder sie artig grüßten, so wie es sich gehörte. Aber die Witwe des Bäckermeisters tat gerade so, als würde sie die beiden gar nicht kennen und ging achtlos an ihnen vorüber. So wie es die meisten Koblenzer taten. Obwohl nahezu jedermann wusste, dass sie jetzt im Hause des ehrenwerten Ratsherrn Giselher von Raesfeld eine neue Bleibe gefunden hatten, waren und blieben sie dennoch die Kinder des Räubers, Mörders und Frauenschänders Ruprecht Merseburger, den man zur Strafe für sein schändliches Tun aufs Rad geflochten hatte. Und von solchem Gelichter hielt man sich besser fern.

Auch auf dem Markt bekamen sie das zu spüren, auf den Gertrude häufig von der Köchin geschickt wurde, um Gemüse, Backwaren und andere Lebensmittel einzukaufen. Meist in Begleitung ihres jüngeren Bruders, denn ohne männliche Begleitung schickte es sich für ein junges Mädchen nicht, in der Stadt herumzulaufen. Ein großer Schutz wäre er ihr im Zweifelsfalle nicht, so jung wie er noch war, aber der Anstand gebot es eben, und so wurde Johann jedes Mal angewiesen, seine Schwester auf ihrem Weg zu begleiten.

Anfangs fiel es ihnen nicht leicht, die Verachtung zu ertragen, die die Koblenzer ihnen entgegenbrachten, aber mit der Zeit gewöhnten sie sich daran. Jedenfalls so weit, dass sie nicht mehr mit Tränen in den Augen von ihren Besorgungsgängen zurückkamen.

Kapitel 8 – A.D. 2013

Auch die Zeitreisenden, Elisabeth und Konrad, begannen allmählich, sich an das Leben in der fremden Umgebung zu gewöhnen. Immer noch waren Semesterferien, und so konnten sich Beate und Lukas die Zeit nehmen, den beiden stundenlang zu erklären, was sie in ihrem neuen Leben an praktischen und alltäglichen Dingen wissen mussten. Auch das Sprachenverständnis wurde besser. Meist redeten sie miteinander in einem Kauderwelsch aus mittelhochdeutschen und neuhochdeutschen Sätzen. Das war manches Mal irrsinnig komisch, so dass es viel zu lachen gab.
Hatten Beate und Lukas ihre Gäste anfangs noch wie halbe Kinder behandelt, so war ihnen inzwischen doch die Erkenntnis gekommen, dass das keinesfalls richtig war. In ihrer Zeit nämlich wäre Elisabeth mit ihren dreizehn Jahren allmählich in das heiratsfähige Alter gekommen, während der fünfzehnjährige Konrad bereits als ein erwachsener Mann galt.
Trotzdem schliefen sie nach wie vor gemeinsam auf der großen Couch im Wohnzimmer, die sie an jedem Abend in ein bequemes, geräumiges Bett verwandelten. Sich dort zusammen hineinzulegen, hatte sie anfangs einige Überwindung gekostet. Nach einigen Tagen aber machte es ihnen nichts mehr aus. Umso weniger, seit sie festgestellt hatten, dass sie sich mochten.
Dennoch hielten sie sich sehr zurück, was den Austausch von körperlichen Sympathiebekundungen anging. Lediglich nach Konrads Hand griff Elisabeth gelegentlich, wenn sie durch die Straßen der Stadt gingen und sie sich in dem Getümmel und dem dichten Verkehr unbehaglich fühlte. Konrad hatte es gern, wenn sie das tat. Immer wieder lächelte er ihr dann aufmunternd zu, und sie erwiderte sein Lächeln. Jedoch hätte er es nie gewagt, sie in die Arme zu schließen und ihr einen Kuss auf die Lippen zu drücken, so wie Beate und Lukas das häufig taten.
Ebenso wenig wie es ihm in den Sinn gekommen wäre, gänzlich unbekleidet in der Wohnung herumzulaufen. Beate und Lukas schien das nichts auszumachen, er hingegen empfand es als höchst unschicklich.

Und er war ziemlich sicher, dass Elisabeth da seiner Meinung war, obwohl sie beide auch noch nie darüber gesprochen hatten. Natürlich nicht, denn über solche Dinge sprach man einfach nicht.

***

Wie an den vergangenen Sonntagen, so besuchten sie auch an diesem die Frühmesse im Kaiserdom zu Aachen. Die ersten Male hatten Beate und Lukas sie begleitet, aber inzwischen kamen die beiden allein zurecht. Leise, um ihre Gastgeber nicht zu stören, waren sie aufgestanden und hatten sich fertiggemacht, um mit dem Bus in die Stadt zu fahren. Wie das funktionierte, hatten sie inzwischen gelernt. Ebenso hatten sie die Angst überwunden, in solch ein riesiges Gefährt einzusteigen, das größer war als alles, was sie an Fahrzeugen bislang gesehen hatten.
Der Bus war nur schwach besetzt zu dieser frühen Morgenstunde. Elisabeth und Konrad war das gerade recht, denn sie waren doch noch immer ein wenig unsicher, sich allein in der großen, unbekannten Stadt zu bewegen, und je weniger Leute das bemerken konnten, desto lieber war es ihnen.
Immerhin wussten sie inzwischen, wie man mit Geld umging, bezahlte, das Wechselgeld nachzählte und dass es keineswegs erlaubt war, über den Preis zu feilschen. So wie Konrad das gewohnt war, wenn er seine Dienste als Fackelträger anbot und Elisabeth das aus dem Geschäft ihres Vaters kannte, in dem lang und breit über den Wert der Gewürze verhandelt wurde, die darin zum Verkauf kamen. In der Zeit, in der sie jetzt angekommen waren, hatte anscheinend alles seinen festen Preis, und man bezahlte, was verlangt wurde.
In der Nähe des Doms stiegen sie aus und gingen das letzte Stück des Wegs zu Fuß. Obwohl kaum jemand unterwegs und auch der Verkehr, dem Tag entsprechend, ziemlich ruhig war, griff Elisabeth doch nach Konrads Hand. Und wie immer, lächelte er sie an, und sie lächelte zurück.
So betraten sie den Dom.

Während sie kniend auf den Beginn der heiligen Messe warteten, dachte Elisabeth darüber nach, dass auch ihr Vater schon, vor mehr als sechshundert Jahren, an dieser Stelle gekniet hatte. Damals war dieser Dom jedoch keine Bischofskirche, sondern lediglich der Ort, an dem die Kaiser des ‚Heiligen Römischen Reiches Deutscher Nation' gekrönt wurden. Das wussten Elisabeth und Konrad inzwischen. Und auch, dass es dieses Reich längst nicht mehr gab und demzufolge auch keine Kaiser mehr an diesem Ort gekrönt wurden. Dafür gab es jetzt einen Bischof, der dem Erzbischof von Köln unterstand, der ein ähnlich bedeutender Kirchenfürst war, wie einst Balduin von Luxembourg, der Kurfürst und Erzbischof von Trier.

Anders als Balduin von Luxembourg, den die beiden nie zu Gesicht bekommen hatten, obwohl er sich zu ihrer Zeit mehrfach in Koblenz aufgehalten hatte, wollte es der Zufall, dass seine Excellenz, Bischof Heinrich Mussinghoff, an diesem Sonntag die Frühmesse zelebrierte. Und der machte auf sie so gar nicht den Eindruck eines mächtigen Kirchenfürsten, sondern eher den eines gemütlichen Gottesmannes, der die Siebzig bereits überschritten hatte und somit in ihren Augen und im Verständnis der damaligen Zeit, ein uralter Mann war.

***

Zu ihrer Überraschung warteten Beate und Lukas vor der Kirche, als Elisabeth und Konrad nach dem Ende der Frühmesse aus dem Dom herauskamen.

„Na, war's schön?", fragte Beate lachend.

Elisabeth nickte eifrig. „Der hochwürdigste Herr Bischof selbst hat die heilige Messe gehalten", antwortete sie mit einiger Ehrfurcht in der Stimme.

„Na, dann habt Ihr den ja jetzt auch mal kennengelernt", bemerkte Lukas flapsig.

„Nein, kennengelernt natürlich nicht", erwiderte Konrad. „Er hat uns ja gar nicht bemerkt. Und gesprochen hat er schon gar nicht mit uns."

„Na gut, aber wenigstens wisst Ihr jetzt, wer er ist. Und wenn er Euch das nächste Mal über den Weg läuft, könnt Ihr ihn ja nach einem Autogramm fragen."

Natürlich wussten weder Konrad noch Elisabeth was das war, ein Autogramm. Nachdem Lukas es ihnen erklärt hatte, sahen die beiden ihn entrüstet an.

„Aber das können wir doch nicht machen, den hochwürdigsten Herrn so einfach belästigen."

„Och, das würd ich nicht sagen", antwortete Lukas. „Ich wette mit Euch, der würde sich garantiert überhaupt nicht belästigt fühlen. Eher geschmeichelt."

Worauf er ihnen gleich auch noch erklären musste, was eine ‚Wette' ist. Inzwischen waren die vier vom Dom weg in Richtung Elisengarten gegangen.

„Wohin gehen wir denn?", erkundigte sich Elisabeth.

„Zum Hauptbahnhof", antwortete Lukas und hob gleich beschwichtigend die Hände. „Und was das ist, erkläre ich Euch sofort."

Als sie am Bahnhof ankamen, wussten sie es. Allerdings waren sie nicht auf das gefasst, was sie jetzt zu sehen bekamen.

Von ‚Kutschen' hatte Lukas geredet, von denen man mehrere hintereinander spannt und die dann gezogen würden von etwas, das er ‚Lokomotive' nannte. Nur, was sie da zu sehen bekamen, als sie hinauf auf den Bahnsteig stiegen, hatte ja mit dem, was ihnen als ‚Kutsche' bekannt war, so gut wie gar nichts zu tun.

Mit unglaublichem Lärm brauste ein riesiges, rotes Ungetüm heran. Zu Tode erschrocken klammerten sich die beiden Zeitreisenden an Beate und Lukas.

„Das ist die Lokomotive", brüllte Lukas in den Lärm hinein. „Dahinter hängen die Kutschen."

Noch lauter wurde der Lärm, als das Ungetüm plötzlich langsamer wurde und mit einem ohrenbetäubenden Kreischen zum Stillstand kam. Von ‚Kutschen' war da allerdings nichts zu sehen. Was sich hinter dem roten Ungetüm befand, sah eher ein wenig so aus wie der riesige Omnibus, mit dem sie am frühen Morgen in die Stadt gefahren waren.

Nur dass es eben jetzt sechs Stück auf einmal waren, die da standen. Und aus allen kamen Leute heraus und andere stiegen ein.

Nach einer Weile setzte sich der Zug wieder in Bewegung. Er fuhr jedoch nicht weiter, sondern er fuhr in die Richtung zurück, aus der er gekommen war. Rückwärts.

„Was ist das denn?", fragte Konrad erstaunt. „Das Ding fährt ja falsch herum."

Lachend schüttelte Lukas den Kopf. „Nein, tut es nicht. Diese Züge können sowohl vorwärts- als auch rückwärtsfahren", erklärte er. „Das eine Mal werden die Wagen von der Lokomotive gezogen, das andere Mal schiebt die Lok sie."

„Und wohin fährt das Ding?", erkundigte sich Elisabeth.

Lukas deutete auf ein Schild, das hoch über ihnen unter dem Dach angebracht war. „Nach Siegen", sagte er. „Steht da jedenfalls."

Elisabeth betrachtete das Schild, wurde aber nicht schlau aus dem, was da stand, obwohl sie es lesen konnte. „Siegen, was ist das?", fragte sie.

„Siegen ist eine Stadt", antwortete Beate. „Die hat's auch zu Eurer Zeit schon gegeben. Allerdings war sie klein und unbedeutend. Daher werdet Ihr wohl kaum von ihr gehört haben."

Während Elisabeth noch auf das Schild starrte, wurde es plötzlich dunkel. Doch nur einen Moment lang, dann erschien wieder eine Schrift. ‚Köln' war da jetzt zu lesen.

Elisabeth erschrak und klammerte sich fester an Beates Hand. „Was war das denn?"

„Eine ‚Anzeigetafel' nennt man so was", erläuterte Lukas. „Darauf wird angezeigt, wohin der Zug fährt, der hier hält. Der letzte fuhr nach Siegen, das habt Ihr ja gelesen. Und der nächste, der jetzt bald kommt, fährt nach Köln. Deshalb steht das da."

„Nach Köln", sagte Konrad erstaunt. „Das liegt am Rhein. In Koblenz habe ich manchmal Schiffe gesehen, die von Köln kamen. Weit im Norden, den Rhein hinunter, liegt das. Man ist lange unterwegs, bis man dorthin gelangt."

„Ist jemand von Euch schon mal in Köln gewesen?", fragte Beate.

Beide schüttelten die Köpfe. „Mein Herr Vater ist einige Male dort gewesen. Und es stimmt, was Konrad sagt. Es ist weit weg. Er war lange unterwegs, bis er zurückkehrte. Nicht so lange zwar, wie es gedauert hat, nach Venedig zu reisen, wo er die meisten seiner Gewürze kauft, aber viele Tage hat auch die Reise nach Köln gedauert."

„Wenn Ihr noch nie dort wart, wollt Ihr vielleicht gerne mal hinfahren?", fragte Lukas.

Elisabeth war skeptisch. „Ich weiß nicht. Es ist gefährlich, solch weite Reisen zu machen, sagt mein Vater. Und mühselig auch."

Lukas lachte. „Es ist weder das eine noch das andere. Ihr werdet sehen. Lasst es uns einfach mal ausprobieren."

Konrad sah ihn ungläubig an. „Wann?"

„Na, jetzt", antwortete Lukas. „Der Zug kommt gleich."

„Aber wir sind doch gar nicht für solch eine Reise gerüstet", entgegnete Elisabeth. „Nichts haben wir bei uns, was man für eine solche Reise braucht. Keine Kleider, kein Essen, nichts."

„Brauchen wir alles nicht", winkte Lukas ab. „Denn heute Abend sind wir ja wieder zurück. Der Zug ist ein ICE, und der braucht weniger als eine Stunde, bis er in Köln ist."

Die beiden sahen ihn an, als ob er den Verstand verloren hätte. Sie hatten ja inzwischen schon einiges Unglaubliche erfahren und gelernt, aber das konnten sie sich dann doch nicht vorstellen.

Die Ankunft des Zuges enthob Lukas einer weiteren Antwort. Wie ein riesiger weißer Wurm kam er den beiden jungen Zeitreisenden vor, als er in der Ferne auftauchte. Und riesig war er tatsächlich. Das stellten sie fest, als er schließlich vor ihnen stand. Sie zögerten ein wenig hineinzusteigen, aber Beate und Lukas fackelten nicht lange und zogen sie energisch hinter sich her.

Sie hatten keine Vorstellung davon, wie es in einem solchen ‚Zug' aussehen mochte. Zwar hatte Lukas von ‚Kutschen' gesprochen, und ein wenig wie in einer Kutsche sah es auch aus, nur war alles eben viel größer. Nicht zwei gepolsterte Bänke waren es, die sich gegenüberstanden und auf denen höchstens sechs Personen Platz gefunden hätten, sondern es gab eine Vielzahl solcher Bänke in diesem riesigen, schlauchartigen Gebilde. Sogar einzelne Zimmer gab es. In denen sah es allerdings fast so aus, wie in einer Kutsche, denn jedes dieser Zimmer war mit zwei Bänken ausgestattet, auf denen je drei Personen Platz fanden.

Lukas suchte sich ein leeres dieser Zimmer und ging hinein.
Gerade hatten sie sich auf die Plätze neben dem Fenster gesetzt, als sie sahen, wie der Zug losfuhr. Hören konnte man es nicht. Im Gegensatz zu dem Lärm, den solch ein Zug machte, wenn man ihn von draußen sah, war es im Inneren fast vollständig ruhig. Und angenehm kühl und frisch war es auch.
Gespannt sahen Elisabeth und Konrad aus dem Fenster. Die Häuser der Stadt flogen draußen vorbei. Immer schneller wurde der Zug, sodass ihnen am Ende ganz schwindelig wurde und sie den Blick abwenden mussten.
„Glaubt Ihr jetzt, dass es keineswegs viele Tage dauert, bis wir in Köln sind?", fragte Lukas.
Sie nickten beide, obwohl sie es noch immer nicht recht begreifen konnten. Hier drinnen bemerkte man nichts von dem irrwitzigen Tempo, mit dem der Zug sich voranbewegte. Und es ruckelte auch nicht, so wie es das immer tat, wenn man in einer Kutsche über die unebenen Landstraßen fuhr. Im Gegensatz zu Konrad, der noch nie mit einer Kutsche gefahren war, wusste Elisabeth das, denn sie hatte ihren Vater einige Male auf kürzeren Reisen begleitet.
Tatsächlich dauerte es weit weniger als eine Stunde, bis der Zug allmählich langsamer wurde und das Tempo es Elisabeth und Konrad ermöglichte, wieder aus dem Fenster zu sehen, ohne schwindelig zu werden. Abermals zogen die riesigen Häuser an ihnen vorbei, die man in dieser Zeit, in der sie jetzt lebten, wohl in jeder Stadt fand.
Als der Zug schließlich zum Stehen gekommen war, befanden sie sich in einer gewaltigen Halle, in der ein unbeschreiblicher Lärm herrschte und in der sich so viele Menschen befanden, wie sie noch nie an einem Ort versammelt gesehen hatten. Nicht einmal an den Tagen, an denen in Koblenz der große Markt abgehalten wurde und an denen zugleich Gerichtstag war.
Während sie sich mühsam ihren Weg zwischen den vielen Menschen hindurch bahnten, fiel Elisabeths Blick auf eines der großen Schilder, die auf dem Bahnsteig angebracht waren. ‚KÖLN HBF' stand darauf zu lesen. Was ‚HBF' bedeutete, wusste sie nicht, aber anscheinend befanden sie sich tatsächlich in Köln.

***

Kurz darauf waren sie den Menschenmassen entkommen und traten aus der großen Halle hinaus auf einen weiten Platz. Auch hier fanden sich noch viele Menschen, aber längst nicht in der großen Zahl, wie sie ihnen im Inneren der Halle begegnet waren. Dafür wurde ihr Blick gefangen von einer riesigen Kathedrale, die größer war als jede Kirche, die sie bisher gesehen hatten. Staunend sahen sie hinauf zu dem gewaltigen Bauwerk.
„Das ist der Kölner Dom", erklärte Beate. „Die hohe Domkirche des Erzbistums Köln. Damit begonnen, ihn zu bauen, hat man schon etwa hundert Jahre, bevor Ihr geboren wurdet. Aber fertiggeworden ist er erst sechshundert Jahre später. Er ist eine der größten gotischen Kathedralen, die es gibt. Wollt Ihr mal reingehen und ihn anschauen?"
Beate musste ihre Frage ein zweites Mal stellen, bevor es den beiden Zeitreisenden gelang, sich von dem überwältigenden Anblick loszureißen und sie Beates Frage wahrgenommen hatten.
Als Antwort brachten sie nur mühsam ein Kopfnicken zustande.
Hand in Hand stolperten die beiden hinter Beate und Lukas her die breite Treppe hinauf und um die Kathedrale herum zum Haupteingang. Im Inneren des Gotteshauses herrschte ein Trubel wie auf dem Jahrmarkt. Unzählige Menschen waren dort, um sich dieses großartige Gebäude anzusehen. Männer in roten Roben liefen herum, ständig darum bemüht, dafür zu sorgen, dass sich die vielen Besucher einigermaßen gesittet benahmen, so wie es sich an einem solchen Ort geziemt.
„Man kann auch auf einen der Türme hinaufsteigen, wenn man möchte", sagte Lukas und zeigte auf ein Schild mit einem entsprechenden Hinweis. „Sollen wir das mal machen?"
Beide nickten mit leuchtenden Augen.
„Aber ich warne Euch", sagte Lukas daraufhin lachend. „Es sind fast vierhundert Stufen. Da werdet Ihr ganz schön schlapp sein, wenn Ihr oben ankommt."

Doch da hatte er die Ausdauer und die Zähigkeit seiner Schützlinge unterschätzt. Sie waren andere Strapazen gewöhnt, und das Treppensteigen machte ihnen nicht das geringste aus. Lukas selbst war ganz schön aus der Puste, als sie nach drei Vierteln des Treppenanstiegs den Glockenstuhl erreicht hatten, und er brauchte einen Moment, bis er zu seiner Erklärung ansetzen konnte zu dem, was es dort zu sehen gab.

„Die riesige Glocke, die Ihr da drüben seht, die nennen die Kölner den ‚Dicken Pitter'. Man sagt, sie sei die größte Kirchenglocke der Welt. Sie wiegt vierundzwanzig Tonnen, und wird nur zu besonderen Anlässen geläutet, etwa zu Silvester, an Mitternacht, um das neue Jahr einzuläuten. Man läutet sie nur selten, weil sie so groß und so schwer ist, dass ihre Schläge das Mauerwerk in Mitleidenschaft ziehen. ‚Dicker Pitter' heißt sie, weil sie nach dem Schutzpatron des Domes benannt ist, dem heiligen Petrus."

Eine Weile betrachteten sie die riesige Glocke, bevor sie die restlichen fünfundneunzig Stufen zur Aussichtsplattform hinaufstiegen. Einmal mehr versetzte die großartige Aussicht Konrad und Elisabeth in ungläubiges Staunen. Eine gewaltig große Stadt war dieses Köln, deren Grenzen selbst von hier oben nicht auszumachen waren. Jedenfalls konnten sie eine Stadtmauer nirgends erkennen.

Lukas lachte, als sie ihn danach fragten. „Stadtmauern, sowas gibt es heute längst nicht mehr", klärte er sie auf. „Heute kann jedermann zu jeder Zeit in die Stadt hinein oder wieder aus ihr hinaus. Zu Fuß, mit dem Auto, mit dem Zug oder auch mit dem Schiff."

Tatsächlich sah man auf dem breiten Fluss, der sich zu Füßen des Doms hinzog, eine Vielzahl von Schiffen. Auch diese so riesig groß, wie sie noch nie welche gesehen hatten.

„Mit manchen von diesen Schiffen könnt Ihr auch bis nach Koblenz fahren, wenn Ihr wollt", erläuterte Lukas. „In etwa fünf Stunden seid Ihr dort."

Daraufhin nickten sie nur. Sie konnten es zwar nicht glauben, aber an diesem Tag hatten sie schon so viel Unglaubliches gesehen und erlebt, dass sie darüber nicht einmal mehr nachdachten. Wenn Lukas es so sagte, würde es schon stimmen.

Sie konnten sich kaum sattsehen an all dem, was es von hier oben aus zu entdecken gab, aber irgendwann machten sie sich doch wieder auf den Weg nach unten. Dort herrschte nach wie vor der gleiche Trubel, und mit einem Mal wurde der Wunsch nach einem ruhigen Ort übermächtig.

In einer der Seitenkapellen fanden sie ihn schließlich. Nur wenige Menschen hielten sich hier drinnen auf, ausschließlich solche, die gekommen waren, um zu beten.

So wie jene unscheinbare Frau, die da allein und unbewegt in einer der Bänke kniete. Mehr zufällig als absichtlich geriet sie in Konrads Blickfeld. Sie sah ein wenig südländisch aus und hatte lange, schwarze Haare, die zu einem Zopf geflochten waren. Er wollte sich schon wieder von ihr abwenden, doch dann erstarrte er plötzlich.

„Mutter", murmelte er, völlig fassungslos. Und dann noch einmal, lauter diesmal: „Mutter!"

Die Betenden hoben unwillig die Köpfe. Auch die Frau, die Lukas entdeckt hatte.

Einen Moment lang sah sie ihn an, dann wurde sie plötzlich kreidebleich. Wie in Zeitlupe erhob sie sich und trat langsam näher.

„Konrad", flüsterte sie und sah den Jungen an, als hätte sie eine Erscheinung. „Du bist Konrad, mein Sohn, Konrad."

Konrad vermochte nur zu nicken, während Elisabeth, Beate und Lukas ungläubig zusahen, was sich da vor ihren Augen abspielte. Konrad hatte seine Mutter wiedergefunden, die vor so vielen Jahren verschwunden war.

***

Beate war die erste, die ihre Fassung wiederfand. Eilig drängte sie die anderen hinaus aus der Gebetskapelle, um die Betenden nicht länger zu stören. Die fremde Frau mit dem einen Arm untergehakt und Konrad mit der anderen Hand festhaltend, hielt sie nach einem Platz Ausschau, an dem es ein klein wenig weniger rummelig zuging als an anderer Stelle im Dom. Dort blieb sie stehen.

„Wer sind Sie?", fragte sie die Frau, die sich inzwischen wieder von ihrem Arm gelöst hatte und ihr jetzt gegenüberstand.
„Mein Name ist Hildegard Merseburger", antwortete die Frau nach einem tiefen Atemzug. Sie griff nach Konrads Händen. „Und das hier ist mein ältester Sohn Konrad. Fünfzehn Jahre müsste er inzwischen alt sein. Zwei jüngere Geschwister hat er noch. Eine Schwester, Gertrude, sie ist elf Jahre alt und einen kleinen Bruder, Johann, sechs Jahre alt." Sie wandte sich um, ohne Konrads Hände loszulassen und sah Elisabeth an. „Und diese Jungfer meine ich auch zu kennen. Bist Du nicht Elisabeth, die einzige Tochter des Gewürzhändlers und Ratsherren Giselher von Raesfeld? Jedenfalls siehst Du ihm sehr ähnlich." Sie lachte. „Wenn man mal von dem dichten, schwarzen Bart absieht, den Dein Herr Vater trägt."
Elisabeth hatte ebenso fassungslos dagestanden wie ihr Gefährte, aber der Scherz, den die Frau machte, brachte sie wieder in die Wirklichkeit zurück. Lächelnd sagte sie: „Inzwischen ist er grau geworden, der Bart meines Vaters, Frau Hildegard."
Auch Lukas war sich inzwischen bewusst geworden, in welche Situation sie alle da anscheinend geraten waren. Er hob beide Hände hoch.
„Ich habe so das Gefühl, wir alle haben uns eine Menge zu erzählen, oder?"
Wenig später saßen sie im Brauhaus der ‚Gaffel-Brauerei', gleich gegenüber vom Dom. Normalerweise ist in diesem Gasthaus der Teufel los, aber da die Mittagszeit schon vorüber war, gab es nur noch wenige besetzte Tische. Trotz des riesigen Gastraums fand sich eine etwas abgeschiedene Ecke, in der sie miteinander reden konnten, ohne dass jemand mitanhörte, welche bizarren Begebenheiten sie sich zu erzählen hatten.
„Mir ist es ähnlich ergangen", sagte Hildegard Merseburger, nachdem sie erfahren hatte, wie es dazu kam, dass ihr Sohn Konrad und seine Gefährtin Elisabeth sich an diesem Ort und in dieser Zeit befanden. „Bei mir war es zwar kein Gewitter, vor dem ich in der besagten Höhle Schutz gesucht habe, sondern ich wollte mich darin verstecken. Verbergen vor irgendwelchem Gesindel, das mich beim Pilze suchen überrascht und dann bedrängt hat."

Sie wartete einen Moment, bis der ‚Köbes' sie alle mit einem neuen Glas Kölsch versorgt und sich wieder entfernt hatte, bevor sie weiterredete.
„Auch mich erfasste plötzlich ein gewaltiger Luftzug, nachdem ich ein paar Meter weit in die Höhle hineingelaufen war. Er warf mich so heftig zu Boden, dass ich das Bewusstsein verlor. Als ich wieder zu mir kam, war es stockfinster und ich wusste zuerst gar nicht, wo ich mich befand. Ganz langsam und vorsichtig habe ich mich dann wieder aus der Höhle herausgetastet."
Sie nahm einen großen Schluck aus ihrem Glas. Die ganze Sache schien sie immer noch ziemlich aufzuregen.
„Von den üblen Gesellen, die mir nachgestellt hatten, war nichts mehr zu sehen. Zwar wusste ich nicht, wie lange ich bewusstlos in der Höhle gelegen hatte, aber es musste wohl eine beträchtliche Zeit gewesen sein. Da hatten sie wohl die Lust verloren, dachte ich mir. Als ich mich vor der Höhle umsah, erschien die Gegend mir ein wenig sonderbar. Der Wald schien mir so ganz anders zu sein. Neugierig begann ich, mich umzusehen und fand einen Weg, der mir sonderbar breit vorkam. Auch konnte ich mich gar nicht erinnern, dass es an dieser Stelle überhaupt einen Weg gegeben hatte. Auf dem Weg kamen mir zwei Männer entgegen, Mönche offensichtlich, wie ich an ihrer Kleidung zu erkennen glaubte. Sie sprachen mich an. Und damit kam für mich die böse Überraschung."

Kapitel 9 – A.D. 2007

Die beiden Männer, die Hildegard Merseburger auf dem Waldweg entgegenkamen, machten einen freundlichen und friedfertigen Eindruck. Auch sahen sie gepflegt aus, ganz im Gegensatz zu dem Gesindel, das ihr zuvor im Wald nachgestellt war. Ihre Kutten waren sauber und makellos. Kein Flicken war darauf zu finden. Haar und Bärte trugen sie sorgfältig gestutzt. Einer der beiden trug ein seltsames Gestell auf der Nase, das offensichtlich dazu da war, die Glasscherben zu halten, die sich vor seinen Augen befanden. Sie sah, dass es Glas war, denn das Sonnenlicht spiegelte sich darin. Doch wozu dieses merkwürdige Gebilde gut sein sollte, erschloss sich ihr nicht.

Auf jeden Fall schienen die beiden Männer keine bösen Absichten zu verfolgen, denn sie lächelten freundlich, als sie näherkamen, und machten eine höfliche Verbeugung.

„Na, was ist Ihnen denn passiert?", sprach sie derjenige an, dessen Augen sich hinter den Glasscherben verbargen. „Haben Sie sich verlaufen? Können wir Ihnen vielleicht helfen?"

Hildegard Merseburger sah die beiden stumm an. Sie hatte nichts von dem verstanden, was der Mann gesagt hatte. Der bemerkte das sofort und wandte sich an seinen Begleiter.

„Offensichtlich versteht sie uns nicht", sagte er. „Vermutlich kommt sie aus dem Ausland. Dem Aussehen nach könnte sie aus dem Süden stammen."

„Possiamo aiutarvi?", wiederholte er daher seine letzte Frage in italienischer Sprache, um gleich darauf das lateinische „possumus auxilium vobis" hinterherzuschieben.

Damit konnte Hildegard Merseburger etwas anfangen. Sie war in der italienischen Lombardei geboren und aufgewachsen, bevor ein Schicksalsschlag sie nach Norden, an den Rhein, nach Koblenz verschlagen hatte. Und so beherrschte sie die Sprache und war auch des Lateinischen ein wenig mächtig. Aber um eine Antwort war sie verlegen, denn eigentlich brauchte sie keinerlei Hilfe. Alles was sie zu tun hatte, war, zurück nach Koblenz nach Hause zu gehen.

„Io vivo a Coblenza", antwortete sie daher kopfschüttelnd.

„In Koblenz wohnt sie also", stellte der bebrillte Mönch fest. „Vielleicht sollten wir sie hinbringen." Er sah in den Himmel hinauf. „Es scheint mir, als würde es bald Regen geben. Da ist es nicht angenehm, hier draußen herumzulaufen."

Er machte Hildegard Merseburger diesen Vorschlag, und sie ging darauf ein. Ihr anfängliches Misstrauen den beiden Klosterbrüdern gegenüber hatte sich gelegt. Also schloss sie sich den Männern an, ohne zu ahnen, was damit auf sie zukommen würde.

***

Zunächst machte sie die gleichen ungeheuerlichen Erfahrungen, die auch ihr ältester Sohn sechs Jahre später durchleben sollte. Doch, ähnlich wie er, war auch sie mit den beiden Mönchen auf verständnisvolle Menschen gestoßen, die sich ihrer annahmen, nachdem sie ihre unglaubliche Geschichte gehört hatten.

Die Männer gehörten dem Orden der Zisterzienser an und lebten in der Abtei Marienstatt im Westerwald. Sie waren in Trier gewesen und hatten auf dem Rückweg einen kleinen Abstecher durch den Hunsrück gemacht. Nach einer längeren Fahrt hatten sie sich entschlossen, sich ein wenig die Beine zu vertreten, als sie auf Hildegard Merseburger trafen.

Behutsam nötigten sie die Frau nun, auf dem Rücksitz des Autos Platz zu nehmen, mit dem sie unterwegs waren. Sie hatten sich entschlossen, sie ins Kloster nach Marienstatt mitzunehmen. Dort würden sie sich mit ihren Mitbrüdern und vor allem mit dem Abt, Andreas Range, beraten können, wie der so unglücklich in einer fremden Zeit Gestrandeten am besten zu helfen war.

Hildegard Merseburger war schockiert und wie gelähmt, unfähig zu realisieren, was um sie herum geschah. Die ganze Autofahrt hindurch saß sie kerzengerade in ihrem Sitz und starrte wortlos aus dem Fenster. Als sie nach der Ankunft die Abteikirche entdeckte, lief sie hinein und sank augenblicklich auf die Knie.

Die beiden Mönche ließen sie gewähren. Einer der beiden blieb bei ihr in der Kirche, während der andere ging, seinen Abt und seine Mitbrüder von den Ereignissen zu unterrichten.

***

Hildegard Merseburger wurde von den Zisterziensern in ihrem Kloster aufgenommen. Nach längeren Beratungen über die Möglichkeiten, die sich in diesem besonderen Fall boten, waren sie einhellig zu dem Schluss gekommen, dass es unmöglich war, die Frau in eine Umgebung hineinzuschicken, die ihr völlig fremd war und deren Gegebenheiten sie nicht im mindesten kannte. Hier, in der Abgeschiedenheit eines Klosters, würde man hingegen die Chance haben, diese unglückliche Zeitreisende behutsam, sorgfältig und in aller Ruhe auf ihr zukünftiges Leben vorzubereiten.

Denn das war das Gebot der Stunde. Aus den gleichen Gründen, die sechs Jahre später Beate und Lukas erkannten, nachdem sie Hildegard Merseburgers Sohn und seine Gefährtin aufgegriffen hatten, befanden auch die Mönche der Abtei Marienstatt, dass es viel zu riskant sein würde, der Frau das Betreten der Höhle bei Koblenz ein weiteres Mal zu gestatten. Niemand konnte ihnen schließlich garantieren, dass Hildegard Merseburger auf ihrer Zeitreise wieder dorthin zurückkommen würde, von wo aus sie gestartet war. Sie war eine Gestrandete, und sie würde es für immer bleiben.

Und wie auch ihr Sohn und seine Gefährtin begriff sie sofort, was das bedeutete, und ebenso wenig haderte sie mit ihrem Schicksal, sondern sie machte es mit sich und mit ihrem Herrgott ab. Stundenlang verharrte sie anfangs in der Abteikirche im Gebet. Doch dann, allmählich, schloss sie sich dem Tagesrhythmus der Zisterzienser an.

In der übrigen Zeit arbeitete sie.

In ihrer Zeit war sie eine Gewandmacherin gewesen, die ihr Geld damit verdiente, Kleidungsstücke für andere Leute zu schneidern und zu nähen. Genau das tat sie auch jetzt. Angefangen hatte es mit den Paramenten der Abteikirche, die sie nachsah und dort, wo es nötig war, in Ordnung brachte. Das war keine besonders zeitaufwendige Arbeit, die bislang entweder von einem Schneider im nahegelegenen Hachenburg erledigt worden war, oder von den Mönchen selber, wenn es sich um kleinere Reparaturen handelte.

Nun übernahm Hildegard Merseburger diese Aufgabe. Sogar neue Gewänder fertigte sie an. Als die Zisterzienser sahen, wie geschickt sie darin war, überlegten sie mit ihr gemeinsam, eine klostereigene Schneiderei zu eröffnen.

Es sprach sich in der Gegend ziemlich schnell herum, dass es im Kloster Marienstatt seit neuestem eine Schneiderei gebe, die schnell und preiswert arbeitete und gute Qualität zu liefern verstand. Wer dahinter steckte, erfuhren die Leute allerdings nicht, denn Hildegard Merseburger hielt sich streng verborgen und hatte zu niemandem Kontakt als den Klosterbrüdern.

***

Das änderte sich einige Monate später, als Hildegard Merseburger sich in ihrem neuen Leben sicher genug fühlte, die vertraute und schützende Umgebung des Klosters zu verlassen und wieder auf eigenen Füßen zu stehen. Mit Hilfe der mannigfaltigen Möglichkeiten und der vielfältigen Verbindungen, über die die katholische Kirche verfügte, hatte man sie mit Ausweisen und Papieren ausgestattet, die ihr ein selbstständiges Leben ermöglichten. Zwar arbeitete sie nach wie vor in ihrer Werkstatt im Kloster, doch den größten Teil ihres restlichen Lebens verbrachte sie in einer kleinen Wohnung, die sie in Hachenburg gemietet hatte. Der Ertrag ihrer Schneiderei war so, dass das ohne Probleme möglich war. Allerdings kam sie nicht nur zum Arbeiten ins Kloster. Sondern auch zum Lernen. Sie wusste genau, dass ihr noch vieles an Wissen über diese neue Zeit, in der sie jetzt lebte, fehlte. Und die Zisterziensermönche des Klosters Marienstatt taten ihr Möglichstes, um es ihr nahezubringen. Wie ein Schwamm sog sie alles Neue in sich auf, und da der Herrgott sie mit einem erstaunlich wachen Geist ausgestattet hatte, verstand sie auch, das Gelernte zu gebrauchen.

Die Kunst des Lesens, Schreibens und Rechnens beherrschte sie immerhin leidlich. Darauf baute sie auf und vervollkommnete ihre Fähigkeiten. Darüber hinaus lernte sie eifrig die neuhochdeutsche Sprache und verbesserte ihre Kenntnisse im Lateinischen und im Italienischen. Sie lernte das Autofahren und mit einem Computer umzugehen. Bald war es ihr möglich, die Bücher zu führen, da sie sich in den Dschungel der Steuergesetzgebung und der Buchhaltung einarbeitete. Wobei sie feststellte, dass es in ihrer neuen Zeit gar nicht so viel anders war, Geschäfte zu machen, als es zu den Zeiten gewesen war, in denen sie einst gelebt hatte.

Und noch eines gab es, das sich nicht geändert hatte und das sich, soweit es sie selbst betraf, auch nicht zu ändern brauchte und auch nicht ändern würde: Ihr Glaube an Gott. Unerschütterlich hielt sie daran fest und wurde darin von den frommen Zisterziensermönchen des Klosters Marienstatt bestärkt. Kein Sonntag verging, an dem sie nicht die heilige Messe in der Abteikirche des Klosters besuchte, und kein Tag, an dem sie nicht eine kleine halbe Stunde im Gebet darin verbrachte.

Gut, die heilige Mutter Kirche war nicht mehr die gleiche wie die, die sie kannte. Es gab keine nahezu allmächtigen Kirchenfürsten mehr, keine Kurfürsten wie Balduin von Luxembourg, die sowohl über die kirchliche als auch die weltliche Macht verfügten. Aber die zehn Gebote, die einst Moses auf dem Berg Sinai vom Herrn empfangen hatte, die galten immer noch. Wenn auch auf ihre strikte Befolgung nicht mehr so streng gedrungen wurde, wie es in ihrer alten Zeit der Fall gewesen war. Und auch die Inquisition und die Hexenverfolgung, der sie insgeheim nie etwas hatte abgewinnen können, gehörten längst der Vergangenheit an.

Die heilige Mutter Kirche, der sie sich mit ganzem Herzen zugehörig fühlte, war eine gütige geworden, nicht eine strafende, was sie mit einiger Genugtuung zur Kenntnis nahm. Und für Hildegard Merseburger blieb es auch die einzige Kirche, wenngleich sie lernte, dass es daneben auch andere Formen der Gottesverehrung gab. Das hatten ihr die Mönche von Marienstatt nicht verschwiegen.

***

Ein Jahr später war aus der Kleidermacherin Hildegard Merseburger eine selbstständige und selbstbewusste Frau geworden, die sich in ihrem Leben zurechtfand, als hätte es nie ein anderes für sie gegeben. Obwohl sie mit diesem Leben, der Arbeit im Kloster und der Wohnung in Hachenburg zufrieden war, drängte es sie doch immer stärker, ihren Erfahrungshorizont zu erweitern, das Kloster und die kleine, verschlafene Stadt zu verlassen und sich auch anderswo umzusehen.

Da sie es inzwischen sogar zu einem eigenen Auto gebracht hatte, einem kleinen, gebrauchten, zugegebenermaßen, aber dennoch ihrem eigenen, machte sie sich als erstes auf, ihre alte Heimatstadt Koblenz zu besuchen.

Einiges von dem, was ihr vertraut war, erkannte sie wieder, die Kastorkirche, die Kirche ‚Unserer lieben Frau', die Reste der Zwingburg, die Gassen des Handwerkerviertels, die, zumindest dem Namen nach, noch immer existierten. Dennoch fühlte sie sich nicht wohl in der Stadt. Das Unbekannte, Neue überwog bei Weitem, und sie kannte auch den Grund dafür. Koblenz war vor etwas mehr als einem halben Jahrhundert, in einem fürchterlichen Krieg, von dem die Mönche ihr erzählt hatten, fast zur Gänze zerstört worden. So gab es nicht mehr allzu viel, das ihr vertraut hätte sein können. Und das Koblenz, das man nach diesem Krieg neu aufgebaut hatte, gefiel ihr nicht sonderlich.

Ganz anders verhielt es sich mit Köln. Sie wusste von dieser Stadt, die schon zu ihrer alten Zeit eine bedeutende Metropole gewesen war, Sitz eines Erzbischofs, wie Trier, wenn auch weitaus bedeutender als dieses. Sie kannte diese Stadt nicht, war in ihrer alten Zeit nie dort gewesen, und so hatte sie auch keine Vorstellung davon, wie dieses Köln einmal ausgesehen haben mochte.

Aber als sie es zum ersten Mal besuchte, fühlte sie sich gleich angezogen von diesem Ort, selbst wenn er, wie Koblenz, in diesem letzten, großen Krieg fast vollständig zerstört und danach neu aufgebaut worden war. Die gewaltige Kathedrale zog sie unwiderstehlich in ihren Bann. Dieses war der Ort, an dem sie fortan leben wollte.

Wenige Monate später übersiedelte Hildegard Merseburger nach Köln.

***

Schnell fand sie heraus, dass es für eine wie sie in dieser großen Stadt Arbeit genug gab. Sie eröffnete eine Schneiderei, die so gut florierte, dass ihr die Arbeit bald über den Kopf wuchs und sie sich Hilfe holen musste. Kleider im Mittelalter-Look entwarf und schneiderte sie, und die Leute rissen ihr die Sachen nahezu aus den Händen.

Das Unternehmen der Kleidermacherin Hildegard Merseburger wuchs und wuchs, und sie hatte Mühe, genügend fachkundige Frauen und Männer zu finden, die ihr halfen, die Kleider zu nähen, die die Leute ihr abkaufen wollten. Längst hatte sie sich der Hilfe anderer Schneiderwerkstätten versichert. Doch als sie dann damit begann, ihre Kollektionen auch über das Internet zu vertreiben, kam sie nicht umhin auch über die Grenzen der Stadt Köln hinaus und dann gar über die Grenzen Deutschlands hinweg zu expandieren.

Der Name der ‚Kleidermacherei H. Merseburger' wurde zu einem Begriff innerhalb der Branche und darüber hinaus.

Kapitel 10 – A.D. 2013

„Ja, und nun bin ich zu einer wohlhabenden Frau geworden", schloss Hildegard Merseburger ihren Bericht, den sie ihrem ältesten Sohn Konrad, seiner Gefährtin Elisabeth von Raesfeld und deren beider Gastgeber an jenem denkwürdigen Sonntag im Sommer des Jahres 2013 im Brauhaus der Gaffel-Brauerei zu Köln gegeben hatte.
Es wurde still um den Tisch herum. Alle in der kleinen Runde mussten das Gehörte erst einmal verdauen. Doch still blieb es nicht lange. Hildegard Merseburger war die erste, die das Schweigen wiederum brach.
„Wie sieht das denn nun mit Ihnen aus?", fragte sie Beate und Lukas. „So, wie es scheint, haben Sie meinen Sohn und Elisabeth ja bei sich aufgenommen. Wie stellen Sie sich denn nun vor, wie das weitergehen soll?"
„Wenn wir das mal wüssten", antwortete Beate seufzend und sah der Frau, die ihr gegenübersaß, direkt in die Augen. „Lukas und ich haben keine Ahnung, wie das weitergehen soll. Es gibt so viele Probleme, für die wir keine Lösung haben. Die Kinder brauchen Papiere, sie müssen unbedingt zur Schule gehen, damit sie eine Zukunft haben. Sie müssen gekleidet werden und zu essen bekommen, und wohnen müssen sie auch irgendwo. Im Moment leben sie bei uns, aber unsere Wohnung ist viel zu klein für vier Personen, und genug Geld, um das alles bezahlen zu können, was sie nötig haben, ist auch nicht da. Aber wir konnten die beiden doch nicht einfach da im Wald so stehen lassen. Wo hätten sie denn hingesollt? Die wären doch untergegangen! Aber jetzt wissen wir allmählich wirklich nicht mehr weiter. Und das Schlimmste ist: Wir können ja auch mit niemandem reden oder uns irgendwo Hilfe holen. Die Geschichte glaubt uns ja kein Mensch."
„Selbstverständlich werde *ich* Ihnen helfen", sagte Hildegard Merseburger in einem ruhigen Ton, der sich grundlegend von der Verzweiflung abhob, die aus Beates letzten Sätzen herausgeklungen war. „Immerhin ist Konrad *mein* Sohn, von dem ich nie zu hoffen gewagt hätte, dass ich ihn im Leben je wiedersehen würde. Nun ist es aber geschehen, und es mutet für mich wie ein Wunder an. Da ist es doch überhaupt keine Frage, dass ich mich von nun an auch um ihn kümmern werde. Haben

Sie vielleicht eine Ahnung davon, was es für mich bedeutet, nach sechs langen Jahren eines meiner Kinder wiederzusehen, die ich schon für alle Zeiten unwiederbringlich verloren glaubte?"

***

Dann begannen sie, Pläne zu machen. Den ganzen Nachmittag verbrachten sie damit und auch den Abend. Schließlich mussten sie sich sputen, um den letzten Zug nach Aachen noch zu erwischen. Aber sie waren sich einig darüber geworden, wie es mit Konrad, dem Fackelträger, und Elisabeth, der Tochter des Gewürzhändlers und Ratsherren von Koblenz, weitergehen sollte.
Der Abschied auf dem Bahnsteig war dann sehr kurz ausgefallen. Hildegard Merseburger hatte ihren Sohn in die Arme geschlossen, der so etwas nicht gewohnt war und sich dabei ein wenig unbehaglich fühlte.
„Gott mit Dir, mein Sohn", sagte sie zum Abschied. „Wir sehen uns bestimmt sehr bald wieder. Und wenn es soweit ist, tu mir bitte einen Gefallen: Sag ‚Mama' zu mir, wie es alle Kinder in dieser Zeit zu ihren Müttern sagen und nicht ‚Frau Mutter', wie man das in unserer Zeit getan hat."
Da entspannte Konrad sich und umarmte seinerseits seine Mutter. „Sehr gerne, Mama", sagte er lachend.
Als nächste war Elisabeth an der Reihe. „Und auch Du solltest das tun, wenn Du möchtest, mein Kind. Du hast ja nun Deine wirkliche Mutter nicht mehr, und ich würde gerne versuchen, sie Dir ein wenig zu ersetzen, wenn ich darf."
Beate und Lukas reichte sie die Hand. „Ich weiß gar nicht, wie ich Ihnen beiden danken soll, dass Sie sich so um die beiden gekümmert haben", sagte sie. „Nein, nein, winken Sie nicht ab", fuhr sie fort, als sie bemerkte, dass die beiden nichts davon hören wollten. „Ich weiß ganz gut, dass so etwas in der heutigen Zeit keineswegs selbstverständlich ist, und ich hoffe nur, dass wir gemeinsam heute Nachmittag einen gangbaren Weg gefunden haben. Besonders aber, dass ich sie von Ihren Sorgen um meinen Sohn und Elisabeth befreit habe."

Während sie danach dem Zug hinterher sah, der langsam aus der großen Bahnhofshalle hinausfuhr, fühlte sich Hildegard Merseburger so froh wie selten in ihrem Leben.

***

„So, Ihr Lieben", sagte Lukas in das betroffene Schweigen hinein, das sich breitgemacht hatte, nachdem sie in den Zug eingestiegen waren. „Zurück wird das jetzt nicht ganz so schnell gehen wie auf der Hinfahrt. Wir haben einen Bummelzug erwischt, der bis Aachen an jeder Milchkanne halten wird, an der er vorbeikommt."
Damit hatte er etwas gesagt, das er den beiden Zeitreisenden zuerst gründlich erklären musste, ehe sie es verstanden. Aber dann lachten sie, und ihre melancholische Stimmung war wie weggeblasen. Ein wenig alberten sie herum, aber dann wurden sie wieder ernst.
„Eine größere Wohnung also", konstatierte Lukas. „Damit wir genug Platz haben, um alle ordentlich unterzubringen."
Beate nickte. „Dann brauchen Elisabeth und Konrad auch nicht mehr zusammen auf der Couch zu schlafen", sagte sie.
„Och", machte Elisabeth, „wenn man sich erstmal dran gewöhnt hat, ist das gar nicht so schlimm." Sie verfiel ins Mittelhochdeutsche. „Der Herr Konrad ist ein sehr ehrenwerter Mann, der die Gelegenheit nicht ausnutzt."
Lukas runzelte grinsend die Stirn. „Mag ja sein, dass es ehrenwert ist, aber besonders schlau ist es jedenfalls nicht. Wenn ich Konrad wäre, und so ein tolles Mädchen wie Dich im Bett hätte, würde ich bestimmt auf einen Gutteil der Ehrenwertigkeit pfeifen."
Beate prustete los. „Das kann ich mir gut vorstellen, Du alter Lustmolch."
Konrad und Elisabeth jedoch hatten sich noch immer nicht an die losen Reden ihrer Gastgeber gewöhnt. Sie waren verlegen, und man sah es ihnen an.
Lukas gab Konrad einen Stoß in die Rippen. „Jetzt komm, Konrad, mach Dich mal locker!"

Doch das war für den jungen Mann, der eine Zeitreise über viele Jahrhunderte hinter sich hatte, leichter gesagt als getan. Verstohlen schielte er zu Elisabeth, die ihm gegenübersaß. Ihr schien es ähnlich zu gehen, denn sie sah angestrengt aus dem Fenster.

Obwohl es da draußen nichts zu sehen gab, denn es war inzwischen dunkel geworden.

Immerhin konnten sie so auch nicht mehr vom Schwindel befallen werden, den die scheinbar vorbeifliegende Landschaft auf der Hinfahrt bei ihnen verursacht hatte.

Trotzdem fühlte sich Konrad noch genauso. Allerdings war das nicht der schnellen Zugfahrt zuzuschreiben, sondern dem Umstand geschuldet, dass er seine so lange vermisste Mutter wiedergefunden hatte. So richtig vermochte er es immer noch nicht zu begreifen. Und doch war es so, auch wenn er sich an diese Tatsache erst noch gewöhnen musste. Ebenso wie an die Umstände, unter denen sie jetzt lebte.

In seiner Erinnerung war die Mutter eine unscheinbare, bescheidene, zurückhaltende Frau gewesen, die ihre liebe Not hatte, mit ihrer Arbeit als Kleidermacherin die Familie zu ernähren, was bei dem Nichtsnutz, den sie zum Mann hatte, der sie, ebenso wie seine Kinder, misshandelte, der dem Alkohol ein besserer Freund war als rechtschaffener Arbeit, ein rechtes Kreuz war. Doch sie hatte dieses Kreuz auf sich genommen und sich nie beklagt.

Wie anders war ihm dagegen die Frau vorgekommen, mit der er am Nachmittag an einem Tisch gesessen hatte. Unscheinbar, bescheiden und zurückhaltend war sie ihm noch immer vorgekommen, aber auch selbstbewusst und erfolgreich. Die Sorge um das tägliche Brot beherrschte sie nun nicht mehr. Im Gegenteil hatte sie davon mehr als sie brauchte. Zumal sie es jetzt nur noch für sich alleine verdienen musste und nicht mehr zusätzlich auch noch für drei kleine Kinder und den Faulpelz und Säufer von einem Ehemann.

Dennoch waren ihr die Tränen in die Augen geschossen, als Konrad ihr vom Schicksal seines Vaters und ihres angetrauten Mannes erzählt hatte. Richtig mitgenommen hatte sie dann allerdings sein Bericht über die Umstände, unter denen er seine beiden jüngeren Geschwister zurückgelassen hatte. Vor allem aber die Tatsache, dass sie nichts dagegen würde tun können.

Eine Menge konnte sie dagegen für ihren Ältesten tun. Dazu war sie fest entschlossen. Zum Glück war Hildegard Merseburger eine wohlhabende Frau geworden, und sie würde ihren Wohlstand dazu nutzen, um ihn und seine Gefährtin mit allen Kräften und Möglichkeiten, die ihr zur Verfügung standen, zu unterstützen.

Gerne hätte sie Konrad und Elisabeth zu sich genommen, aber so groß dieser Wunsch auch war, so sehr wusste sie auch, dass das kaum möglich sein würde. Ihr Beruf beanspruchte sie viel zu sehr, als dass sie sich in der notwendigen Weise um die beiden hätte kümmern können. Nicht zuletzt der vielen Reisen wegen, zu denen sie dabei gezwungen war. Daher hielt sie es für die bessere Lösung, Konrad und Elisabeth vorerst in der Obhut von Beate und Lukas zu lassen und sich darauf zu beschränken, den vieren die dafür notwendigen Mittel zur Verfügung zu stellen. Eine angemessen große Wohnung zuvorderst, um die sie sich gleich nach ihrer Rückkehr nach Aachen kümmern sollten.

Zum Glück hatten Beate und Lukas gegen die ihnen übertragene Aufgabe nichts einzuwenden. Im Gegenteil, der Aufgabe hatten sie sich ja ohnehin schon gestellt. Nur wurden ihnen jetzt die materiellen Sorgen abgenommen, was diese Verpflichtung um so vieles einfacher machte. Sie freuten sich sogar darüber, jetzt auf die Dauer mit den beiden jungen Zeitreisenden zusammenleben und ihnen beim Zurechtfinden in ihrer neuen Umgebung helfen zu können.

Auch Konrad war sehr froh darüber, wie vielversprechend seine Zukunftsaussichten sich an diesem denkwürdigen Tag entwickelt hatten. Ihm gefiel die Aussicht, auch weiter bei Beate und Lukas zu wohnen. Ein Vorbild sah er in den beiden, und er mochte sie. Sehr sogar. Selbst Lukas, den er jetzt als weit weniger furchteinflößend kennengelernt hatte, als ihm das anfangs vorgekommen war.

Er hoffte nur, dass Elisabeth dieser neuen Entwicklung der Dinge ähnlich positiv gegenüberstand. Aber warum sollte sie nicht? Sie war ja in der gleichen Lage wie er und Beate und Lukas gleichermaßen dankbar. Und er würde schon mit ihr auskommen können. Bis jetzt hatte das ja auch geklappt. Dass sie die Tochter eines reichen Gewürzhändlers war, hatte sie ihn, den Habenichts und Fackelträger, ohnehin nie spüren lassen. In den vergangenen Wochen war sie ihm beinahe so etwas wie eine Schwester geworden. Zumindest wie so etwas Ähnliches, das wusste er nicht so genau.

***

Es war bereits nach Mitternacht, als der Zug mit den vier jungen Leuten den Bahnhof von Aachen erreichte. Als sie das Bahnhofsgebäude verließen, wunderte sich Konrad einmal mehr, wie hell es doch zu dieser nächtlichen Stunde in der Stadt war. Wie oft war er nicht um diese Zeit durch die Straßen von Koblenz gelaufen, um seinen Kunden mit seiner Fackel heimzuleuchten, und nie hatte er mehr sehen können als das wenige, das von ihrem Schein ein wenig erhellt wurde. Hier und jetzt sah auch bei Nacht alles wie am helllichten Tag aus.

„Busfahren können wir mal vergessen", stellte Lukas fest, nachdem er einen Blick auf den Fahrplan an der Bushaltestelle geworfen hatte.

„Und das Auto steht sinnigerweise in der Garage", meinte Beate.

Lukas zuckte die Achseln. „Wer konnte auch ahnen, was uns in Köln passieren würde und dass wir deshalb erst so spät zurückkommen würden."

Beate nickte. „Das stimmt allerdings. Wenn mir das gestern Morgen jemand erzählt hätte, den hätte ich für komplett bekloppt erklärt."

„Aber hundert-pro", antwortete Lukas lachend. „Und was machen wir jetzt?"

„Na, wenn keine Busse mehr fahren, werden wir wohl laufen müssen", meinte Konrad.

Lukas nickte. „Wird uns wohl nichts anderes übrigbleiben. Es stinkt mir zwar gewaltig, mitten in der Nacht durch die Stadt zu latschen, aber wenn's sein muss…"

Konrad sah sich um und schnüffelte wie ein Kaninchen. „Aber hier stinkt's doch gar nicht", meinte er.

Beate strubbelte ihm lachend durch die Haare. „Nee, Konrad. Stinken tut's hier tatsächlich nicht. Aber das hat Lukas ja auch gar nicht gemeint. Pass auf, ich erklär's Dir. Aber jetzt laufen wir erstmal los."

Die Hälfte der Strecke hatten sie schon zurückgelegt, als Konrad es verstanden hatte. Den Rest des Weges amüsierte er sich darüber. ‚Es stinkt mir gewaltig', was für ein komischer Ausspruch!

Die Abendtoilette fiel reichlich knapp aus in dieser Nacht. Nicht lange, nachdem sie zu Hause angekommen waren, lagen die vier schon in ihren Betten.

Für Elisabeth und Konrad war das die Couch im Wohnzimmer, an die sie sich inzwischen so sehr gewöhnt hatten, dass sie schon längst nicht mehr darüber nachdachten, wie eng beieinander der Fackelträger Konrad und die Jungfer Elisabeth ihre Nächte verbrachten. Und auch die kurzen Nachthemden, die Elisabeth zu tragen pflegte und die so viel von ihren Beinen sehen ließen, waren für Konrad jetzt nichts Besonderes mehr. Das heißt, ein bisschen etwas Besonderes waren sie schon, denn Elisabeth hatte sehr hübsche Beine. Aber eben nichts mehr, dessen Anblick ihn in Schockstarre verfallen ließ.

In die geriet er allerdings, als Elisabeth sich plötzlich ganz dicht an ihn schmiegte. So etwas hatte sie noch nie getan. Nicht dass es Konrad nicht gefallen hätte, aber es war doch im höchsten Maße unschicklich für eine Jungfer, so etwas zu tun. Zumal sie jetzt auch noch nach seiner Hand griff.

„Ich kann es kaum glauben, dass Du wirklich Deine Mutter wiedergetroffen hast", sagte sie.

Konrad gab keine Antwort. Er war viel zu sehr damit beschäftigt, mit Elisabeths Nähe fertigzuwerden.

„Findest Du das etwa nicht?", fragte sie darum.

„Doch, natürlich finde ich das auch", antwortete er nach einer Weile, die er brauchte, um wieder halbwegs zu sich zu kommen. „Und so richtig kann ich es immer noch nicht glauben."

„Freust Du Dich denn nicht darüber?"

„Oh, sicher freue ich mich darüber. Es ist nur, ich kann es mir irgendwie noch gar nicht vorstellen, wieder eine Mutter zu haben, die man sehen und mit der man reden kann. Glaubte ich sie doch für immer

verloren zu haben. So wie meinen Vater. Nur, von dem weiß ich ja, was ihm widerfahren ist, aber von meiner Mutter wusste ich es eben nicht."
„Jetzt weißt Du es."
„Ja, und es ist ein großes Glück."
„Was sagst Du denn dazu, dass sie mich gebeten hat, ‚Mama' zu ihr zu sagen, obwohl sie doch gar nicht meine Mutter ist."
„Ich finde es gut. Weil Du es ja jetzt bist, die ihre Mutter verloren hat."
Konrad drehte seinen Kopf zu ihr hin und sah sie an. „Und damit bist Du jetzt wohl auch meine Schwester, oder?" fragte er kichernd.
„Nur Deine Schwester?", fragte sie zurück, und ihre Frage klang etwas enttäuscht.

Kapitel 11 – A.D. 1351

In Koblenz wütete die Pest.
Zwar längst nicht so schlimm wie das in anderen Städten der Fall war, aber für die Betroffenen war das kein Trost. Wer von der Seuche befallen wurde, war dem Tode geweiht. Das traf auch auf einige aus dem Gesinde des Gewürzhändlers und Ratsherren Giselher von Raesfeld zu. Der Ratsherr handelte sofort, als er die ersten Anzeichen der Krankheit bei einem seiner Knechte bemerkte. Er ließ Roderich von Zeltingen, seinen Weinbauern, zu sich rufen.
„Bring die Kinder weg", befahl er dem Mann. „Geh mit ihnen hinaus auf das Weingut. Dort sind sie hoffentlich vor dem ‚Schwarzen Tod' sicher."
Mit ‚den Kindern' waren Gertrude und Johann Merseburger gemeint, die noch immer im Hause des Ratsherrn lebten und die er nach dem Verlust seiner Tochter an Kindes Statt angenommen hatte. Sie konnten ihm zwar seine Elisabeth nicht ersetzen, aber sie halfen ihm doch ein wenig über diesen Verlust hinweg. Das taten sie auch, nachdem er zwei Jahre danach auch Elisabeths Mutter gehen lassen musste. Die tückische ‚Seitenkrankheit' hatte sie erfasst und sie in nur wenigen Tagen getötet. Kein Mittel gab es dagegen, so sehr der Medicus, den er für viel Geld bei Tag und Nacht an ihr Krankenbett verpflichtet hatte, sich auch bemühte. Es war vergebens.
Nun hatte er nur noch Gertrude und Johann, seine ‚Ersatzkinder', die ihm viel Freude machten, weil sie anständig waren und fleißig und gelehrsam, duldsam und freundlich zu jedermann. Den Gedanken daran, dass auch sie vom ‚Schwarzen Tod' heimgesucht werden könnten, konnte er nicht ertragen. Also schickte er sie weg.
Noch am gleichen Tag mussten sie ziehen.
Obwohl er selbst dringend verreisen musste, ließ er seine Kutsche für sie und den Winzer anspannen, damit sie so schnell es ging ihr Ziel erreichen konnten. Sein Weingut, das in einiger Entfernung von Koblenz lag, ein gutes Stück den Rhein hinauf, Richtung Mainz.

„Sobald Ihr angekommen seid, schickst Du die Kutsche zurück, Roderich", befahl der Ratsherr. „Die zwei Tage, die das dauert, werde ich wohl warten können, ehe ich selbst verreise und die Stadt verlasse."
Giselher von Raesfeld würde seine Kutsche nicht mehr brauchen. Bereits am Tag nach Gertrudes und Johanns Abreise entdeckte er an sich die eindeutigen Anzeichen, dass auch ihn der ‚Schwarze Tod' ergriffen hatte.

***

In den Weinbergen, über dem Rhein, gab es nur eine kleine Hütte, die dem Weinbauern Roderich und seinem Lehrling Johann als Behausung gedient hatte, wenn sie sich dort aufhielten. Für einen Mann und einen Jungen war das ausreichend, aber jetzt, da sich noch eine dritte Person in ihrer Begleitung befand, zumal eine Jungfer, wurde es eng. Das merkten sie bereits in der ersten Nacht, die sie gemeinsam dort verbrachten. Daher machten sich Roderich und Johann gleich am nächsten Tag daran, die Hütte zu erweitern. Der Boden musste geebnet und festgestampft werden, und Bauholz war zu besorgen. Daneben Dinge des Haushaltes, der für länger als nur wenige Tage bestehen sollte. Es war ihre Beschäftigung für die nächsten Wochen.
Aber dann war es geschafft. Die kleine Hütte hatte jetzt stattliche Ausmaße angenommen, sodass jeder der Drei seine eigene Kammer hatte. Daneben gab es auch eine Stube und eine Küche, die groß genug war, um darin auch einen Zuber aufzustellen, in dem man sich baden konnte. Gertrude hatte darauf bestanden. Das Wasser lieferte eine Quelle, die sie zu ihrer neuen Behausung hin umgeleitet hatten.
Schön war sie geworden, ihre Hütte in den Weinbergen über dem Rhein. Hier ließ es sich schon leben, wenn nötig, auch über eine längere Zeit hinweg.
Dass es für immer sein würde, dass sie hier lebten, das ahnten die Geschwister Gertrude und Johann Merseburger noch nicht, als sie mit dem neuen, jungen Wein Richtfest feierten, unbeschwert und zu dritt.

Am Tage danach erreichte sie die Nachricht vom Tod des Ratsherrn. Wie so viele andere in Koblenz war auch er der Pest zum Opfer gefallen.

Roderich von Zeltingen machte sich sofort auf den Weg. Zurück nach Koblenz. Er wollte helfen, den Nachlass seines Herren zu regeln.

Es war eine Reise auf Nimmerwiedersehen, denn der Winzer des Ratsherrn kehrte nicht mehr in seinen Weinberg zurück. Stattdessen kamen andere, Wochen später, die den Geschwistern Gertrude und Johann Merseburger den Nachlass des Ratsherrn überbrachten. Mit dem die armen und in ihrer Geburtsstadt verachteten Kinder einer verschollenen Kleidermacherin und eines hingerichteten Räubers, Mörders und Frauenschänders mit einem Male zu erheblichem Reichtum gelangten.

Die beiden Geschwister versetzte dieses Erbe in eine Lage, die nicht leicht zu meistern war. Was sollten sie jetzt tun? Sie waren doch noch so jung, zwölf und siebzehn Jahre alt und waren doch schon ganz auf sich allein gestellt. Wie die Arbeit zu verrichten war, das wussten sie, Johann in den Weinbergen und Gertrude im Haus. Und um ihr tägliches Brot brauchten sie sich nun auch keine großen Sorgen mehr zu machen. Aber das war ja nicht alles. Das Erbe, das sie angetreten hatten, musste auch verwaltet werden und klug angelegt, damit es ihnen nicht unter den Händen zerrann. Und das war das Problem, denn von dem, wie das zu bewerkstelligen sein würde, hatte ihnen noch nie jemand etwas erzählt.

Viele Stunden lang saßen sie zusammen und berieten sich. Dann fassten sie einen Entschluss.

Nein, sie würden nicht nach Koblenz zurückgehen, in die Stadt, in der die Leute sie verachteten. Umso mehr jetzt, nachdem es ihren väterlichen Wohltäter nicht mehr gab. Sie würden hierbleiben, in der Hütte in den Weinbergen. Johann würde Wein anbauen, so wie Roderich von Zeltingen es ihn gelehrt hatte, und Gertrude würde den Haushalt führen. Sie kochte ausgezeichnet. Vielleicht sogar gut genug, um Gäste zu bewirten.

Dazu gab es immer wieder Gelegenheit, wenn Händler oder Pilger oder anderes fahrende Volk in der Gegend waren, wenn der Tag sich neigte und sie daher gezwungen waren, sich nach einer Unterkunft für die

Nacht umzusehen. Die Geschwister Merseburger gewährten eine solche Unterkunft, entsprechend der Möglichkeiten, die ihnen zur Verfügung standen.

Viele waren das nicht, denn der Platz in der Hütte war begrenzt. Längst waren die beiden wieder zusammen in eine Kammer gezogen, so wie sie das früher im Hause des Ratsherrn getan hatten, damit mehr Schlafplätze für Gäste zur Verfügung stand. Die aber trotzdem niemals ausreichten.

Es hatte sich nämlich in der Gegend herumgesprochen, dass die Jungfer Gertrude eine ausgezeichnete Küche führte und die Mahlzeiten, die sie servierte, nicht nur schmackhaft, sondern auch preiswert waren.

Gertrude tat ihr Bestes, um dem Ansturm der Gäste gerecht zu werden. Beim ersten Morgengrauen war sie auf den Beinen, um dann bis weit in die Nacht hinein zu arbeiten. Eine große Hilfe war ihr Bruder ihr dabei nicht, denn er hatte sein gerüttelt Maß an Arbeit in den Weinbergen. So viel, dass sie auch ihm, ebenso wie seiner Schwester, über den Kopf zu wachsen drohte.

„So geht das nicht weiter, Gertrude", sagte er daher zu ihr, als sie eines Sonntags, nachdem sie die Heilige Messe besucht hatten, auf dem Weg hinauf zu ihrer Hütte waren. „Die Arbeit ist mehr, als wir bewältigen können. Wir müssen uns Hilfe holen."

„Wie soll das gehen, Johann?", erwiderte Gertrude. „Wenn wir Gesinde verpflichten, müssen wir ihm eine Unterkunft bieten. Und das wird nicht möglich sein. Du weißt ja, wie beengt wir selber leben."

✝✝✝

Gertrude und Johann Merseburger begannen, ein Haus zu bauen. Ein großes Haus, ein Haus aus Stein und Fachwerk, weiter unten, nicht weit entfernt vom Fluss, an dem die Straße entlangführte, eine Straße, die von vielen Reisenden benutzt wurde. So groß sollte das Haus werden, dass genügend Platz darin war für die Gäste, für das Gesinde und auch für sie selbst.

Das Vermögen, das ihnen der Ratsherr hinterlassen hatte, würden sie dafür verwenden. So wäre es sinnvoll ausgegeben. Und sollte gar noch etwas übrigbleiben, dann würde Johann es verwenden, um die Fläche der Weinberge zu vergrößern, die er bewirtschaften wollte.

Sie reisten nach Mainz, um einen Baumeister für ihr Haus zu finden. Einfacher wäre es gewesen, sich in Koblenz umzusehen, aber das wollten sie nicht. Nicht, nachdem man sie in dieser Stadt so viele Jahre lang schlecht behandelt hatte. Und nach Mainz mussten sie ohnehin. Die Weinberge, die Giselher von Raesfeld ihnen vermacht hatte, waren ein Erblehen des Kurfürsten und Erzbischofs zu Mainz, dem sie den Treueeid schwören mussten, ehe sie rechtmäßige Nutzer der Ländereien werden konnten.

Ihre Reise war erfolgreich. Johann wurde von Kurfürst Gerlach von Nassau empfangen und schwor dem Kirchenfürsten die Treue. Seine Anfrage nach einer möglichen Erweiterung des Lehens wurde positiv beschieden. Aus dem Sohn eines schäbigen Verbrechers war ein Lehnsherr geworden.

Auch ein Baumeister ließ sich schnell finden. Mainz war eine große Stadt, und als Sitz eines Kurfürsten und Erzbischofs wurde sie immer größer und bedeutender. Darum herrschte in ihr und um sie herum rege Bautätigkeit.

Ein junger Mann, der sich seine ersten Meriten als Angehöriger der Mainzer Dombauhütte verdient hatte, war willens, in die Dienste der Geschwister Merseburger einzutreten. Ob er mehr an der Aufgabe Gefallen fand oder mehr an der inzwischen siebzehnjährigen Jungfer Gertrude, ließ sich nicht genau sagen. Jedenfalls nahm er den Auftrag ohne zu zögern an. Johann sah die Blicke, die der junge Baumeister seiner Schwester schenkte, und dachte sich seinen Teil.

Kapitel 12 – A.D. 2013

Alles hatte sich jetzt verändert. Seit dem Morgen des folgenden Tages, nachdem er seine Mutter wiedergefunden hatte, war für Konrad nichts mehr, wie es vorher gewesen war. Natürlich waren die Reise nach Köln und das Treffen mit seiner Mutter die Hauptgründe dafür, aber das war es nicht alleine.

In der Nacht danach, als er, so wie gar nicht üblich, dicht an Elisabeth geschmiegt im Bett lag, hatte sich auch in dem Verhältnis zu ihr, seiner Gefährtin durch die Zeitreise hindurch, etwas geändert. Sie hatten viel miteinander geredet, und danach war sie nicht mehr nur seine Gefährtin. Sie war auch kein Schwester-Ersatz, so wie seine Mutter es ihm gewünscht hatte. Und ein Mädchen war sie schon lange nicht. Er hatte begriffen, dass sie eine Frau war. Jedenfalls im Verständnis der Zeit, aus der sie beide kamen, war sie das. Und dieses Verständnis hatte er noch immer verinnerlicht. So schnell gelang es ihm nicht, sich auf die veränderten Verhältnisse einzustellen. Während er allein im Badezimmer war und sich die Zähne putzte, fragte er sich, ob es wohl schicklich wäre, um die Jungfer Elisabeth zu werben.

Die Antwort darauf konnte ihm niemand geben. Seine Mutter hätte es vielleicht gekonnt, aber die war weit weg. Seine Gastgeber konnten es nicht, weil sie seine Frage nicht verstehen würden, und Elisabeth, die ihn vielleicht verstanden hätte, konnte er nicht fragen, da sie nichts von solchen Gedanken wissen durfte, ehe seine Frage nicht beantwortet war. Ein Teufelskreis also.

Doch als er aus dem Badezimmer herauskam, nahmen die Ereignisse des Tages ihren Lauf, und er hatte keine Zeit mehr, sich mit der Frage, die ihn bedrängte, weiter zu beschäftigen.

***

Einige Wochen später standen sie in der neuen, größeren Wohnung. Der Zufall hatte es gewollt, dass sie nur ein Stockwerk über der alten lag. Eine alte Frau, die bisher dort gewohnt hatte, war plötzlich verstorben, und so konnten sie die Wohnung mieten.

Mit Feuereifer machten sie sich an die Renovierung. Einmal mehr eine neue Erfahrung für die beiden Zeitreisenden. Tapeten kannten sie nicht, und sie wussten auch nicht, was ein Teppichboden war oder Wandfliesen. Und dass es Farbe, mit denen man die Wände bestreichen konnte, in so großer Menge gab, hatten sie auch noch nicht gesehen. Aber Beate und Lukas zeigten ihnen, wie man damit umgehen musste. Sie waren gelehrige Schüler und hatten den Bogen bald heraus. Die Wände in ihren eigenen Zimmern konnten sie schon selbst anstreichen. Die Farbe dafür hatten sie sich vorher alleine ausgesucht.

Vom Möbelhaus waren sie überwältigt. Was sie wussten, Möbel ließ man beim Tischler anfertigen. Sie waren teuer, und so konnte man sich, wenn überhaupt, nur einzelne Stücke leisten. In der kleinen Kammer, die Konrad bei seiner Muhme Sieglinde bewohnt hatte, gab es nur zwei Truhen, in denen er seine Sachen verwahren konnte. Damit musste er sich begnügen. Nicht einmal ein Bett hatte er gehabt. Geschlafen hatte er auf einem Strohsack.

Elisabeth dagegen schlief in einem richtigen Bett. Im Haus ihres Vaters gab es zahlreiche Möbel. Als Gewürzhändler war er wohlhabend genug, um sie sich leisten zu können. Sogar gepolsterte Stühle standen in der Stube. Trotzdem konnte sie es kaum fassen, was es hier zu sehen gab, in diesem riesigen Haus, in dem nichts als Möbel verkauft wurden.

Allein wären sie hier nicht zurechtgekommen. Beate und Lukas mussten ihnen zeigen, was sie brauchten. Aussuchen mussten sie sich ihre Möbel dagegen selbst. Was keine einfache Aufgabe war, bei der Fülle an Farben und Formen, in denen jedes der Möbelstücke daherkam. Aber sie schafften es schließlich.

Vor zwei Tagen waren die neuen Möbel geliefert worden. Gerade rechtzeitig, nachdem sie damit fertig waren, den gesamten Hausrat von Beate und Lukas in die neue Wohnung zu verfrachten. Konrad war fasziniert davon, wie Lukas seine und Beates Möbel einfach in kleine Teile zerlegte, sodass sie sich leicht transportieren ließen und sie dann in der neuen Wohnung wieder zusammensetzte.

Jetzt war alles wieder zusammengebaut und eingeräumt. Zu fünft standen sie in dem großen Wohnzimmer der neuen Wohnung und sahen sich um. Hildegard Merseburger war dazu aus Köln angereist. Es war das erste Mal, dass sie ihren Sohn in Aachen besuchte. Er hatte sich wahnsinnig darüber gefreut und konnte es gar nicht fassen, dass sie die weite Reise auf sich genommen hatte, um einen einzigen Tag bei ihm zu sein. Dass sie nur eine gute Stunde gebraucht hatte, um von ihrer Wohnung in Köln zu dem Haus unterhalb der Frankenburg in Aachen zu kommen, in dem Konrad nun wohnte, hatte er noch immer nicht völlig verinnerlicht.

Auch dass sie es war, die das Geld für die Renovierung, den Umzug und die neuen Möbel aufgebracht hatte, wusste er nicht. Sie hatte ihm nichts davon gesagt und die ganzen finanziellen Angelegenheiten mit Beate und Lukas besprochen. Konrad hätte es nicht verstanden, dass seine Mutter, die arme und unscheinbare Kleidermacherin plötzlich so reich war, dass sie sich das alles leisten konnte.

Am Telefon hatten Beate und Lukas mit ihr gesprochen, von dem Konrad zwar wusste, dass es so etwas gab, von dem er sich aber tunlichst fernhielt. Noch hielt er es für Teufelszeug, ebenso wie den Fernseher, in den man hineinblickte wie man aus einem Fenster sah. Und doch war es kein Fenster, denn das, was man dort sah, gab es nicht in Aachen, sondern irgendwo sonst. Und er konnte sich nicht erklären, wie es möglich war, dass er in diesem Fenster jemanden sehen und hören konnte, der in einer weit entfernten Stadt saß und zu ihm redete. Leider schien der andere ihn jedoch nicht zu hören, wenn Konrad ihm antwortete, was er und Elisabeth höchst merkwürdig fanden. Lukas hatte versucht, es ihnen zu erklären, aber Konrad und Elisabeth hatten es nicht verstanden.

Nach dem Abendessen war Hildegard Merseburger dann wieder nach Köln zurückgefahren. Traurig, aber wahr. War alles nur ein Traum gewesen, oder würde er sie bald wiedersehen, so wie sie es ihm versprochen hatte?

Dann wurde es Zeit, schlafen zu gehen. Zum ersten Mal in der neuen Wohnung und jeder in seinem eigenen Zimmer. Jedenfalls soweit es Elisabeth und Konrad betraf. Denn auch hier teilten sich Beate und Lukas das Zimmer, in dem sie schliefen. Zwar hielten die beiden Zeitreisenden das noch immer für höchst unschicklich, aber das sagten sie nicht. Sie hatten sich daran gewöhnt.

Wenigstens war es glücklicherweise nun damit vorbei, dass auch Elisabeth und Konrad sich das Nachtlager teilen mussten.

Obwohl, war das wirklich so ein Glück?

„Von jetzt an werden wir wieder in einer eigenen Kammer schlafen", meinte Konrad, als er sich von Elisabeth für die Nacht verabschiedete.

„Und, findest Du das gut?", fragte Elisabeth, denn sie glaubte, einen bedauernden Unterton aus dem herausgehört zu haben, was Konrad gesagt hatte.

„Ja, sicher", antwortete er sofort. „Was wir bislang gemacht haben, war doch höchst ungehörig, vor allem für eine edle Jungfer wie Dich."

„Es mag zwar ungehörig gewesen sein, aber dennoch habt Ihr Euch höchst anständig verhalten, Herr Konrad."

„Es ehrt mich, dass Ihr das sagt, Jungfer Elisabeth. Trotzdem bin ich froh, dass nun alles wieder seine gute Ordnung hat."

Elisabeth zuckte die Achseln. „Ich find's schade", sagte sie leise.

***

An den Wochentagen waren Elisabeth und Konrad jetzt meist allein in der Wohnung unterhalb der Falkenburg. Das Wintersemester hatte begonnen, und Beate und Lukas besuchten eifrig ihre Vorlesungen an der Universität. Langweilig wurde es den beiden Zeitreisenden dennoch nicht. Sie mussten lernen. Ihre Gastgeber hatten ihnen ein Curriculum zurechtgezimmert, anhand dessen sie ihre Fähigkeiten im Lesen, Schreiben und Rechnen vervollkommnen und mehr und mehr von den Dingen verstehen lernen sollten, die ihnen in der neuen Zeit begegneten.

Dafür hatten Beate und Lukas eine Menge Bücher besorgt und auch Schreibutensilien, damit sich ihre ‚Schüler' Notizen machen konnten. Von den Dingen, die ihnen wichtig erschienen, aber auch von solchen, die sie nicht verstanden. Und davon gab es eine ganze Menge, die sie gewissenhaft aufschrieben, um ihre ‚Lehrer' am Abend danach zu fragen.

Das Schreiben fiel ihnen leicht. Statt Federkiel und Tinte hatten sie jetzt Bleistift und Kugelschreiber zur Verfügung. Und sie konnten mit dem billigen Schreibpapier viel sorgloser umgehen als mit dem, das es zu ihrer Zeit gegeben hatte, das rar, kostbar und teuer war. So etwas wie Wachstäfelchen gab es überhaupt nicht mehr.

Noch einfacher wäre das Lernen natürlich gegangen, wenn sie die Computer benutzt hätten, die Beate und Lukas in ihrem Arbeitszimmer verfügbar hatten. Aber das wagten sie nicht, selbst nicht, nachdem die beiden ihnen eine Einführung in die Technik zu geben versucht hatten. Die Kinder aus dem Mittelalter hielten es nach wie vor für Teufelszeug, und sie konnten nicht verstehen, wie Beate und Lukas so sorglos und so selbstverständlich damit umgingen.

Trotzdem machten sie rapide Fortschritte, sich in der neuen Zeit, in der sie jetzt zu leben gezwungen waren, zurechtzufinden. Schon lange hatten sie es sich zur Gewohnheit gemacht, alleine das Haus zu verlassen. Auf den Straßen kannten sie sich inzwischen aus, sowohl was den Verkehr anging, als auch was es bedeutete, sich in der großen Stadt, die Aachen ja nun einmal war, zurechtzufinden. Dass sie sich darin verliefen und Mühe hatten, den Weg nach Hause zurückzufinden, kam nicht mehr vor.

Allerdings gingen sie zur Sicherheit immer gemeinsam los. Konrad, der Fackelträger, bewies bei ihren Ausflügen in die Stadt den besseren Sinn für die Orientierung. Elisabeth fiel das viel schwerer, denn sie war es gewohnt gewesen, sich außerhalb des Hauses nur in Begleitung zu bewegen. Und ihrer Begleitung hatte sie es stets überlassen, sich um den rechten Weg zu kümmern. Das hatte sich bislang nicht geändert, jetzt, da Konrad sie begleitete.

Beate und Lukas hatten sie zu diesen Ausflügen in die Stadt ermuntert. Auch sie bildeten einen Teil ihres Lehrprogramms. Ganz abgesehen davon, so sagten ihre ‚Erzieher', dass es für zwei junge Leute nicht gut sei, den ganzen Tag von morgens bis abends in der Wohnung zu sein, am Schreibtisch zu sitzen und zu arbeiten.

Obendrein ließ sich bei Elisabeths und Konrads Spaziergängen auch noch das Angenehme mit dem Nützlichen verbinden. So erledigten die beiden die Einkäufe und Besorgungen. Nicht weit entfernt und daher bequem zu Fuß erreichbar, befanden sich mehrere Supermärkte, in denen sie sich inzwischen auskannten. Das Einkaufen dort hatten ihnen Beate und Lukas längst beigebracht. Den Umgang mit Geld waren sie ohnehin schon gewohnt, wenn es auch früher nur wenig war, das sie besaßen. Das Schwierigste am Einkaufen war es für sie, nicht über die Preise zu feilschen, wie sie das früher auf den Märkten ihrer Heimatstadt Koblenz ganz selbstverständlich getan hatten. Das schickte sich nicht mehr. Nicht im Supermarkt und merkwürdigerweise auch nicht auf den Wochenmärkten auf dem Marktplatz in der Nähe des Doms, auf den sie dienstags und donnerstags oft gingen, nachdem sie die Werktagsmesse im Dom besucht hatten.

Überhaupt waren sie eifrige Kirchgänger geblieben, so wie sie es aus ihrer Zeit kannten. Die Sonntagsmesse versäumten sie nie, und auch an den Werktagen waren sie oft zum Gottesdienst im Dom zu finden. Einerseits hatte das altehrwürdige Bauwerk des Doms etwas Vertrautes, das sie an ihre Vergangenheit erinnerte, und andererseits empfanden sie es als pure Notwendigkeit, all ihre Erfahrungen mit dem neuzeitlichen ‚Teufelszeug' und ‚Hexenwerk' vor den Allmächtigen zu tragen und ihn um seine Hilfe anzurufen, damit sie damit nicht in Versuchung geführt würden und nach ihrem Tode im ewigen Feuer dafür büßen mussten.

Zum Umgang mit dem Telefon hatten Beate und Lukas sie allerdings gezwungen. Auch wenn sie nicht verstanden, wie es möglich war, miteinander zu sprechen, obwohl man weit voneinander entfernt war, so mussten sie es dennoch tun. Ihre Gastgeber hatten ihnen beiden ein Mobiltelefon gekauft, das sie ‚Handy' nannten, ihnen den Umgang damit beigebracht und ihnen eingeschärft, die Wohnung niemals ohne dieses merkwürdige, kleine Kästchen zu verlassen.

„Niemals!", hatte Lukas mit erhobenem Zeigefinger gesagt, und er war sehr ernst dabei gewesen.

Also hielten sie sich daran.

Benutzt allerdings hatten sie es noch nie.

***

Das änderte sich an einem Dienstag, um die Mittagszeit, als sie gerade wieder von einem ihrer Ausflüge nach Hause zurückgekehrt waren. Wieder einmal hatten sie die Frühmesse im Dom besucht und waren dann über den Wochenmarkt gebummelt, wo Elisabeth einige Sachen für das Mittagessen eingekauft hatte, das sie für sich und Konrad an diesem Tag zubereiten wollte.

Seltsam still war Konrad neben ihr hergelaufen, und als sie ihn fragte, was ihn bedrücke, klagte er über seltsame Schmerzen, die er im Leib verspüre. Sie waren daraufhin bald nach Hause gefahren. Konrad hatte sich hingelegt, aber es wurde nicht besser. Im Gegenteil, die Schmerzen, die ihn plagten, wurden sogar immer schlimmer. Elisabeth erschrak, als Konrad ihr andeutete, wo genau er diese Schmerzen verspürte. Wenn es stimmte, was sie vermutete, dann litt Konrad unter der gefährlichen ‚Seitenkrankheit'. Und wenn es so wäre, dann wäre er verloren. Gegen die ‚Seitenkrankheit' gab es keine Medizin.

Völlig aufgelöst wusste Elisabeth keinen anderen Rat, als nach dem verteufelten ‚Handy' zu greifen und Beate anzurufen. Beate gelang es, Elisabeth so weit zu beruhigen, dass sie imstande war, die Symptome zu schildern, unter denen Konrad litt.

„Hat er Fieber?", fragte sie schließlich, doch Elisabeth wusste nicht, was sie meinte.

„Fühlt er sich heiß an?", fragte Beate daher. „Leg mal die Hand auf seine Stirn und sag mir dann, ob er sich heiß anfühlt."

Zaghaft kam Elisabeth Beates Anweisung nach. Konrad so einfach anzufassen, war sie nicht gewohnt. Wenn man einmal davon absah, dass sie sich häufig auf ihren Spaziergängen an den Händen hielten, vermieden sie andere körperliche Kontakte. So etwas schickte sich nicht für einen Mann und eine Frau, die nicht verheiratet waren. Jetzt legte sie aber doch die Hand auf Konrads Stirn. Sie war glühend heiß. Das sagte sie Beate. Und auch, dass sie befürchte, Konrad habe die gefürchtete und tödliche ‚Seitenkrankheit'.

„Ich hab keine Ahnung, was die ‚Seitenkrankheit' ist", sagte Beate. „Wahrscheinlich hat er 'ne Blinddarmentzündung. Aber die ist weder gefürchtet noch tödlich, wenn man gleich was dagegen unternimmt. Ich werde sofort nach Hause kommen. Derweil sorgst Du dafür, dass er schön liegenbleibt und legst ihm mit kaltem Wasser getränkte Waschlappen auf die Stirn, hörst Du?"

Elisabeth versprach, alles für Konrad zu tun, was sie konnte und bat Beate, sich zu beeilen.

Gemeinsam mit dem Notarzt, den sie von unterwegs aus angefordert hatte, kam Beate zu Hause an. Sie fand eine in Tränen aufgelöste Elisabeth, die neben Konrads Bett saß und ein ‚Ave Maria' nach dem anderen betete und einen völlig apathischen Konrad, der mit geschlossenen Augen dalag und sich nicht bewegte.

Der Notarzt sah furchterregend aus in seinen roten und weißen Kleidern und mit dem riesigen Koffer, den er dabei hatte. Er scheuchte Elisabeth zur Seite und machte sich daran, Konrad zu untersuchen. Was der fremde Mann, der offenbar ein Medicus war, mit Konrad machte, wusste sie nicht, denn Beate hatte sich so hingestellt, dass Elisabeth es nicht sehen konnte. Es dauerte aber auch nicht lange, dann erhob sich der Medicus wieder und wandte sich an Beate.

„Sie haben richtig getippt", sagte er. „Es ist ein akuter Blinddarm. Wir nehmen ihn mit ins Krankenhaus. Er muss gleich operiert werden."

Elisabeth hatte nichts davon verstanden. Weder wusste sie, was ein ‚Krankenhaus', noch was ein ‚akuter Blinddarm' war, und was mit ‚operieren' gemeint war, wusste sie schon lange nicht.

Der Medicus winkte zwei Männern, die draußen auf dem Flur stehengeblieben waren. Auch sie waren in rot und weiß gekleidet und hatten ein Gestell dabei, dass wie eine Bahre aussah. Darauf betteten sie Konrad, der dabei vor Schmerzen stöhnte, und trugen ihn weg.

„Wohin bringen Sie ihn?", fragte Beate den Medicus.

„Uniklinik", antwortete der knapp. „Später am Nachmittag können Sie ihn besuchen."

Dann lief er eilig zur Tür hinaus.

Sofort fing Elisabeth wieder an zu weinen. Beate nahm sie in die Arme.

„Nicht weinen, Elisabeth. Es ist ja halb so schlimm. Sie bringen Konrad jetzt ins Krankenhaus, dort wird der entzündete Blinddarm rausoperiert und morgen, spätestens übermorgen, kann Konrad wieder nach Hause."

Und dann erklärte sie dem weinenden Mädchen, was das alles bedeutete.

Elisabeth war entsetzt, als sie hörte, dass man Konrad den Leib aufschneiden würde.

„Aber das wird ihm entsetzliche Schmerzen bereiten", sagte sie. „Warum wollen sie ihm das antun? Er hat doch nichts Unrechtes getan, dass sie ihn so schrecklich bestrafen müssen."

„Nein, das hat er bestimmt nicht", antwortete Beate. „Und er wird auch nicht bestraft. Im Gegenteil. Was man mit ihm macht, ist eben, ein winziges Stück seines Darms, das sich entzündet hat und das diese Schmerzen verursacht, herauszuschneiden. Schmerzen wird er dabei keine haben, denn bevor man seinen Leib aufschneidet, wird man dafür sorgen, dass er so fest schläft, dass er davon nichts spürt. So etwas kann man heute machen, und es geschieht jeden Tag mit vielen Leuten unzählige Male. Du brauchst Dir keine Sorgen zu machen. Wenn Lukas aus der Uni kommt, fahren wir los und besuchen Konrad. Du wirst sehen, dann wird es ihm schon wieder viel besser gehen."

***

Elisabeth staunte nicht schlecht, als Lukas das Auto auf den Parkplatz vor dem riesigen Gebäudekomplex der Aachener Universitätskliniken abstellte. So etwas hatte sie noch nie gesehen. Alles, was sie kannte, waren die Siechhäuser vor der Stadt, wo fromme Schwestern sich um die bemühten, die unheilbar krank waren und denen kein Medicus mehr helfen konnte. Niemand ging dorthin, um einen Angehörigen zu besuchen, aus Furcht davor, sich selbst mit einer der Krankheiten anzustecken, unter denen die Leute dort litten.

Hier war das anders. Leute strömten in das Gebäude hinein oder kamen heraus und niemand schien von der Furcht geplagt, seine Gesundheit dabei aufs Spiel zu setzen. Zögerlich lief Elisabeth hinter Beate und Lukas her, die mit entschlossenem Schritt in die Klinik hineingingen.

Sie erkundigten sich nach der Station und dem Zimmer, auf das man Konrad gebracht hatte, und während Lukas sich um die Formalitäten kümmerte, führte Beate Elisabeth durch das große Haus. Sie mussten lange Gänge durchschreiten und sogar mit dem Aufzug fahren, ehe sie Konrads Zimmer erreichten. Elisabeth fürchtete sich davor, ihn zu sehen. Wie würde es ihm wohl gehen, jetzt, nachdem sie seinen Leib aufgeschnitten hatten? Würde er immer noch vor Schmerzen schreien?

Beate hatte ihr zwar zu versichern versucht, dass es ihm gut gehe, aber so recht konnte sie nicht daran glauben. Wem konnte es schon gutgehen, nachdem man ihm den Leib geöffnet hatte?
Einmal war sie Zeuge geworden, als man so etwas mit einem Übeltäter gemacht hatte, dessen Verbrechen so schlimm gewesen waren, dass man ihm zur Strafe den Leib aufgeschlitzt und die Gedärme herausgerissen hatte. Wie entsetzlich hatte das ausgesehen und wie laut hatte der Mann geschrien, bevor er schließlich hinfiel und starb. Wie mochte es Konrad bei dieser hochnotpeinlichen Prozedur wohl ergangen sein? Hatte er sie überhaupt überstanden?
Sie betraten das Zimmer, in das man ihn gebracht hatte. Er lag in einem weiß bezogenen Bett und lächelte sie an, als sie hereinkamen.
„Na, wie geht's Dir, Du Held", begrüßte ihn Beate und drückte ihm einen Kuss auf die Stirn.
Das gehörte sich zwar ganz und gar nicht, aber so etwas hatte sie schon öfter getan, und er hatte es hingenommen. So auch dieses Mal.
„Es geht mir gut", antwortete er. „Die Schmerzen sind weg, nur die Stelle, an der sie offenbar meinen Bauch aufgeschnitten haben, tut noch etwas weh. Aber es ist auszuhalten."
„Sie haben Dich tatsächlich mit einem Messer geschnitten?", fragte Elisabeth ungläubig.
Konrad nickte. „Das haben sie jedenfalls gesagt. Ich selber weiß es nicht, denn ich habe nichts davon bemerkt. Sie haben mich ganz nackt ausgezogen und auf einer Totenbahre, die auf Rädern fuhr, in einen großen, hell erleuchteten Saal geschoben. Was dann weiter passiert ist, weiß ich nicht, denn sobald ich in das große Licht sah, das über mir leuchtete, hell wie die Sonne, bin ich eingeschlafen. Als ich wieder wach wurde, lag ich in diesem Bett. Die Schmerzen waren weg, nur zwicken tut es noch ein wenig. Man sagte mir, drei Tage müsse ich hierbleiben, aber dann könne ich wieder nach Hause gehen."
Elisabeth konnte es nicht fassen. „Und Du wirst wirklich wieder ganz gesund?"
„So sagte man mir jedenfalls", bestätigte er.
„Natürlich wird er wieder ganz gesund", versicherte Beate. „An einer albernen Blinddarmentzündung stirbt man heute nicht mehr. Jedenfalls

nicht, wenn es keine Komplikationen gibt. Und um sicher zu sein, dass das nicht geschieht, behalten sie Konrad ja auch noch ein paar Tage hier. Wenn er dann wieder nach Hause kommt, muss er sich ein paar Wochen lang schonen, aber danach ist er wieder ganz der Alte."
Elisabeth war skeptisch. „Bist Du sicher?", fragte sie. „Ich kenne niemanden, der die tückische Seitenkrankheit je überlebt hat."
„Und ich kenne niemanden, der an einer Blinddarmentzündung gestorben ist", entgegnete Beate. „Du musst Dir also wirklich keine Sorgen machen."
Elisabeth hörte, was Beate sagte, und sie nickte dazu. Trotzdem nahm sie Konrads Hände und sagte: „Ich werde für Dich beten."
„Ja, tu das", versicherte sie Beate. „Das kann auf keinen Fall schaden."
Und der Allmächtige, an den Elisabeth ihre Gebete gerichtet hatte, an jenem Tag, nachdem sie Konrad im Krankenhaus besucht hatte, schien sie erhört zu haben, denn einige Wochen später war Konrad wieder vollständig genesen. Ein Wunder war geschehen. Ihr Gefährte hatte die schreckliche ‚Seitenkrankheit' überlebt. Sie wollte sich gar nicht ausmalen, was geschehen wäre, wäre er daran zugrunde gegangen. Dann wäre sie ganz allein gewesen in dieser fremden Welt, in dieser neuen Zeit.
Als sie zu ihm davon sprach, nahm er ihre Hand. „Ich lass Euch nicht allein, Jungfer Elisabeth", sagte er. „Niemals!"
Dann hatte er sie geküsst.

Kapitel 13 – A.D. 1353

Voller Stolz betrachtete Volker von Wiegeland sein Werk. Das große Haus, das er im Auftrag der Geschwister Gertrude und Johann Merseburger erbaut hatte, war endlich vollendet. Einen großen Gastraum gab es darin, in dem Gertrude eine Schänke betreiben wollte und einen Dachboden, der sich über das gesamte Haus erstreckte und auf dem die weniger wohlhabenden Reisenden ihr Nachtlager aufschlagen konnten. Für die Begüterten unter ihnen gab es Kammern, in denen man allein oder auch zu zweit nächtigen konnte. Und dann waren da die beiden Wohnungen. Eine für Gertrude und eine für Johann. Groß genug, um einer ganzen Familie als Unterkunft zu dienen.
Hinter dem Haus gab es Ställe für das Vieh und Scheunen für dessen Futter. Tief in den Hang hinein hatte man einen Keller gegraben, in dem die Weinfässer lagen, gefüllt mit dem Wein, den Johann, der Winzer, aus den Trauben kelterte, die er in seinen Weinbergen anbaute. Der Wein war von guter Qualität und brachte hohe Erträge. Johann war stolz darauf.
Nicht weniger stolz war auch seine Schwester, die eine ehrbare Herberge führte, in der man gegen gutes Geld ausgezeichnetes Essen und ein angenehmes Nachtlager bekam. Auch wenn es manches Mal mehr als eng zugegangen war in der Hütte, in der sie bislang gehaust hatten. Nun, das würde sich ja jetzt ändern, jetzt, nachdem das Haus fertig war. Alle aus dem Dorf in der Nachbarschaft waren eingeladen, dessen Einweihung mit den Geschwistern zu feiern, und alle waren gekommen. Auch der Pfarrer, der das Haus segnete und Gott um seinen Beistand dafür bat. Darauf hofften Gertrude und Johann Merseburger auch.
Den Gottesdienst, den der Pfarrer hielt, feierten sie noch mit, aber dann war es genug der Feierei. Sie mussten sich um ihre Gäste kümmern und dafür sorgen, dass es diesen an nichts mangelte. Eine erste, große Bewährungsprobe würde das sein für ihr neues Haus und alle, die darin arbeiteten.
Das waren nicht wenige. Gertrude hatte Frauen und Mädchen für die Arbeit in der Küche, der Gaststube und dem Haus verpflichtet und Knechte für die Tiere im Stall. Für Johann arbeiteten Männer in den

Weinbergen und im Weinkeller. Auch ein erfahrener Winzer war darunter, denn der junge Mann war von Anfang an klug genug gewesen, einzusehen, dass er allein ein Weingut nicht zu leiten vermochte. Dazu fehlte ihm noch zu viel an Wissen und an Erfahrung. Und er hatte gut daran getan, denn der Erfolg gab ihm recht.

***

Nachdem das Gut der Geschwister Merseburger nun vollendet war, wäre es eigentlich Zeit für den Baumeister Volker von Wiegeland gewesen, sich zu verabschieden und seiner Wege zu ziehen, um neue Aufgaben für sich zu finden. Aber er blieb.
Die Liebe war es, die ihn hielt. Die Liebe zu Gertrude, die sich gleich bei seiner ersten Begegnung mit ihr gemeldet hatte und die seither nicht vergangen, sondern, im Gegenteil, immer größer und größer geworden war. Wobei das wunderbare an dieser Liebe war, dass sie von Gertrude erwidert wurde. Es würde wohl bald eine Hochzeit geben auf dem Weingut Merseburger.
Allerdings, ganz so einfach war die Sache mit dem Heiraten nicht. Mit Gertrude war Volker sich einig. Er hätte sie lieber heute als morgen zur Frau genommen. Mit wem er sich hingegen noch einigen musste, war Johann.
Der war, trotz seines jugendlichen Alters, der Herr auf dem ‚Weingut Merseburger', denn er war der einzig verbliebene Mann in der Familie. Und als solcher, nach dem Brauch jener Zeit, verantwortlich auch für seine ältere Schwester. Nicht dass er etwas einzuwenden gehabt hätte gegen die Verbindung Gertrudes mit dem Baumeister Volker von Wiegeland, gleichwohl verlangte es das Gesetz, dass dieser ihn um Erlaubnis zu fragen hatte. Die Zustimmung des Vormunds war unumgänglich und hing im Wesentlichen ab von der Höhe der Mitgift der Braut und von der Morgengabe, die der Möchte-gern-Bräutigam in die Familie einbrachte.
Doch da waren Johann und Volker sich schnell einig. Der Baumeister hatte für die Geschwister das Gasthaus und das Weingut erbaut. Der Lohn, der ihm rechtmäßig für seine Arbeit zustand und der auch bereits

genau berechnet war und zur Auszahlung bereitlag, war Volker von Wiegelands Morgengabe. Das auszuhandeln hatte nicht lange gedauert. Einige Becher Gewürzwein aus Johanns Beständen waren bei den Verhandlungen geleert worden, dann war man sich einig. Nach ein paar weiteren Bechern war auch der Verlauf der Hochzeitsfeier besprochen. In groben Zügen jedenfalls, denn je öfter Gertrude den Männern nachgeschenkt hatte, umso mehr der Einzelheiten dieser Feier ertranken im Wein. Irgendwann kam ihnen dann die Einsicht, dass wohl noch ein weiteres Mal über diese Feier zu reden sein würde.

Im späten Sommer, kurz bevor die Weinlese begann, wurde die Hochzeit gefeiert. Wieder waren alle aus dem Dorf eingeladen und liefen lachend und fröhlich hinter der Kutsche her, mit der das Brautpaar von der Kirche hinaus zum ‚Weingut Merseburger' gefahren wurde.

Es wurde ein rauschendes Fest, das bis tief in die Nacht hinein dauerte, eigentlich schon bis in die frühen Morgenstunden des folgenden Tages. Also wurde es nichts mit der Hochzeitsnacht. Nur ein wenig Zeit zum Ausruhen blieb, bevor die Arbeit wieder begonnen werden musste. Denn der Betrieb im Gasthaus war ja weitergegangen, trotz der Feier. Man konnte die Gäste, die sich dort eingemietet hatten, schließlich nicht kurzerhand an die Luft setzen. Zumal fahrende Musikanten darunter waren, die es sich nicht hatten nehmen lassen, bei dem Fest am Vortag zum Tanz aufzuspielen.

***

Das Unglück geschah mitten in der Weinlese, gerade zu der Zeit, als in den Weinbergen und der Kelterei die meiste Arbeit anfiel. Unbarmherzig brannte die Sonne an jenem Tag vom Himmel, und alle, die in den Weinbergen arbeiteten, ächzten und stöhnten unter der Hitze, die die Arbeit an den steilen Hängen, an denen die Weinstöcke wuchsen, noch um einen guten Teil mühsamer machte, als sie es ohnehin schon war.

Dieser Mühsal war Johanns Winzer und Lehrmeister nicht gewachsen. Er war kein junger Mann mehr, doch er war trotz seines fortgeschrittenen Alters derjenige, der am fleißigsten arbeitete. Unermüdlich, von Sonnenaufgang bis das schwindende Tageslicht ihn zwang, die Arbeit zu beenden und sich wenigstens ein paar Stunden der Nachtruhe zu gönnen.

Um die Mittagszeit, kurz nach dem Angelusläuten, als die Sonne am höchsten stand und am heißesten brannte, fiel er plötzlich um wie ein gefällter Baum. Die anderen, die mit ihm arbeiteten, schenkten dem zunächst keine Bedeutung. Sie vermuteten, er sei gestolpert und gestürzt und würde sich jeden Moment wieder aufrappeln. So etwas kam immer wieder einmal vor, wenn jemand an den steilen Hängen einen falschen Tritt machte und war kein Grund zu besonderer Sorge.

Doch der Winzer blieb liegen und rührte sich nicht mehr. Als die anderen schließlich doch nach ihm sahen, fanden sie ihn tot zwischen den Rebstöcken liegen. Er hatte seinen Eifer um den guten Ertrag der Weinberge mit dem Leben bezahlt.

Sie trugen ihn hinunter in die Hütte, in der er jetzt gelebt hatte und die zuvor von den Geschwistern Merseburger bewohnt worden war, ehe diese in ihr neues Haus eingezogen waren. Dort bahrten sie ihn auf und machten sich dann auf den Weg ins Dorf, den Pfarrer zu holen, damit er dem so plötzlich Verstorbenen die letzte Ölung spenden möge.

Und natürlich benachrichtigten sie Johann, der sich im Hof des Gutes um das Keltern der gelesenen Trauben kümmerte. Unübersehbar waren der Schock und die Trauer, die den jungen Mann befielen, als er die Todesnachricht empfing. Nicht nur hatte er seinen Mentor und väterlichen Freund verloren, auch wurde ihm bewusst, dass er von nun an auf sich allein gestellt sein würde. Denn einer, der seinen Winzer würde ersetzen können, war so schnell nicht zu finden, und die Arbeit konnte ja nicht warten, zumal mitten in der Weinlese nicht.

Eine große Trauergemeinde war es, die dem Winzer das letzte Geleit gab. Alle von Gertrudes und Johanns Gut natürlich, viele aus dem Dorf, schließlich war der Mann dort wohlbekannt, und auch viele seiner Verwandten, denen es keine Umstände machte, denn sie kamen aus einem Dorf flussabwärts, nach Koblenz hin.

Auch der ältere Bruder des Winzers war darunter, der selbst ein Weinbauer war, seine Frau und deren sechs Töchter. Allen schüttelten Johann und Gertrude die Hand und sprachen ihnen ihre Anteilnahme am

Tod des Bruders, Schwagers und Oheims aus. Dabei entging es Gertrude nicht, dass ihr Bruder die Hand der jüngsten Tochter einen Moment länger festhielt als es die Höflichkeit gebot und ihr intensiver in die Augen sah, als er das bei ihren Geschwistern und Eltern getan hatte. Trotz des traurigen Anlasses, aus dem das geschah, musste sie lächeln.

***

Gertrude behielt recht mit dem, was sie ahnte, gesehen zu haben auf der Trauerfeier des Winzers. Das Unglück, das sein plötzlicher Tod zweifellos war, schien sich in Glück zu verwandeln. In das Glück ihres Bruders.
Denn ab dem Tag, nachdem man den Winzer zu Grabe getragen hatte, war Johann plötzlich oft unterwegs. Rheinabwärts zog es ihn, zum Bruder des Winzers. Angeblich, um sich dort Rat für seine Arbeit zu holen. Aber Gertrude wusste genau, dass Johann solchen Rates nicht bedurfte. Er wusste ziemlich gut, was zu tun war. Nicht um den Bruder seines verstorbenen Winzers zu sehen, unternahm er diese Reisen, sondern dessen jüngste Tochter.
Magdalena hieß das Mädchen, sechzehn Jahre war es alt und damit im besten Alter, geehelicht zu werden. Zumal es eine wirkliche Schönheit war, mit weichem, blondem Haar und ebenmäßigen Gesichtszügen. Stattlich, schlank und gut gewachsen würde sie gut zu Johann Merseburger passen.
So dachte Gertrude, und so empfand auch ihr Bruder.
Johann Merseburger wandelte auf Freiersfüßen.

Kapitel 14 – A.D. 2013

Die Sache mit dem Kuss hatte sich nicht wiederholt. Obwohl die Zuneigung, die Elisabeth und Konrad füreinander empfanden, immer größer geworden war. Oft war Konrad kurz davor, Elisabeth in die Arme zu schließen und sie zu küssen. Aber so gern er es auch getan hätte, es ziemte sich einfach nicht, und so beließ er es dabei, neben ihr zu sitzen und ihre Hand zu halten. Abends taten sie das oft, wenn er zu ihr in ihr Zimmer ging, um ihr eine gute Nacht zu wünschen, bevor sie sich fertigmachte, um ins Bett zu gehen. Es schickte sich zwar ebenfalls nicht, dass ein junger Mann die Kammer einer Jungfer betrat, aber über dieses Verbot setzte er sich hinweg. Zumal Elisabeth keine Einwände erhob.
Beate und Lukas amüsierten sich ein wenig über die Zurückhaltung, mit der ihre beiden Gäste miteinander umgingen, und sie warteten täglich darauf, dass die beiden sich ihre Liebe gestanden. Denn dass sie verliebt ineinander waren, konnte niemand übersehen. Auch Konrads Mutter nicht, die ihren Sohn in Aachen besuchte, wann immer es ihr anstrengender Beruf zuließ. Sie sah es, aber sie schwieg darüber. Es war eine Sache zwischen Konrad und Elisabeth, in die sie sich nicht einzumischen gedachte. Damit würde ihr Sohn selbst zurechtkommen müssen. Alt genug war der Bengel schließlich.
Und Konrad hätte es zu gerne auch getan, hätte er nur gewusst, bei wem er um Elisabeths Hand anhalten musste. Ihr Vater, dem ein solcher Antrag gebührte, war unerreichbar weit weg. War es vielleicht Lukas, den er fragen musste? Schließlich war er es, in dessen Haus sie nun wohnten. Konrad wusste es nicht. Nur, wen konnte er sonst fragen? War es recht, die Mutter um Auskunft und Rat zu bitten? Oder durfte das erst geschehen, wenn man mit Elisabeths Vormund einig war? Und wer war ihr Vormund? Der einzige, der ihm einfiel, war wiederum Lukas.
Der Gedanke daran, Elisabeths Vormund sein zu können, lag Lukas so fern wie die Zeit, aus deren Geist er geboren war. Elisabeth war dreizehn, also sechs Jahre jünger als er und so klein wie eine Elfjährige. Von der Statur her allerdings nur, nicht von ihrem Wesen und ihrem Benehmen. Darin war sie wesentlich weiter als heutzutage ein Mädchen von

dreizehn Jahren. Galt sie doch in ihrer Zeit in diesem Alter schon als heiratsfähig. Und *er* sollte der Vormund einer solchen Person sein? Hätte Konrad sich getraut, ihn darauf anzusprechen, so wie es seine Überlegung gewesen war, Lukas hätte diese Frage als völlig absurd abgetan.

Trotzdem waren die beiden ineinander verliebt, und keiner von ihnen traute sich, es dem anderen einzugestehen. Das war töricht, denn die beiden hatten doch nur sich. Mit ihrer Geschichte, die sie durchlebt hatten, waren sie ein Leben lang aneinander gebunden. Umso einfacher würde es daher für sie sein, je eher sie sich einander erklärten. Konrad musste den Anfang machen. Er war zwei Jahre älter als seine Gefährtin und war in Elisabeths Augen ein erwachsener Mann. Auch wenn er, nach derzeitigen Maßstäben gemessen, daherkam wie ein Zwölfjähriger.

Lukas war entschlossen, Konrad auch diesbezüglich auf die Sprünge zu helfen.

***

Es war Samstag, und Elisabeth und Konrad kamen zurück von der Frühmesse. Sie setzten sich zu Beate und Lukas an den Frühstückstisch. Ungewöhnlich schweigsam waren sie an diesem Morgen.

„Was ist los mit Euch?", fragte Lukas. „Ist Euch eine Laus über die Leber gelaufen?"

Natürlich musste er das erklären, denn sie verstanden nicht, was er meinte. Als er es getan hatte, zuckten sie beide die Achseln.

„Ihr habt Heimweh, stimmt's?", fragte Beate daraufhin. „Ihr vermisst Eure Leute?"

Konrad blies die Backen auf. „Also, ich ja nicht so sehr. Wen hab ich denn noch? Gertrude und Johann vielleicht, meine jüngeren Geschwister. Aber sonst?" Er sah zu Elisabeth hin, die neben ihm saß. „Aber Jungfer Elisabeth wahrscheinlich schon. Sie hat ja mehr verloren als ich. Vater, Mutter, das schöne, große Haus. Alles eben."

„Ist das wahr, Elisabeth?", fragte Beate nach.

Das Mädchen wand sich ein wenig. „Na ja, ich vermisse sie schon sehr. Aber das alles hier…", sie machte eine kreisende Bewegung mit dem Arm. „Das ist alles schon sehr aufregend. Und neu. Und ungewöhnlich eben. Das finde ich schon spannend."

Lukas ließ die flache Hand auf den Tisch fallen. „Na schön, dann wollen wir mal sehen, was wir gegen Euer Heimweh tun können."

Die beiden Zeitreisenden sahen ihn gespannt an.

„Also, Beate und ich haben uns überlegt, mit Euch einen Ausflug zu machen. Und zwar einen Ausflug in eine Stadt, in der Ihr am ehesten Euren Erinnerungen nachhängen könnt."

„Koblenz?", fragten sie beide wie aus einem Munde.

Lukas schüttelte den Kopf. „Nein, nicht Koblenz. Das würde sich nicht lohnen. Es wäre sogar eine Enttäuschung für Euch. Außer Sankt Kastor, der Liebfrauenkirche, der Burg und den Namen einiger Gassen in der Altstadt, findet Ihr da fast nichts mehr wieder, das Euch bekannt vorkäme. Die Stadt wurde in dem großen Krieg vor siebzig Jahren fast vollständig zerstört. Danach hat man sie ganz neu wieder aufbauen müssen. Und so, wie sie jetzt aussieht, kennt Ihr sie nicht mehr. Erinnert Euch mal an den Tag, an dem Beate und ich Euch aufgelesen haben. Da waren wir ja in Koblenz, und außer der Kastorkirche habt Ihr nichts wiedererkannt."

Er lehnte sich in seinem Stuhl zurück.

„Ich meine, wenn Ihr wollt, fahren wir natürlich hin. Aber raten würde ich Euch das nicht."

„Wohin hattet Ihr denn gedacht, dass wir fahren?", fragte Konrad.

„Kennt Ihr eine Stadt mit dem Namen ‚Brügge'?", fragte Beate dagegen.

Elisabeth nickte. „Den Namen habe ich oft von meinem Vater gehört", antwortete sie. „Ich selber bin noch nie dort gewesen, aber er schon, hin und wieder. Nicht sehr oft, denn die Stadt ist sehr weit weg, in Flandern. Sehr viele reiche Kaufleute sollen dort wohnen. Es gibt einen großen Hafen, in dem Schiffe aus fernen Ländern ankommen, die über das große Meer gefahren sind."

„Ja, das ist richtig", bestätigte Beate. „Zu Eurer Zeit war das so. Jetzt ist es das nicht mehr. Brügge ist nicht mehr reich, und den Hafen gibt es nicht mehr. Er ist völlig verlandet. Brügge liegt jetzt im Inneren des Königreiches Belgien. Aber die Provinz heißt immer noch Flandern. West-Flandern, um genau zu sein."

Lukas sah auf seine Armbanduhr. „Mit dem Zug ist man in drei Stunden dort", sagte er. „Wenn wir uns beeilen, schaffen wir den um kurz nach zehn noch."

***

Tatsächlich erreichten sie den Zug. Es war eine Regionalbahn, die sie nach Welkenrath brachte. Dort mussten sie umsteigen in einen Intercity der Belgischen Staatsbahnen. Von ihrem Vater kannte Elisabeth die Namen einiger Städte, durch die sie fuhren: Lüttich, Leuven und Gent. Wie lange war er unterwegs gewesen, um dorthin zu gelangen. Und dann, um von einer Stadt zur anderen zu reisen. Wie beschwerlich und gefährlich war das gewesen. Jetzt saßen sie in einem bequemen Sessel und legten die Strecke in wenigen Stunden zurück.

Vom Bahnhof, der außerhalb des mittelalterlichen Stadtkerns lag, mussten sie zwanzig Minuten laufen, bis sie auf dem großen Marktplatz ankamen. Hier sah tatsächlich alles genauso aus, wie sie es kannten. Wobei die Häuser, die den Marktplatz von Koblenz umgaben, längst nicht so prächtig gewesen waren wie diese hier.

Staunend sahen sie sich um. Beate und Lukas hielten sich ein wenig abseits. Sie wollten die beiden Zeitreisenden in ihrer Erinnerung an ihre eigene, nunmehr unerreichbar gewordene Welt nicht stören. Wieder hielten sie sich an den Händen, die ganze Zeit, während sie dastanden oder langsam herumgingen, um alles zu betrachten. Irgendwann stießen sie dann aber doch wieder auf Beate und Lukas, die sich inzwischen in eines der Lokale gesetzt hatten, die ihre Tische im Freien unter einer großen Markise aufgestellt hatten.

„Habt Ihr Hunger, mögt Ihr was essen?", fragte Beate.

Die beiden nickten.

„Na, dann setzt Euch."

„Was wollt Ihr denn?"

„Was gibt's denn?"

Lukas lachte. „Alles. Aber ich empfehle Euch die Muscheln mit Pommes Frites. Das isst man besonders gerne in Belgien, und Ihr habt das sicher noch nie probiert."

Beide schüttelten die Köpfe. Pommes Frites kannten sie inzwischen, aber unter Muscheln konnten sie sich überhaupt nichts vorstellen. Solch eine Speise hatte es im Koblenz ihrer Zeit nie gegeben. Aber probieren wollten sie es schon.

Beate und Lukas zeigten ihnen, wie Muscheln gegessen werden. Mit gutem Appetit machten sie sich darüber her. Wein wollten sie auch dazu trinken, denn Wein zu trinken, war ihnen nicht fremd. Zwar hatte Konrad nur ganz selten einmal einen Becher probiert, weil Wein teuer war und er ihn sich nicht oft leisten konnte, aber Elisabeth kannte sich damit aus. Sie wunderte sich nur, dass der Wein nicht gesüßt wurde. Auch Gewürze gab man keine hinein. Das kannte sie nicht. In ihrem Zuhause hatte kaum jemand den Wein ungewürzt getrunken.

Dass die beiden nach Wein verlangt hatten, erregte Aufsehen. Immerhin galten sie noch als Kinder, zumal sie jünger aussahen als sie tatsächlich waren, aber sie genossen das Getränk mit einer solchen Selbstverständlichkeit, dass niemand etwas sagte.

***

Nach dem Essen kam Lukas zur Sache.

„So, Ihr beiden", sagte er, „Beate und ich haben diesen Ausflug mit Euch nicht nur gemacht, damit Ihr mal wieder an die alten Zeiten denken könnt, sondern wir hatten dabei auch noch was anderes im Kopf."

Elisabeth und Konrad hörten interessiert zu.

„So, was denn?", fragte Konrad.

„Eigentlich haben wir ja den Eindruck, dass Ihr Euch in der neuen Zeit, in die Ihr hineingeraten seid, ganz gut zurechtfindet. Trotzdem sehen wir auch, dass Ihr Euch quält. Und darüber wollten wir mit Euch reden."

Sie verstanden nicht ganz, worauf Lukas hinauswollte.

„Aber wir quälen uns doch nicht", rief Konrad entrüstet. Er griff nach Elisabeths Hand. „Ich würde Elisabeth doch niemals Schmerzen zufügen."

„Das weiß ich, Konrad", antwortete Lukas ernsthaft. „Jedenfalls keine körperlichen Schmerzen. Aber weh tust Du ihr trotzdem. Und Dir auch."

„Nein, das glaub ich nicht", widersprach Konrad. Er sah Elisabeth an. Die schüttelte den Kopf. „Nein, tust Du nicht", bestätigte sie. Dann senkte sie den Kopf und fügte leise hinzu: „Im Gegenteil."

Das hatte sie für sich gesagt, aber Lukas hörte es dennoch. Er lächelte. „Und doch ist es so", beharrte er. „Ihr tut Euch weh, weil Ihr Euch liebt und es Euch nicht eingestehen wollt. Die ganze Zeit sehen wir das schon, Beate und ich. Und weil wir das nicht mehr länger mitansehen können, haben wir beschlossen, mit Euch diesen Ausflug zu machen und dabei darüber zu reden."

Beate beugte sich vor und sah die beiden an. „Lukas hat recht, stimmt's?"

Ein zögerliches Nicken war die Antwort. Zuerst kam es von Konrad, aber dann folgte Elisabeth auch.

„Es ist schön, dass es so ist, und noch schöner ist es, dass Ihr das endlich zugebt", sagte Lukas. „Denn jetzt können wir uns überlegen, wie es weitergehen soll mit Euch."

Konrad fiel ein Stein vom Herzen.

Auch Elisabeth war erleichtert, obwohl man es ihr nicht ganz so deutlich ansah wie Konrad. Aber unter dem Tisch griff sie nach seiner Hand und drückte sie fest. Er sah sie an und lächelte. Sie nickte.

„Na also, dann hätten wir das ja jetzt wohl mal endgültig geklärt", stellte Lukas fest. Er zwinkerte den beiden zu. „Ihr dürft Euch auch ruhig einen Kuss geben", forderte er sie auf.

Doch das war leichter gesagt als getan. Es ziemte sich einfach nicht, sich in der Öffentlichkeit zu küssen, das hatten sie beide verinnerlicht. Obwohl sie es bei anderen vielfach gesehen hatten. Für sich selber kam das einfach nicht in Frage. Und nun hatte Lukas sie dazu aufgefordert. Was sollten sie tun? Sich unschicklich benehmen, das wollten sie nicht. Aber Lukas widersprechen, das wollten sie auch nicht.

Beate sah ihr Dilemma. Sie beugte sich zu ihnen vor. „Ihr könnt Euch ruhig trauen. Außer Lukas und mir kennt Euch ja hier keiner."
Zaghaft näherten sich ihre Köpfe einander an. Elisabeth spitzte die Lippen ein wenig. Vorsichtig drückte Konrad ihr einen Kuss darauf. Das heißt, drücken war zu viel gesagt, er hauchte ihr den Kuss auf den Mund. Nur eben so. Es mochte sein, dass sie die Berührung gar nicht gespürt hatte. Sofort fuhren ihre Köpfe wieder auseinander, und sie sahen beide verlegen vor sich auf die Tischplatte.
Lukas lachte. „Also, das war ja wohl gar nichts, Ihr zwei. Los, nochmal, und diesmal aber richtig!", verlangte er.
Einmal mehr taten sie, was sie geheißen worden waren. Aber auch beim zweiten Versuch blieb es bei einem Küsschen, das ein Bruder seiner Schwester gegeben haben könnte.
„Kinder, Kinder, das müsst Ihr aber noch tüchtig üben", sagte Lukas kopfschüttelnd.
„Aber nicht jetzt und nicht hier", ging Beate dazwischen, denn sie wollte die beiden aus ihrer Verlegenheit befreien. „Heute Abend, wenn wir wieder zu Hause sind, kannst Du ja vielleicht Elisabeth mal in ihrem Zimmer besuchen", wandte sie sich an Konrad. Dann könnt Ihr's ja nochmal probieren. Oder am Montag, wenn Lukas und ich in der Uni sind. Da seid Ihr sowieso allein und Ihr habt sogar den ganzen Tag Zeit dazu. Überlegt's Euch."

***

Konrad hatte es sich überlegt. Während sie im Zug saßen und zurück nach Aachen fuhren. Bis zum Montag wollte er nicht warten. Jetzt, da Lukas seinen Segen gegeben und Elisabeth keine Einwände erhoben hatte, mochte er es nicht länger hinausschieben.
Er wartete, bis alle zu Bett gegangen waren und es still und dunkel war in der Wohnung. Leise schlich er auf den Flur und zu Elisabeths Zimmer. Licht brauchte er keines anzumachen, als Fackelträger fand er sich im Dunkeln bestens zurecht. Vorsichtig drückte er die Klinke an Elisabeths Zimmertür hinunter und öffnete die Tür gerade so weit, dass er den Kopf in ihr Zimmer hineinstecken konnte.

Elisabeth lag im Bett, aber sie schlief noch nicht. Wie sie auf sein plötzliches Auftauchen reagierte, konnte er nicht ausmachen. Dazu war es zu dunkel. Wenigstens schrie sie nicht. Weder vor Schreck noch vor Ärger. Dadurch ermutigt, schob er sich langsam ganz in ihr Zimmer hinein und schloss leise die Tür hinter sich. Dann blieb er stehen.
„Komm", flüsterte Elisabeth und winkte ihm einladend zu.
Schrittchen für Schrittchen näherte er sich ihrem Bett. Sie rührte sich nicht. Die Hand, mit der sie ihm gewunken hatte, lag reglos auf der Bettdecke, die sie bis zum Hals hochgezogen hatte. Als er vor ihrem Bett stand, sah er, dass sie lächelte.
„Ich brauche einen Fackelträger", flüsterte sie. „Es ist so dunkel, heut Nacht, und ich weiß nicht, ob ich meinen Weg finde. Mögt Ihr mich begleiten, Herr Konrad?"
Auch Konrad lächelte jetzt. „Selbstverständlich, Jungfer Elisabeth. Denn dazu bin ich doch da, Euch zu begleiten."
„Aber vielleicht sollten wir zuerst einmal reden", schlug sie vor. „Setzt Euch ein wenig zu mir, Herr Konrad."
„Es schickt sich zwar nicht für einen Fackelträger, sich zu einer edlen Jungfer zu setzen, aber da Ihr mich dazu auffordert, will ich Euch folgen."
Er setzte sich auf die Bettkante. Eine lange Weile sahen sie sich an. Dann nahm sie seine Hand und zog ihn zu sich herunter. Diesmal wurde es ein richtiger Kuss, den sie sich gaben. Und es blieb auch nicht nur bei dem einen.
Irgendwann später lag er dann neben ihr in ihrem Bett.

***

Sie erwachten gleichzeitig am nächsten Morgen, und sie erschraken beide fürchterlich.
„Was haben wir getan?", fragte Konrad verzweifelt.
Elisabeth hatte sich schon wieder gefangen. „Ihr habt mich beschützt und mir heimgeleuchtet, Fackelträger. Bis in mein Bett hinein", antwortete sie entspannt. „So ist mir nichts geschehen."
„Wirklich nicht?" Konrad hatte sich noch nicht wieder beruhigt.

„Nein, gar nichts. Ihr wart mir ein ritterlicher und treuer Fackelträger. Daher habe ich Euch den Lohn für Eure Mühen in Küssen gegeben, denn Münzen hatte ich nicht dabei. Auch schien mir ein solcher Lohn angemessener."

Jetzt hatte auch Konrad seine Fassung wiedergewonnen. „Aber Ihr habt mich viel zu hoch entlohnt, edle Jungfer", sagte er lächelnd. „Daher möchte ich Euch gerne das Wechselgeld herausgeben."

Er beugte sich zu ihr hinüber und küsste sie. Es wurde ein langer Kuss. Sie schlang die Arme um seinen Hals. „Das war zu viel herausgegeben, Fackelträger. Ihr sollt bekommen, was Euch gebührt."

Es folgte ein weiterer Kuss. Und dann noch einer und noch einer, bis sie beide das Gefühl hatten, die Schuld sei nun angemessen beglichen. Die ganze Zeit hielten sie sich dabei in den Armen. Ein schönes Gefühl war das. Hätte man sie gefragt, sie hätten es ohne Umschweife zugegeben.

Tatsächlich gestanden sie es sich auch gegenseitig ein, wenig später, als sie unterwegs zum Dom waren, um dort die Frühmesse zu besuchen. Hand in Hand schlenderten sie durch die Straßen. Immer wieder sahen sie sich lächelnd an. Aber einen Kuss gaben sie sich nicht. Obwohl sie es gerne getan hätten. Aber es ging ja nicht. Es war ungehörig, so etwas auf der Straße zu tun. Aber miteinander reden, das durfte man.

„Es war schön, dass Du gestern Nacht zu mir gekommen bist", sagte Elisabeth. „Ich habe mich gefreut, nicht allein zu sein, und was Du gemacht hast mit mir, hat mir gefallen."

„Aber das Unaussprechliche haben wir nicht getan!?" Es war mehr eine Frage als eine Feststellung.

Elisabeth schüttelte den Kopf. „Nein, das haben wir nicht getan. Geborgen gehalten hast Du mich unter meiner Decke, und es war schön so. Es könnte öfter so sein."

„Ich würde es mir wünschen. Aber ist es denn auch erlaubt?"

Elisabeth zog die Schultern hoch. „Ich weiß nicht, was erlaubt ist, Konrad. Zum Allmächtigen sollten wir beten, damit er uns davor bewahrt, vom rechten Wege abzukommen."

Und das taten sie dann, andächtig und mit Inbrunst. Sie fühlten sich gut, als sie sich nach der Messe auf den Heimweg machten.

„Na, Ihr zwei, wie war die Nacht?", fragte Lukas verschmitzt, als sie nach Hause kamen und sich zu ihm und Beate an den Frühstückstisch setzten.

Konrad erschrak. „Woher weißt Du…?", fragte er atemlos.

Lukas winkte ab. „Mach Dir keine Sorgen, Konrad. Als ich in der Nacht mal zum Klo musste, hab ich gesehen, dass Deine Zimmertür einen Spalt offenstand. Drin warst Du nicht und auch nicht im Bad, also hab ich mir meinen Teil gedacht."

„Aber Du hast nichts dagegen unternommen?"

„Nee, wozu auch", lachte Lukas. „Ich bin ja froh, dass Ihr beiden Turteltäubchen Euch endlich gefunden habt."

Kapitel 15 – A.D. 1354

Johann Merseburger durchlebte schwierige Zeiten. Doch nicht das Weingut war es, das ihm zu schaffen machte, denn das entwickelte sich ausgezeichnet. Ebenso wie das Gasthaus, übrigens, das von seiner Schwester geführt wurde, die sich über mangelnden Zulauf nicht beklagen konnte. Nein, es waren vielmehr die Mitgiftverhandlungen mit dem Bruder seines verstorbenen Winzers, die sich schwierig und zeitraubend gestalteten.

Für Magdalene, die Winzerstochter, das Mädchen, das er so gerne heiraten wollte, hatte der Vater bereits jemand anderen als Ehemann im Sinn. Den Sohn des Nachbarn nämlich, in der Hoffnung, durch diese Verbindung die beiden Weingüter miteinander verschmelzen zu können. Das würde ihm eine herausragende Stellung unter den Winzern der Gegend bringen. Besonders gegen die Weingüter der Klöster, die seit langem den Markt dominierten. Und schwierig wäre es auch nicht, denn der Nachbar war ein alter Mann und sein Sohn ein Träumer, den er bei einem solchen Handel leicht in seinem Sinne würde beeinflussen können.

Und nun kam dieser junge Merseburger daher und hatte im Nu seiner Tochter den Kopf verdreht. Mit dem wäre eine solche Abmachung nicht so leicht möglich, das hatte er gleich bemerkt. Der Bursche war hellwach und war auf dem besten Wege, sein eigenes Gut in kurzer Zeit bereits zu einem florierenden Unternehmen zu machen. Abgesehen davon war er kein Nachbar und eine Verschmelzung der beiden Weingüter daher schwierig, wenn nicht gar unmöglich.

Er würde das Einverständnis des kurfürstlichen Hofes in Mainz brauchen, dessen Lehen das Gut des jungen Merseburgers war. Das war jedoch beinahe aussichtslos, denn das seinige gehörte zu Kurtrier, und die beiden Erzbischöfe und Kurfürsten waren sich, wie er aus zuverlässiger Quelle erfahren hatte, nicht sonderlich gewogen. Nein, mit dem Merseburger als Schwiegersohn würde er seine Pläne begraben müssen.

Alles wäre um so vieles einfacher, hätte er nur einen Sohn, dem er das Gut dermaleinst hinterlassen konnte. Mit einem solcherart geregelten

Erbe wäre ihm Johann Merseburger als der Gemahl seiner Tochter allemal recht. So aber fiele das Gut nach seinem Tode zurück an den Kurfürsten, das war eben so, wenn es keinen geeigneten Erben gab. Er schalt sich einen Narren, weil er es bislang versäumt hatte, mit dem Nachbarn über die Vermählung ihrer beiden Kinder zu sprechen.
Jetzt war es zu spät, denn Magdalene würde sich, nachdem sie sich in den jungen Merseburger verliebt hatte, natürlich mit Händen und Füßen dagegen wehren, mit dem Nachbarssohn verheiratet zu werden, der nicht nur ein ausgemachter Dummkopf, sondern auch um so vieles älter war als sie. Das wäre zwar an sich kein Hinderungsgrund, denn beim Aushandeln einer Heirat hätte sich das Mädchen ohnehin dem Willen des Vaters zu fügen. Ungünstig war nur, dass auch der Nachbarssohn von der Liaison Magdalenes und Johann Merseburgers wusste. Und ganz so dumm war er wiederum nicht, nicht doch noch über genügend Stolz zu verfügen, eine Rolle als ein Bräutigam und Ehemann zweiter Wahl abzulehnen.

***

Am Ende wurde es ein Menschenhandel. Die Abmachung, die es Johann Merseburger schließlich ermöglichte, die Winzerstochter Magdalene zu ehelichen, lautete darauf, dass der zweitgeborene Sohn, der aus dieser Verbindung entstammte, spätestens beim Eintritt ins sechste Lebensjahr dem Großvater zu übergeben war, in dessen Haus er in die Rolle eines Erben des großväterlichen Weingutes hineinwachsen sollte. Magdalene war fassungslos, als Johann ihr von diesem Handel berichtete.
„Aber, das könnt Ihr doch nicht zulassen, Herr Johann, dass man uns unser rechtmäßiges Kind wegnimmt", schrie sie. „Es ist *unser* Kind!"
Aber Johann winkte ab. „Zunächst ist dieses Kind ja noch nicht einmal geboren, denn wir sind ja im Moment keineswegs verheiratet. Wenn wir es aber sind, und ich hoffe, dass die Heirat recht bald erfolgt, was durch diese Abmachung erst möglich wird, dann muss der Allmächtige uns die Gnade von zwei Söhnen erweisen. Und ob das je geschehen wird…", er verzog das Gesicht und drehte seine rechte Hand hin und

her. „Kein Sterblicher kann je in die Zukunft sehen", resümierte er schließlich.

Gertrude reagierte ähnlich wie ihre zukünftige Schwägerin. Und auch sie ließ sich von Johann mit den gleichen Argumenten überzeugen. Der Hochzeit von Johann Merseburger und Magdalene Assmann stand nun nichts mehr im Wege.

Gertrude machte sich gleich an die Vorbereitung des Festes, denn Johann war mit seinem Schwiegervater übereingekommen, dass es auf dem Weingut Merseburger gefeiert werden sollte. Die gute Sitte war das nicht. Die gebot, dass diese Pflicht dem Brautvater oblag. Jedoch war an dieser Verbindung ohnehin schon allerlei Ungewöhnliches. Da kam es darauf nun auch nicht mehr an. Und wenn sich die Leute im Dorf und in der Umgebung darüber das Maul zerreißen sollten, Johann störte es nicht. Und seinen Schwiegervater schon lange nicht. Der freute sich über einen hübschen Batzen Geldes, den er dadurch gespart hatte.

***

Einige Monate später waren die beiden jüngsten Merseburger-Kinder rechtmäßig verheiratete Eheleute. Inzwischen hatte Gertrude ihr erstes Kind zur Welt gebracht, ein Mädchen, das auf den Namen Hildegard getauft wurde, im Andenken an die verschollene Großmutter. Die Geburt war nicht leicht gewesen, und einen Moment lang sah es so aus, als würden Mutter und Kind sie nicht überleben. Aber die beiden waren zäh, sie schafften es.

Zwar blieb das Kind ein wenig schwächlich, so wie es auch die Mutter in jungen Jahren gewesen war. Gertrude jedoch erholte sich schnell und ließ es sich daher nicht nehmen, persönlich die Feier anlässlich der Trauung ihres Bruders zu organisieren. Johann bewunderte sie dafür.

Tatsächlich sollte er Gelegenheit haben, sich noch oft über die Zähigkeit, die Energie und den Fleiß seiner Schwester zu wundern, denn ab dem Tag seiner Hochzeit war sie auf sich allein gestellt. Volker von Wiegeland war einem Ruf nach Köln gefolgt, der dortigen Bauhütte beizutreten und am Bau der riesigen Kathedrale mitzuwirken. Er verließ das Weingut am Mittelrhein und kehrte nur noch gelegentlich, in unregelmäßigen und stets größer werdenden Abständen für kurze Zeit zu seiner Familie zurück.

Der Grund dafür war nicht schwer zu finden. Zwar war Johann Merseburger der rechtmäßige und alleinige Herr des Weingutes und des Gasthofes und hatte somit in allen Dingen das Sagen, hatte aber nie davon Gebrauch gemacht. Alle Entscheidungen, die Gut und Gasthaus betrafen, fällte er gemeinsam mit seiner Schwester. So war es immer gewesen, und es änderte sich auch nach Gertrudes Hochzeit nicht. Obwohl ab diesem Zeitpunkt eigentlich Volker von Wiegeland, der richtige Gesprächspartner für Johann gewesen wäre, denn er war es schließlich, der im rechtlichen Sinne für seine Frau verantwortlich war.

Johann jedoch war es nie in den Sinn gekommen, die Angelegenheiten des Gasthofes mit jemandem anderen als mit seiner Schwester zu besprechen, und so blieb deren Ehemann von Anfang an von solchen Dingen ausgeschlossen. Natürlich fiel dem Gesinde auf dem Merseburger'schen Gut und auch den Leuten im Dorf dieses Gebaren der Geschwister nicht verborgen. Ein Grund mehr, sich über die beiden jungen Leute das Maul zu zerreißen.

Volker von Wiegeland bemerkte schnell, wie sein Ansehen mehr und mehr schwand. Daher zögerte er nicht, zuzugreifen, als die Nachricht die Runde machte, in Köln suche man erfahrene Baumeister für die Dombauhütte.

Gertrude ließ ihn ohne lange Diskussionen ziehen. Einerseits wusste sie genau, dass ihr Wort bei einer solchen Entscheidung ihres Ehemannes keine entscheidende Rolle spielen konnte, denn schließlich war er der Herr über sich und seine Ehefrau, und andererseits war ihr das Gerede der Leute natürlich auch nicht verborgen geblieben. Obwohl sie ihn liebte, was unter Eheleuten nicht selbstverständlich war in jenen Zeiten, war sie mit seinem Weggang einverstanden. Sie sah ein, dass es das Beste war für alle Beteiligten.

Kapitel 16 – A.D. 2013

Zu Weihnachten waren sie ein Paar, Konrad, der Fackelträger und Elisabeth, die Tochter des Gewürzhändlers. Gern hätten sie geheiratet, aber das war nicht möglich. In der Zeit, aus der sie kamen, hätten sie zwar das richtige Alter gehabt, jedoch hätten die Standesunterschiede sie daran gehindert. Es schickte sich nicht für einen Habenichts und Tagelöhner, eine reiche Kaufmannstochter zu freien. Und in der Zeit, in die sie gekommen waren, hatten sie das richtige Alter zum Heiraten noch längst nicht erreicht.

Dennoch liebten sie einander, in aller Keuschheit und Gottesfurcht, die Elisabeth von ihrer Mutter, ihrer Amme und den frommen Beginen gelernt hatte. Konrad hingegen hatte keinerlei derartige Anleitung erhalten. Er wusste nur, es geziemte sich nicht, bei einer Frau zu liegen, mit der man nicht verheiratet war. Wohin das führen konnte, hatte er erlebt am Beispiel seines Vaters. Das war ihm Lehre und Warnung genug.

Freilich, in ein und demselben Bett schliefen sie schon hin und wieder. Meist war es Elisabeth, die in der Nacht zu ihm kam und unter seine Decke schlüpfte, sich in seine Arme kuschelte wie ein kleines Kätzchen. Immer dann, wenn sie nicht schlafen konnte, wenn die Aufregungen der neuen Zeit sie mutlos machten oder wenn sie Sehnsucht hatte nach ihren Lieben, von denen sie wusste, dass es in diesem Leben kein Wiedersehen geben würde. Dann war Konrad glücklich, wenn er das zitternde, kleine Kätzchen in seinen Armen warmhalten und allmählich auch wieder beruhigen konnte.

Beate und Lukas wussten natürlich von Elisabeths nächtlichen Besuchen in Konrads Bett. Aber sie hatten nichts dagegen. Schließlich waren sie selbst ein Paar, das nicht verheiratet war und dennoch jede Nacht in einem Bett schlief.

Die beiden Zeitreisenden ahnten wohl, dass es dabei nicht ganz so sittsam zugehen mochte, denn ihre Gastgeber waren auch sonst viel unbekümmerter als sie selbst. Ungeniert gingen sie zusammen ins Badezimmer, liefen völlig unbekleidet in der Wohnung herum und liebkosten sich bei jeder sich bietenden Gelegenheit.

Elisabeth wunderte sich darüber, dass Beate dennoch niemals schwanger zu werden schien.

„Kannst Du eigentlich keine Kinder bekommen?", fragte sie sie daher bei einer Gelegenheit, bei der sie beide allein in der Wohnung waren, weil Lukas mit Konrad zusammen zum Einkaufen gegangen war.

Beate sah das Mädchen verwundert an. „Können schon, aber ich will keine. Jedenfalls jetzt noch nicht. Warum fragst Du?"

Elisabeth war das Thema ein bisschen peinlich, aber die Neugier hatte sie gepackt und allen Mut zusammennehmen lassen. „Nun, wenn man zusammenliegt, ist es doch nur natürlich, dass man Kinder bekommt."

Beate nickte. „Wenn man nichts dagegen tut, ist das auch so."

„Und was tust Du dagegen?" Ein schrecklicher Verdacht kam in Elisabeth hoch. Beate würde doch nicht gar zu einer Wehfrau gehen und das Ungeborene wegmachen lassen? Das war eine schwere Sünde, und es war auch gefährlich. Sie wusste, nicht wenige, die es dennoch getan hatten, waren an den Folgen gestorben.

Beate sah Elisabeths entsetztes Gesicht. Lächelnd schüttelte sie den Kopf. „Nein, nein, nicht was Du denkst. Keine Frau braucht heute mehr zu einer Engelmacherin zu gehen, wenn sie ein Kind empfangen hat, das sie nicht haben will. Man kann dafür sorgen, dass es gar nicht erst so weit kommt." Sie stand auf und ging zur Tür. „Warte, ich zeig's Dir."

Sie ging hinaus und kam einen kurzen Moment später zurück mit einem kleinen Schächtelchen, das sie Elisabeth in die Hand drückte.

„Ich nehme an, Du weißt inzwischen, was das ist?", fragte sie.

Elisabeth nickte. „Es ist Medizin. Ihr nennt es Tabletten", antwortete sie.

„Richtig", bestätigte Beate und nahm Elisabeth das Päckchen wieder ab. „Nur, dass diese Medizin nicht dazu da ist, Krankheiten zu heilen, sondern es ist ein ‚Kontrazeptivum', ein Medikament, das es verhindert, dass man schwanger wird. Man braucht lediglich jeden Tag eine Pille davon zu nehmen."

„Davon habe ich noch nie etwas gehört." Elisabeth konnte es kaum glauben.

Beate lachte. „Das wundert mich nicht. Solche Mittel gibt es ja auch erst seit etwas mehr als fünfzig Jahren. Davon *kannst* Du also auch noch gar nichts gehört haben."

„Aber ist es denn auch erlaubt?"

„Ja, es ist völlig legal, dieses Medikament zu verwenden. Man kann es sich von einem Arzt verschreiben lassen und dann in der Apotheke kaufen. Jede Frau kann das. Auch die Mädchen, wenn sie älter sind als sechzehn Jahre. Davor brauchen sie das Einverständnis der Eltern. Aber möglich ist es auch dann."

„Aber ist es denn keine Sünde, so etwas zu tun?"

„Nun, die offizielle Lehrmeinung der katholischen Kirche lehnt eine solche Praxis strikt ab. Nur kümmern sich die Leute heutzutage nicht mehr sonderlich darum. Sie wollen selbst entscheiden, wie sie in dieser Frage handeln. Und anders als in der Zeit, aus der Du kommst, können sie das auch ungestraft tun. Der Einfluss der Kirche ist heute weit weniger groß, als Du ihn erlebt hast. Niemand ist mehr gezwungen, die Regeln, die die Kirche aufstellt, auch einzuhalten. Du hast die Freiheit, Dich dagegen zu entscheiden, wenn Du es vor Gott und Deinem Gewissen glaubst, verantworten zu können."

„Also kommt niemand auf den Scheiterhaufen, der solches Hexenwerk betreibt?"

Beate schüttelte lachend den Kopf. „Nein. In diesem Land wird niemand mehr hingerichtet und schon gar nicht auf dem Scheiterhaufen. Abgesehen davon hat das auch keineswegs etwas mit Hexerei zu tun. Die Entwicklung der Kontrazeptiva, ebenso wie die Entwicklung jedes anderen Medikaments auch, geht auf die Ergebnisse wissenschaftlicher Forschungen zurück. Da ist nichts Geheimnisvolles dabei, am allerwenigsten hat es etwas mit Hexerei zu tun."

Das war ein Brocken, den Elisabeth zuerst einmal verdauen musste. Nachdenklich stand sie auf und ging in ihr Zimmer. Ob sie es Konrad erzählen sollte, was sie soeben erfahren hatte?

***

Konrad nahm die Sache weit gelassener auf, als sie selbst es getan hatte. Nach langer Überlegung hatte sich Elisabeth dazu entschlossen, ihm davon zu erzählen. In der Nacht, nachdem sie wieder einmal in sein Bett geschlüpft war.

„Ich glaube nicht, dass ich damit etwas zu tun haben will", meinte er nur. „Es ist nicht recht, das zu tun, also tue ich es auch nicht."

„Aber Du möchtest schon, oder?", beharrte Elisabeth.

„Natürlich möchte ich schon", antwortete er unwirsch. „Wir lieben uns, Elisabeth, jedenfalls ich liebe Dich, und was wäre schöner als das? Aber wir sind eben nicht verheiratet. Und solange wir den Segen der Mutter Kirche nicht haben, dürfen wir es nicht tun. Schlimm genug schon, dass wir hier zusammen in einem Bett liegen, denn auch das geziemt sich nicht. Aber dem kann ich nicht widerstehen, dazu bin ich nicht stark genug."

Elisabeth kuschelte sich tiefer in seine Arme. „Was für ein Glück, dass Du es nicht bist", kicherte sie.

Daraufhin konnte er nichts anderes tun, als sie zu küssen. Es wurde ein inniger Kuss. Und es dauerte lange, bis er damit fertig war. Aber irgendwann war es genug. Vorsichtig machte er sich von ihr los und rückte ein wenig zur Seite. Er konnte es einfach nicht länger aushalten, den Körper des geliebten Mädchens so dicht an dem seinen zu spüren.

„Meine Frau Mutter will, dass wir zu Weihnachten nach Köln kommen", wechselte er das Thema, und wie immer, wenn die beiden unter sich waren, verfiel er dabei in das Mittelhochdeutsche, samt der respektvollen Anreden der anderen Personen, von denen er sprach. „Herr Lukas hat's mir gesagt. Er hat mit ihr gesprochen, weil er und Frau Beate doch zu diesem hohen Fest zu ihren Eltern fahren. Und er möchte nicht, dass wir dann hier alleine sind. Er meinte, das sei nicht besonders schön, und wir würden sicher traurig sein, wenn wir das Fest alleine verbringen müssten."

„Wie barmherzig sie sind und wie besorgt um uns", sagte Elisabeth. „Wir haben wirklich ein großes Glück gehabt, ihnen zu begegnen. Allerdings, mir hätte es nichts ausgemacht das hohe Fest zu Weihnachten auch mit Dir alleine zu begehen."

Sie rutschte wieder näher zu ihm heran und schmiegte sich in seine Arme.

„Wir wären zur Christmette in den Dom gegangen und hätten vielleicht etwas Besonderes zum Essen gemacht. Einen Braten womöglich, mit viel Gemüse, das man zu jeder Zeit auf dem Markt kaufen kann, und diesen wunderbaren Knollen, die sie ‚Kartoffeln' nennen."
„Aber es ist doch sicherlich auch schön, diese Tage mit meiner Frau Mutter zu begehen", wandte er ein. „Sicherlich kann sie für uns alle ein ebensolches Mahl zubereiten, und wir werden die Christmette in dem großartigen Dom zu Köln feiern."
„Ja, schon", gab sie zurück, mit einem leicht mauligen Unterton in der Stimme. „Aber ich hätte das Fest eben lieber mit Euch gefeiert, Herr Konrad."
„Und ich mit Euch, Jungfer Elisabeth", gab er zu und nahm sie vorsichtig ein wenig fester in seine Arme. „Glaubt mir, ich bin Euch von Herzen sehr zugetan, obwohl ich weiß, dass es sich nicht geziemt. Aber wenn ich mit Euch über lange Tage alleine bin, dann weiß ich nicht, ob ich es schaffe, mich immer so zu verhalten, wie es Euch gebührt."
Elisabeth kicherte leise. „Und ich würde hoffen, Ihr würdet es nicht tun, Herr Konrad."
Nichts anderes wusste Konrad darauf zu antworten als mit einem erneuten Kuss.

✳✳✳

Gleich am Tag nach dem Ende der Vorlesungen fuhren Beate und Lukas zu ihren Eltern nach Hause. Elisabeth und Konrad hatten sie zuvor zum Bahnhof gebracht. Die beiden waren mittlerweile erfahren genug, um selbst ihren Weg nach Köln zu finden. Auf dem Bahnhofsvorplatz verabschiedeten sie sich. Wie immer, Hand in Hand, liefen die beiden Zeitreisenden davon.
Ein wenig fürchteten sie sich noch immer vor den riesigen Maschinen, die sie mit einer atemberaubenden Geschwindigkeit davontrugen. Aber sie bemühten sich tapfer, sich nichts anmerken zu lassen. Und natürlich ging alles gut. Eine gute Stunde nach der Abfahrt von Aachen standen sie in Köln vor der großen Domkirche, wo Konrads Mutter sie abholen wollte.

„Es wird ein wenig eng werden in meinem Auto", sagte sie, nach der Begrüßung. „Mein Auto hat eigentlich nur Platz für zwei Personen. Einer von Euch wird mit der schmalen, unbequemen Rückbank vorliebnehmen müssen."

„Es wird schon gehen", meinte Konrad. „Ich weiß ja, eine einfache Kleidermacherin wird sich auch in dieser Zeit keine große Kutsche leisten können."

Hildegard Merseburger lachte hell auf. „Wart's ab, mein Sohn, bis Du die Kutsche der einfachen Kleidermacherin siehst."

Als Konrad dann vor dem Porsche stand, der seiner Mutter gehörte, war er nicht beeindruckt. Allerdings nur so lange, bis seine Mutter ihm erklärte, dass diese ‚Kutsche' in der damaligen Zeit den Wert einer ganzen Kuhherde repräsentiere, wie sie nur reiche Lehnsmänner ihr Eigen nennen würden.

„Dann seid Ihr also reicher als der Herr Vater der Jungfer Elisabeth?" Konrad konnte es nicht glauben.

„Das weiß ich nicht, mein Sohn, denn ich habe keine Vorstellung vom Vermögen des Ratsherrn", antwortete Hildegard Merseburger. „Nach heutigen Verhältnissen gemessen, bin ich jedenfalls wohlhabend, das gebe ich zu. Anders als zu unserer Zeit, ist es heute möglich, auch als Kleidermacherin zu einigem Wohlstand zu gelangen."

Sie öffnete die Beifahrertür und klappte den Sitz um, damit Konrad einsteigen konnte.

„So, nun aber genug davon. Wir können uns das später noch einmal näher ansehen. Jetzt steig erstmal ein, denn langsam wird's mir zu kalt hier. Und hör bitte auf, mich ständig ‚Frau Mutter' zu nennen. Die Zeiten, in denen man seine Mutter so ansprach, sind längst vorbei. Heute sagt man ‚Mama' und ‚Du'. Wenn Du Dir das bitte endlich merken wolltest."

Konrad zog den Kopf ein und beeilte sich, in das enge Auto hineinzuklettern. Sehr bequem war es wirklich nicht, aber er wollte sich auch nicht beschweren, nach dem Rüffel, den er gerade bekommen hatte. Elisabeth hingegen machte ganz den Eindruck, als fühle sie sich auf dem Beifahrersitz recht behaglich.

„Am besten fährst Du den Sitz ein Stück nach vorne, Elisabeth", wies Konrads Mutter sie an. Du musst auf den Knopf rechts neben dem Sitz drücken."

Solche Anweisungen versetzten das Mädchen aus der Vergangenheit schon längst nicht mehr in Erstaunen. Zu oft schon hatten Beate und Lukas ihr ähnliche gegeben. Sie fand den Knopf, drückte darauf und der Sitz glitt nach vorne, sodass der arme Konrad wenigstens ein wenig mehr Beinfreiheit hatte. Dankbar streckte er sich aus, so gut es ging.

„Werden wir die Mette im Dom besuchen?", fragte er seine Mutter, während die den Sportwagen aus der Tiefgarage unter der Domplatte hinaussteuerte.

„Wenn Ihr das gerne möchtet, werden wir das tun", antwortete sie. „Ich hatte es ohnehin vor. Kardinal Meisner wird es in diesem Jahr wieder zelebrieren. Er ist ein sehr bedeutender Kirchenmann, Erzbischof von Köln und Leiter der ‚Rheinischen Kirchenprovinz', zu der die Bistümer Aachen, Essen, Limburg, Münster und Trier gehören."

Konrad wunderte sich. „Auch das Erzbistum Trier?"

Seine Mutter winkte ab. „Trier ist schon lange kein Erzbistum mehr. Es gibt dort also keinen Erzbischof und Kurfürsten, wie es Balduin von Luxembourg war, den Du ja noch kennst. Kurfürsten gibt es überhaupt keine mehr. Stattdessen gehört Köln zum Bundesland Nordrhein-Westfalen und Trier zum Bundesland Rheinland-Pfalz, wobei beide Bundesländer Teil der Bundesrepublik Deutschland sind. Die Kurfürstentümer und das ‚Heilige Römische Reich Deutscher Nationen' gehören längst der Vergangenheit an. Ebenso gibt es keinen Kaiser mehr. Zumindest nicht bei uns. Der letzte Kaiser, den es noch gibt, ist der ‚Tenno' in Japan. Und zu sagen hat auch der nichts mehr. Er ist nur noch eine Repräsentationsfigur."

Damit konnten Elisabeth und Konrad nichts anfangen. „Japan?", fragte das Mädchen.

Hildegard Mersburger nickte. „Japan ist ein Inselreich weit im Osten. Wenn man es besuchen will, muss man mehr als zwölf Stunden fliegen. Ich war ein paarmal dort, und es ist wirklich sehr weit weg."

„Fliegen?", fragte Konrad dazwischen. „Seit wann können Menschen fliegen?"

„Können sie nicht, mein Sohn. Aber es gibt Flugzeuge, mit denen man hinkommt."

„Was ist ein Flugzeug?" Konrad verstand gar nichts mehr. Von so etwas hatten Beate und Lukas nie gesprochen.

„Ein Flugzeug ist eine Maschine, die durch die Lüfte fliegen kann", erklärte seine Mutter. „Wie es genau funktioniert, weiß ich auch nicht." Sie lachte. „Nur, dass es funktioniert, das weiß ich, denn ich bin oft in einem Flugzeug gereist. Wenn Ihr wollt, probieren wir es aus."

„Ich gäbe etwas darum, fliegen zu können", schwärmte Elisabeth. „Von oben, aus dem Himmel auf die Erde herabsehen zu können, muss etwas Besonderes sein."

„Wie ich schon sagte, fliegen wirst Du nie können, Elisabeth. Aber die Welt von oben zu betrachten, das ist schon möglich. Wohin möchtest Du denn gerne einmal fliegen?"

Eine Weile musste Elisabeth nachdenken, aber dann hatte sie eine Idee: „Nach Venedig vielleicht? Mein Herr Vater ist oft in diese Stadt gereist, um Gewürze einzukaufen, die von Händlern aus fernen Ländern dorthin gebracht wurden. Viele Monate ist er unterwegs gewesen, um dorthin zu gelangen und danach wieder zurück nach Koblenz zu kommen."

„Das ist heute kein Problem mehr", antwortete Hildegard Merseburger. „Von Frankfurt aus ist Venedig in einer guten Stunde zu erreichen. Nach den Feiertagen werden wir es ausprobieren."

Kapitel 17 – A.D. 1355

Kindergeschrei erfüllte die Schlafkammer von Johann und Magdalene Merseburger. Die junge Frau hielt ihren erstgeborenen Sohn in ihren Armen, und der stolze Vater saß neben ihrem Bett und sah bewundernd und voller Liebe auf das kleine, schreiende Bündel.

Die Geburt war reibungslos verlaufen, ja, fast wie von selbst. Die Hilfe der Wehfrau wäre gar nicht nötig gewesen, so einfach war es gewesen. Der Junge war robust und kräftig, und genauso verhielt er sich jetzt auch.

Johann war selig. Der Stammhalter war da, das Weingut Merseburger würde also auch in der nächsten Generation von einem Merseburger geleitet werden. Sie ließen ihn taufen auf den Namen ‚Konrad‘. Johann hatte seinen älteren Bruder nicht vergessen.

Derweil begann Gertrude, die Ereignisse aufzuschreiben. Der Gedanke war ihr in einer Anwandlung sentimentaler Gefühle gekommen, als sie eines Abends in den Aufzeichnungen ihres Bruders Konrad blätterte. Sie hatte sie seinerzeit mitgenommen, als sie und Johann das Haus ihrer Muhme Sieglinde verlassen mussten. Seit dieser Zeit hatte sie das Geschreibsel des Bruders, das keinen sinnvollen Zusammenhang ergab, als Andenken an ihn verwahrt.

Gelegentlich las sie in den Notizen ihres Bruders, und dabei war ihr die Idee gekommen, etwas Zusammenhängendes niederzuschreiben und nicht bloß Notizen zu machen, so wie er es getan hatte. Zeit und Muße hatte sie dafür am Abend, wenn Hildegard, ihr kleines Mädchen und alle Gäste versorgt waren und Ruhe einkehrte im Gasthaus. Dann zog sie sich in ihre Kammer zurück, in der sie nunmehr allein lebte, jetzt, nachdem Volker von Wiegeland gegangen war.

Er hatte sich schon lange nicht mehr blicken lassen, und Gertrude bezweifelte, dass er je zu ihr und seinem Kind zurückkehren würde. Also hatte sie damit begonnen, sich ihr Leben ohne den Ehemann einzurichten. Besonders schwer fiel ihr das nicht, denn die Sorge um ihr kleines Mädchen, das noch immer recht schwächlich war und die Arbeit im Gasthaus, die schier kein Ende nehmen wollte, ließen ihr kaum Zeit, über ihr Schicksal nachzudenken.

Nur am Abend, wenn sie beschloss, ihren Arbeitstag zu beenden, die Lichter im Haus zu löschen und hinaufzusteigen in ihre Kammer, dann wurde ihr mit einem Mal bewusst, wie allein sie doch war. Doch gab sie diesem Gefühl nicht lange nach, sondern setzte sich an den Tisch, den sie in ihre Kammer hatte hineinschaffen lassen, und widmete sich ihren Aufzeichnungen.

Johann wusste davon, wie seine Schwester ihre Abende verbrachte, und er unterstützte sie in ihrem Tun. Manche Begebenheit, die in Gertrudes Aufzeichnungen einfloss, hatte er ihr erzählt. Weil er sie für bemerkenswert hielt oder für besonders lustig oder für besonders traurig, auf jeden Fall für etwas, das es wert war, aufgeschrieben zu werden.

Begonnen hatte Gertrude ihren Bericht mit dem Tag, an dem sie und ihr Bruder von ihrer Muhme Sieglinde aus dem Haus gewiesen worden waren. Diese Erinnerungen an die Zeit in Koblenz, die Flucht vor der Pest und den Neuanfang im Kurmainzischen schrieb sie dann nieder und ergänzte sie nach und nach, wenn ein Tag vergangen war, ohne dass sich etwas Bemerkenswertes, Aufzeichnungswürdiges ereignet hatte. Eine stattliche Anzahl an eng beschriebenen Blättern war auf diese Weise bereits zusammengekommen. Bald würden es so viele sein, dass es sich lohnte, sie zu einem Buchbinder zu bringen, um ein Buch daraus machen zu lassen.

***

Das Glück, das Gertrude und Johann Merseburger an jenem Tag getroffen hatte, als der Gewürzhändler und Ratsherr Giselher von Raesfeld sie bettelnd vor der Kirche ‚Unserer lieben Frau' zu Koblenz angetroffen und daraufhin in seinem Haus aufgenommen hatte, blieb den Geschwistern treu. Weingut und Gasthaus warfen gute Gewinne ab, die ihnen ein sorgenfreies Leben ermöglichten. Auch die beiden Kinder, Hildegard und Konrad, entwickelten sich prächtig. Von dem kleinen Konrad war das nahezu erwartet worden, denn er war ja schon von Anfang an ein starker Bursche gewesen. Aber auch seine Cousine, Hildegard, wurde langsam kräftiger.

Ihr Onkel Johann ersetzte ihr den Vater, denn von Volker von Wiegeland hörten und sahen sie nie wieder etwas. Erst Jahre später sollte Johann bei einem seiner Besuche in Mainz von einem Rheinschiffer die Nachricht erhalten, das sein Schwager tatsächlich der Dombauhütte in Köln beigetreten sei und einige Zeit später durch eine Unachtsamkeit von einem hohen Baugerüst gefallen und zu Tode gestürzt war.

Gertrude nahm die Botschaft vom Unfalltod ihres Gemahls mit einigem Gleichmut auf. Ja, sie hatte den Baumeister Volker von Wiegeland einst geliebt, im Grunde tat sie das immer noch, aber diese Liebe hatte sich mit den Jahren abgeschwächt, und sie vermisste ihn nicht mehr sehr. Als Wirtin eines belebten und beliebten Gasthauses hatte sie ihre eigene Aufgabe gefunden.

Gertrude Merseburgers Name war bekannt in der ganzen Gegend und bei den Händlern und Reisenden im Land. Für gutes Geld konnte man bei ihr einkehren und wurde mit einer sauberen Unterkunft und gutem, reichhaltigem Essen versorgt. Allzeit friedlich ging es zu in ihrer Schenke, denn Raufbolden, Radaubrüdern und anderem Gesindel wies sie energisch und nachdrücklich die Tür. Ihre kräftige Statur mit zwei starken Armen und auch die Stammgäste, aus deren großer Zahl sich immer einige im Gasthaus Merseburger aufhielten, halfen ihr dabei.

***

Zu Konrad und seiner Base Hildegard gesellten sich mit den Jahren zwei weitere Kinder. Beide waren Mädchen, sehr zur Freude von Johann und Magdalene, denen es damit erspart blieb, eins ihrer Kinder an den Großvater abgeben zu müssen, wie es die Abmachung war zwischen Johann und seinem Schwiegervater. Der war darüber alles andere als glücklich, aber es gab nichts, was er dagegen tun konnte. Der Allmächtige hatte es offensichtlich in seiner Weisheit so beschlossen, und Nikolaus Assmann, der alte Winzer, musste es hinnehmen.

Gertrude Merseburger und ihre Schwägerin, Magdalene Assmann übernahmen gemeinsam die Erziehung der vier Kinder. Jedes von ihnen musste Lesen, Schreiben und Rechnen lernen und zwar so gründlich, dass sie es allesamt mühelos beherrschten. Ansonsten wurde der kleine

Konrad zur Mitarbeit auf dem Weingut angehalten, sobald er sechs Jahre alt geworden war. Die Mädchen hingegen arbeiteten mit in den Ställen und im Gasthaus, nachdem sie das richtige Alter dafür erreicht hatten.

Mit den Jahren übernahm Gertrudes Tochter Hildegard das Weiterführen der Aufzeichnungen über die Ereignisse, die sich auf dem Gut und um es herum zutrugen. Sie wurden schließlich zu einem zweiten Buch gebunden. Ein drittes Buch gab es dann allerdings nicht mehr, denn die Söhne, die Hildegard bekommen sollte, hatten keinen Sinn für das Niederschreiben der Familienchronik. Trotzdem hielten sie die beiden Bücher, die ihre Mutter und ihre Großmutter verfasst hatten, hoch in Ehren. Und auch in den nachfolgenden Generationen änderte sich das nicht. Selbst die losen Blätter mit den Notizen des verschollenen Konrad Merseburger blieben dem ersten der beiden Bände beigefügt.

Kapitel 18 – A.D. 2013

Sie fuhren die kurze Strecke bis zur ‚Wohnwerft' an der südlichen Rheinpromenade. Dort besaß Hildegard Merseburger eine Wohnung, aus deren Wohnzimmer man auf den Rhein hinausschauen konnte. Elisabeth und Konrad sahen sich staunend um.

„Hier wohnst Du?", fragte Konrad.

Seine Mutter lachte. „Ja, hier wohne ich, Konrad. Etwas komfortabler als seinerzeit in Koblenz, in dem kleinen Haus bei der Kastorkirche."

Sie führte ihren Sohn und seine Gefährtin durch die Wohnung.

„Leider gibt es nur ein Gästezimmer", erklärte sie. „Das werdet Ihr Euch teilen müssen. Aber das wird Euch doch hoffentlich nichts ausmachen, oder?"

Elisabeth schüttelte lächelnd den Kopf. „Nein, das macht uns nichts aus. Manchmal machen wir das auch in Aachen. Dann besucht mich Konrad in meinem Zimmer, oder ich gehe zu ihm. Wenn es etwas gibt, über das wir reden wollen und das niemand sonst hören soll."

„Na, dazu werdet Ihr ja dann bei mir reichlich Gelegenheit haben. Also, jetzt packt erstmal Eure Sachen aus, und dann kommt rüber ins Wohnzimmer. Ich habe einen kleinen Imbiss vorbereitet."

Damit ließ sie die beiden allein.

Das Auspacken ging schnell, viel hatten sie ja nicht mitgebracht für die paar Tage, die sie in Köln bleiben wollten. Da die Wohnung gut geheizt war, tauschten sie ihre Wintersachen gegen dünnere Kleidung. Es war das erste Mal, dass sie sich zusammen umzogen. Merkwürdigerweise machte es ihnen gar nichts aus. Natürlich beobachteten sie einander. Aber sie schämten sich nicht. Elisabeth schenkte Konrad sogar ein kleines Lächeln, als sie bemerkte, dass er sie ansah.

„Gefalle ich Dir?", fragte sie kokett.

Konrad lächelte zurück und nickte heftig. „Sehr sogar."

Sie gab ihm einen Kuss auf die Wange. „Du mir auch, Du Fackelträger", flüsterte sie.

Er nahm sie in die Arme. Eine ganze Weile standen sie so beisammen und sahen auf den Rhein hinaus, auf dem langsam die Schiffe vorbeifuhren.

„Wie riesig die Schiffe sind", meinte Konrad. „Es muss ewig dauern, sie zu beladen. Und viele, kräftige Männer werden dazu gebraucht werden. Ich kann mir das gar nicht vorstellen."

„Ach Konrad", seufzte Elisabeth und drückte ihm einen kleinen Kuss auf die Lippen, „es gibt so vieles, das wir uns nicht vorstellen können." Eilig zogen sie sich fertig an und gingen hinüber ins Wohnzimmer.

***

Während sie bei Kaffee und Kuchen zusammensaßen, sprachen sie über das bevorstehende Weihnachtsfest.

„Dass es ein besonderes Fest ist, das wisst Ihr ja auch", sagte Hildegard Merseburger. „Aber wie es jetzt gefeiert wird, das wisst Ihr nicht. Viel Besinnliches ist jedenfalls nicht mehr daran. Für viele Leute ist es einfach nur ein gewaltiger Rummel."

Wie recht sie damit hatte, erkannten Elisabeth und Konrad später am Abend, als sie über den Weihnachtsmarkt schlenderten, der auf dem Heumarkt aufgebaut war. Obwohl, die kleinen Hütten aus Holz erinnerten sie schon noch ein wenig an die Zeit, aus der sie gekommen waren.

Leider gab es keinen Schnee. Im Gegenteil, für einen Tag in der zweiten Dezemberhälfte war es mit etwa acht Grad Celsius sogar sehr mild. Die Temperaturskala kannten sie inzwischen, also wussten sie, was auf dem großen Display an der Straßenbahnhaltestelle angezeigt wurde. Zum Glück hatte der Nieselregen aufgehört, der den ganzen Nachmittag über gefallen war. Sterne waren trotzdem keine zu sehen, denn der Himmel war wolkenverhangen.

Trotz des milden Wetters gönnten sie sich an einer der Hütten einen Fruchtpunsch. Glühwein zu verlangen, hatte sich Hildegard Merseburger nicht getraut. Dazu waren die Kinder einfach noch zu jung, obwohl sie wusste, dass ihnen beiden der Genuss von heißem, gewürztem Wein nicht unbekannt war. Zu ihrer Zeit war es nichts Ungewöhnliches, ein solches Getränk zu besonderen Anlässen auch in ihrem Alter schon zu sich zu nehmen. Und das Weihnachtsfest war allemal ein solch besonderer Anlass.

Was allerdings so gar nicht zum Fest der Geburt des Herrn passen wollte, war der Rummel, der auf diesem Markt veranstaltet wurde. Dass sich Kinder aus freien Stücken auf ein Gestell setzten, das sich unablässig im Kreis drehte, wollte ihnen nicht in den Kopf. Wo sollte dabei das Vergnügen sein? Und, vor allem, was hatte das mit Weihnachten zu tun? Und wie sollten auch die bunten Luftballons dazu passen, die viele von ihnen in den Händen hielten? Was ‚Luftballons' waren, musste Konrads Mutter ihrem Sohn und seiner Gefährtin erst erklären. Was sie waren, verstanden sie schnell, wozu sie gut waren hingegen nicht. Und erst recht zum Weihnachtsfeste.

Am Ende ihres Rundganges kauften sie ein. Lebkuchen und Printen, Spekulatius, Nüsse, Mandeln und einen großen Nikolaus aus Schokolade für jeden. Was Schokolade war, wussten Elisabeth und Konrad inzwischen auch, was die Figur bedeutete, hingegen nicht.

„Eigentlich stellt die Figur den heiligen Nikolaus dar, dessen Namensfest am sechsten Dezember gefeiert wird, wie Ihr wisst", erklärte die Mutter. „Heutzutage allerdings redet man bei dieser Figur eher vom ‚Weihnachtsmann', der den Kindern angeblich die Geschenke bringt."

„Was für Geschenke?", fragte Konrad neugierig.

„Das verrate ich Euch am Heiligen Abend", antwortete sie geheimnisvoll.

***

Am Tag vor dem Weihnachtsfest, gleich nach dem Frühstück, begann Hildegard Merseburger allerlei Schachteln und Päckchen hervorzukramen. Bunte Kugeln waren darin und Lichterketten, deren Leuchten wie Kerzen aussahen.

„Das ist die Dekoration für den Weihnachtsbaum", erklärte sie und fügte gleich auch hinzu, um was es sich bei diesem ‚Weihnachtsbaum' handelte, denn natürlich hatten Elisabeth und Konrad noch nie davon gehört. Gewundert hatten sie sich zwar schon über die vielen abgeholzten Fichten, die man rund um den Weihnachtsmarkt aufgestellt und mit Lampen versehen hatte. Nach deren Bedeutung hatten sie allerdings nicht gefragt.

So vieles gab es, was sie sahen und dessen Sinn und Nutzen sie nicht kannten. Jedes Mal darüber Auskunft zu verlangen hätte bedeutet, dass sie den ganzen Tag mit Fragen beschäftigt gewesen wären. Anfangs hatten sie es getan und Beate und Lukas damit an den Rand ihrer Geduld gebracht. Inzwischen nahmen sie die meisten Dinge einfach nur zur Kenntnis. Und machten die Erfahrung, dass sich ihnen vieles mit der Zeit von selbst erschloss.
Dann ließ die Mutter die beiden allein. Es gäbe noch einiges zu besorgen, meinte sie.
Eine Stunde später kam sie zurück und brachte eine Fichte mit, die so groß war, dass sie sie kaum alleine tragen konnte.
„Das ist unser Weihnachtsbaum", erklärte sie.
Mit Konrads Hilfe schaffte sie es, den Baum in einen dafür vorgesehenen Ständer zu stellen und vor der großen Fensterfront ihres Wohnzimmers zu platzieren.
„So kann man ihn von außen auch sehen", meinte sie, „und wer heraufschaut, kann sich daran freuen."
Zu dritt schmückten sie den Baum. Elisabeth und Konrad hatten ihren Spaß dabei. Nur wo darin die Verbindung zum Geburtsfest des Heilandes zu finden war, erschloss sich ihnen nicht.
„Es ist eben eine alte Tradition", sagte Konrads Mutter abschließend. „Seit vielen Jahrhunderten gehört zu Weihnachten auch ein Weihnachtsbaum. Und ich habe es mir angewöhnt, dieser Tradition zu folgen."
Mit dem Sechs-Uhr-Läuten schaltete Hildegard Merseburger die Beleuchtung ihres Weihnachtsbaums ein. Elisabeth und Konrad standen stumm vor der geschmückten Fichte und ließen sich von deren Glanz verzaubern.
„Und nun folgen wir einer weiteren Tradition", sagte Hildegard Merseburger schließlich, ging hinüber in ihr Schlafzimmer und kam kurz darauf mit einigen Päckchen zurück, die sie unter den Weihnachtsbaum drapierte.
„Das sind Eure Weihnachtsgeschenke", erklärte sie. „Die für Dich, Konrad, sind in blauem Papier eingepackt und die für Dich, Elisabeth,

in rotes. Und bevor Ihr anfangt, sie auszupacken, will ich Euch noch sagen, was es mit diesen ‚Weihnachtsgeschenken' auf sich hat."
Staunend folgten die beiden ihren Erläuterungen. Sie erfuhren, was es in diesem Zusammenhang mit dem heiligen Nikolaus, dem ‚Christkind' und den Heiligen Drei Königen in ihrem und in anderen Ländern auf sich hatte. All das war ihnen vollkommen neu.
Dann machten sie sich daran, die Geschenke auszupacken. Viele waren es nicht, nur zwei für jeden von ihnen. Aber es waren wertvolle Geschenke. Je eine Armbanduhr und einen Tablet-PC. Letzteren betrachteten sie beide mit gemischten Gefühlen. Zwar kannten sie diese Geräte, Beate und Lukas besaßen sie auch, aber sie hielten sie immer noch für ‚Teufelszeug'. Bislang hatten sie sich beharrlich geweigert, sie zu benutzen, und nun besaßen sie sie sogar selbst.
Hildegard Merseburger lachte, als sie sah, wie die beiden die Tablets vorsichtig und mit spitzen Fingern berührten.
„Ich weiß, Ihr haltet das immer noch für ‚Hexenwerk'. Aber das ist es nicht, das werdet Ihr schon merken. Und in dieser Zeit muss man lernen, damit umzugehen. Heutzutage gehört so etwas zum Leben dazu."
Später, als sie gemeinsam beim Abendessen saßen, legte Konrad die Hand auf den Arm seiner Mutter. „Jetzt haben *wir* von Dir diese Weihnachtsgeschenke bekommen, aber für *Dich* haben wir gar nichts."
„Das habe ich auch nicht erwartet, mein Sohn", antwortete sie und strich ihm sanft über den Kopf. „Woher hättet Ihr auch wissen sollen, dass es so etwas überhaupt gibt? Abgesehen davon, die Tatsache, dass ich Dich, eins meiner Kinder, überhaupt wiedergefunden habe, ist schon mehr als genug an Geschenken. Denn das hatte ich niemals zu hoffen gewagt. Und es ist schon ein Wunder, dass es überhaupt passiert ist."

***

Eine Stunde vor Mitternacht betraten sie den Dom. Was jetzt folgte, war Elisabeth und Konrad wohlbekannt. Denn zur Christmette waren sie auch in ihrer Zeit schon gegangen. Damals in die Kirche ‚Unserer lieben Frau' zu Koblenz, jetzt in die hohe Domkirche des Erzbistums Köln.

Eine ganze Stunde lang verharrten sie dort im Gebet und im Angedenken an all das, was ihnen widerfahren war seit jenem Tag, an dem sie verbotenerweise in der Höhle vor dem Gewitter Schutz gesucht hatten. Sie dachten an alle, die sie gekannt und zurückgelassen hatten in einer Zeit, die jetzt über sechshundert Jahre zurücklag.

Konrad an seine Geschwister und seinen Vater, der durch das Rad gerichtet worden war, und an seine Muhme Sieglinde, die ihnen nach dem Verschwinden der Mutter widerwillig Zuflucht gewährt hatte. Auch an seine Kameraden dachte er, die mit ihm als Fackelträger im nächtlichen Koblenz unterwegs gewesen waren. Etwas, das in der jetzigen Zeit überflüssig geworden war, weil es nächtens keine Dunkelheit mehr gab in den Städten.

Elisabeth dachte an ihre Eltern, ihre schwermütige Mutter und den Vater, der ihr damals so unermesslich reich vorgekommen war durch seinen Handel mit den teuren und seltenen Gewürzen, die man heutzutage für wenig Geld und in jeder Menge in jedem Supermarkt kaufen konnte. Mit dem Gewürzhandel wäre er wohl jetzt kaum noch so reich und bedeutend geworden wie zu jener Zeit.

Dafür aber wohl als Kleidermacherin, wie man am Beispiel von Konrads Mutter eindrucksvoll sehen konnte. Ihre ‚Collection MerMo', was für ‚Merseburger-Mode' stand und die an die Kleidermode der alten Zeit angelehnt war, verkaufte sich wie verrückt. Sie war ein riesiger Erfolg und hatte der einst so armen und unbedeutenden Kleidermacherin Hildegard Merseburger Ruhm und Reichtum beschert.

Die restliche Zeit bis zum Beginn der Christmette verbrachten die drei mit dem Rosenkranzgebet. Das war ihnen schon aus ihrer Zeit bekannt. Elisabeth hatte es bei den Beginen kennen gelernt und Konrad bei den Mönchen des Kartäuserklosters. Einen Rosenkranz hatte ihm und Elisabeth seine Mutter vor dem Betreten des Doms zugesteckt. Sie selber besaß den ihren schon seit langem. Sie hatte ihn von den Mönchen im Kloster Marienstatt bekommen.

Pünktlich um Mitternacht begann die Feier der Christmette, die vom Erzbischof des Erzbistums Köln, Joachim Kardinal Meisner zelebriert wurde. Es war das erste Mal, dass Elisabeth und Konrad einen so hohen Kirchenfürsten von Angesicht zu Angesicht sahen, und sie waren von der Erscheinung dieses würdigen, alten Herren beeindruckt. Immer noch war ein Kardinal ein mächtiger Mann, vor allem, wenn er, wie dieser, einer ganzen Kirchenprovinz vorstand. Allerdings beschränkte sich nunmehr seine Macht nur noch auf die ‚Heilige Römische Kirche'. Ein weltlicher Kurfürst wie einst Balduin vom Luxembourg, der darüber hinaus noch die Herrschaft über eines der sieben Kurfürstentümer des ‚Heiligen Römischen Reiches Deutscher Nationen' ausübte, war der Kardinal nicht mehr. Das war nicht einfach zu verstehen für Elisabeth und Konrad.

***

Den Weihnachtsfeiertag verbrachten die Zeitreisenden gemeinsam in der Wohnung von Konrads Mutter. Zum großen Teil verbrachten sie ihn damit, sich unter Hildegard Merseburgers Anleitung mit den Funktionen ihrer neuen Tablet-PCs vertraut zu machen, vor denen sie im Laufe dieses Tages ihre Scheu und Abneigung mehr und mehr verloren. Am zweiten Feiertag, dem Tag des heiligen Stephanus, besuchten sie die Frühmesse im Dom. Dann machten sie sich auf den Weg nach Frankfurt.
Erstmals sahen sie aus der Nähe, was sie bisher nur hoch oben am Himmel beobachtet und für eine Art von seltsamen Vögeln gehalten hatten: Flugzeuge. Die enormen Maschinen, die in steter Reihenfolge landeten, über das riesige Areal des Flughafens rollten und schließlich wieder starteten, empfanden sie als bedrohlich und furchteinflößend. Und doch sollten sie in eine von ihnen einsteigen. So hatte Konrads Mutter es bestimmt.
In dem Moment, als sie es sagte, hatten sie nichts dagegen einzuwenden gehabt. Wie auch, sie hatten ja keine Ahnung von dem, was da auf sie zukommen würde. Als es dann aber tatsächlich so weit war, wären sie am liebsten davongelaufen. So schnell und so weit wie möglich. Wie paralysiert waren sie und ließen das Prozedere vor dem Abflug, durch

das Hildegard Merseburger sie hindurchlotste, wie in Trance über sich ergehen.

Dann standen sie plötzlich in einem Bus. Das war beruhigend, denn das kannten sie bereits. Busfahren war ihnen inzwischen zur alltäglichen Routine geworden. Allerdings änderte sich das, als der Bus von den Straßen, die unterhalb des Terminalgebäudes verliefen, hinaus auf das Vorfeld fuhr. Wieder waren da die riesigen Flugzeuge, viel näher nun und auch viel lauter als vom Terminal aus betrachtet, aus der Ferne, wo große, dicke Glasscheiben den Lärm der Triebwerke dämpften.

Die Furcht kam zurück, doch gnadenlos wurden sie aus dem Bus hinausgedrängt und hin zu der Treppe, die man hinaufsteigen musste, um in dieses fliegende Ungetüm hineinzukommen. Wie groß es wirklich war, sahen sie nach dem Einsteigen. Sechs Leute hatten nebeneinander Platz und mehr als dreißig hintereinander. Das Staunen löste ihre Furcht ab.

Die kam erst wieder zurück, als das Dröhnen der Triebwerke lauter und lauter wurde und das Flugzeug immer schneller werdend über eine graue, glatte Bahn hinwegstürmte. Und sie war am größten, als es sich plötzlich von dieser Bahn löste und steil in den Himmel stieg. Eine kurze Zeit lang konnten sie noch sehen, was unter ihnen zurückblieb, kleiner und kleiner werdend, dann verschluckte wabernder, grauer Nebel jedes Bild.

Sie befanden sich tatsächlich in den Wolken, die sie sonst nur von unten hatten sehen können und von denen sie sich nicht hatten vorstellen können, dass man einfach so durch sie hindurchfliegen konnte, ohne Schaden zu nehmen.

Bevor sie sich jedoch im Klaren waren, was das bedeutete, waren sie auch schon durch die Wolken hindurch, und es umfing sie gleißender Sonnenschein und ein tiefblauer Himmel. Nichts mehr war zu sehen von einem trüben Wintertag. War es ein Wunder, oder war es Hexenwerk? Sie wussten es nicht. Und sie bemerkten auch nicht, dass ihre Furcht von ihnen abgefallen war. Zu sehr waren sie mit Staunen beschäftigt.

Und das Staunen nahm kein Ende. Im Gegenteil, es steigerte sich noch, als plötzlich Felsen unter ihnen auftauchten, die aus den Wolken herausragten und die wie kleine Berge auf den Wolken zu tanzen schienen. Konrads Mutter erklärte ihnen, dass es sich um die Berggipfel der Alpen handelte, auf die sich die Wolken niedergelassen hatten. Elisabeth fragte sich, über welchen Pass zwischen diesen Bergen hindurch ihr Vater wohl gezogen sein mochte, auf seinem Weg nach Venedig und wieder zurück. So schnell wie sie jetzt darüber hinwegflogen, war er wohl kaum vorangekommen. Nun konnte sie es plötzlich auch verstehen, dass es nur eine gute Stunde dauern sollte, um von Frankfurt nach Venedig zu kommen.

***

Mit einem Motorboot-Taxi ließen sie sich vom Flughafen in die Lagunenstadt bringen. Weder Elisabeth noch Konrad hatten eine Vorstellung davon, was sie erwarten würde. Die Fahrt mit dem schnellen Boot war jedenfalls einmal mehr etwas Neues für sie. Ängstlich klammerten sie sich an die Reling. Was sie allerdings nicht daran hinderte, sich dennoch so gründlich umzusehen, wie es die hohe Geschwindigkeit erlaubte.

Elisabeths Vater hatte seiner Tochter davon berichtet, dass Venedig eine Stadt sei, die man zu einem Teil ins Wasser gebaut habe. Wie das aber aussehen würde, hatte sie sich nicht vorstellen können. Jetzt verstand sie, wovon ihr Vater gesprochen hatte.

Sie sahen, dass die Häuser, die zu beiden Seiten der Kanäle aus dem Wasser ragten, alt waren. Elisabeth fragte sich, ob ihr Vater diese Häuser schon genau so gesehen hatte? Ob er überhaupt mit einem Boot über die Kanäle gefahren war? Mit einem Motorboot jedenfalls nicht, soviel war schon mal sicher. Vielleicht aber mit einem jener merkwürdig geformten Boote, die Konrads Mutter ‚Gondeln' nannte und die von seltsam bekleideten Männern mit langen Stangen vorwärtsgeschoben wurden.

Und wo war eigentlich der Hafen, von dem er gesprochen hatte, in dem die großen Schiffe aus fernen Ländern ankamen, die, neben vielen anderen Waren, die kostbaren Gewürze mitbrachten, die er hier eingekauft hatte? Seinem Bericht nach musste es ein großer Hafen sein, doch war weit und breit nichts davon zu sehen.
Elisabeth fragte Konrads Mutter danach.
„Sobald wir unsere Sachen in unsere Zimmer gebracht haben, werden wir hingehen und ihn uns ansehen", antwortete sie. „Aber erwarte nicht zu viel davon. Der Hafen von Venedig hat heute längst nicht mehr die Bedeutung, die er hatte, als Dein Vater hierhergereist ist."
Hildegard Merseburger hatte für sie Zimmer in einem großen Hotel in der Nähe des Markusplatzes reserviert. Wieder etwas, das Konrad und Elisabeth in Erstaunen versetzte.
„Was ist das hier?", fragte Konrad, während er sich in der großzügigen Eingangshalle des Hotels umsah.
„Früher nannte man ein solches Haus ein Gasthaus oder eine Herberge. Heute nennt man es ‚Hotel'. Der Zweck ist jedoch der gleiche geblieben. Als Fremder kommt man hierher, um hier zu wohnen und um etwas zu essen zu bekommen. So wie wir das jetzt machen. Und dafür muss man später bezahlen."
Konrad kannte sich aus mit Gasthäusern. Oft hatte er als Fackelträger seine Kunden, wenn diese mehr getrunken hatten, als ihnen guttat, in die Schlafkammern der Koblenzer Gasthäuser begleitet. Was er hier allerdings sah, hatte damit nicht das Geringste zu tun. Die Gelasse, in denen jene nächtigten, lagen meist auf den Dachböden der Gasthäuser. Sie waren dicht an dicht mit Strohsäcken ausgelegt, damit möglichst viele Übernachtungsgäste hineinpassten. War man vermögend, konnte man auch kleinere Kammern bekommen, die man zu zweit oder gar allein bewohnte. Aber auch diese waren spartanisch eingerichtet.
Im Gegensatz dazu war das Zimmer, das er sich mit Elisabeth teilen sollte, geradezu palastartig groß und so luxuriös eingerichtet, als solle es einem König als Obdach dienen. Keinesfalls aber der bürgerlichen Tochter eines Gewürzhändlers oder gar einem mittellosen Fackelträger. Elisabeth war von der Pracht des Raumes ebenso überrascht wie ihr Gefährte.

„Und hier sollen wir wirklich wohnen?", fragte sie fassungslos.
„Ja, das ist Euer Zimmer", antwortete Konrads Mutter, die ihnen die Zimmertür geöffnet hatte, da sie natürlich mit der Schlüsselkarte, die man ihnen am Empfang ausgehändigt hatte, nicht umzugehen wussten.
„Ist das nicht sehr unangemessen für solche wie uns?", fragte Konrad.
Seine Mutter lachte. „Nein, das ist es ganz und gar nicht, mein Sohn. Ihr beide seid das Wertvollste, was ich habe und je gehabt habe, und daher habe ich es für *sehr* angemessen gehalten, Euch so unterzubringen."
Sie drückte Konrad die Schlüsselkarte in die Hand. „So, verlier die bitte nicht", ermahnte sie ihn. „Wie Du gesehen hast, ist das der Schlüssel zu Eurem Zimmer. Ohne diese Karte könnt Ihr die Tür nicht öffnen. Und jetzt schlage ich vor, dass Ihr Euch ein wenig frisch macht, und dann treffen wir uns in einer halben Stunde unten in der Halle."
Hildegard Merseburgers Geduld wurde indes auf die Probe gestellt, denn Konrad und Elisabeth erschienen keineswegs nach der zugestandenen halben Stunde. Es hatte mehr Zeit als erwartet gekostet, sich in dem großzügigen Hotelzimmer umzusehen. Allemal, nachdem die beiden das Badezimmer entdeckt hatten, das neben einer Dusche, die sie schon kannten, auch über eine Badewanne verfügte. So etwas ähnliches war ihnen zwar auch bekannt, aber nicht in dieser Form und Größe, denn mit den hölzernen Zubern, wie man sie zu ihrer Zeit benutzte, um sich darin zu säubern, hatte dieses Gefäß nichts zu tun. Spontan wünschten sie sich beide, es gelegentlich ausprobieren zu können. Aber natürlich sprachen sie nicht darüber.
Und dann war da noch der Blick aus dem Fenster über die Dächer der uralten Lagunenstadt, der sie ebenfalls viel länger als erwartet gefangen nahm. Lange standen sie da und sahen hinaus. Konrad hatte den Arm um die Schultern seiner Gefährtin gelegt, und während sie schweigend nebeneinanderstanden, wurde ihm mit einem Mal bewusst, wie sehr er sie liebte.
Endlich tauchten die beiden in der Halle auf. Wie gewöhnlich Hand in Hand. Hildegard Merseburger lächelte, als sie ihren Sohn und seine hübsche Freundin sah. Was machte es da schon, wenn sie sich nicht an die Zeitvorgabe gehalten hatten? Sie hatten ja keine Eile, und sie hatte

sich die Zeit damit vertrieben, sich die Leute anzusehen, dabei an frühere Zeiten zu denken und einen hervorragenden Espresso zu trinken.

***

Wiederum mit einem Motorboot ließen sie sich hinüber zum Hafen bringen. Was sie dort sahen, hatte nichts mit dem zu tun, was Konrad aus früheren Zeiten von Koblenz her kannte, auch nicht mit dem, was er vom Balkon der Wohnung seiner Mutter in Köln gesehen hatte. Den Schilderungen von Elisabeths Vater entsprach dies hier ebenfalls nicht. Sie waren beide enttäuscht.
Buntes Treiben hatten sie erwartet, Schiffe die kamen und gingen, die beladen wurden oder aus denen man Waren und andere Ladung heraustrug. Das alles gab es hier nicht. Kein Schiff hatte an der zur Lagune liegenden Kaimauer festgemacht, und auch die beiden Hafenbecken waren leer, bis auf ein einziges, riesiges Schiff, das allerdings größer war als alles, was sie bisher an Schiffen gesehen hatten.
„Was ist das?", fragte Konrad seine Mutter, als ihr Bootsführer das kleine Motorboot an dem gigantischen Koloss von einem Schiff entlangsteuerte.
„Das ist ein Kreuzfahrtschiff, Konrad", antwortete sie. „Es befördert Passagiere, und zwar eine ganze Menge davon." Sie lachte. „Ich denke mal, alle Leute, die in dem Koblenz wohnten, das Ihr kennt, würden darauf Platz finden."
Damit hatte sie etwas gesagt, das einer ausführlichen Erklärung bedurfte, die die gesamte Zeit in Anspruch nahm, die sie für die Rückfahrt vom Hafen zu ihrem brauchten und die noch immer nicht beendet war, nachdem der Bootsführer sie an der kleinen Pier des Hotels abgesetzt hatte. Erst nachdem sie ein großes Glas jenes sprudelnden, dunklen Gebräus geleert hatten, das Beate und Lukas ihnen unter dem Namen ‚Cola' vorgestellt hatte, waren sie mit den Erklärungen Hildegard Merseburgers, den Hafen von Venedig, seine Bedeutung einst und jetzt betreffend einigermaßen zufrieden.

„So, Ihr Lieben", schloss sie ihre Erläuterungen schließlich ab. „Ich hoffe, Ihr habt jetzt eine ungefähre Vorstellung von den Dingen. Mehr will ich jetzt nicht dazu sagen, das würde Euch nur verwirren. Ihr solltet jetzt vielleicht in Euer Zimmer gehen und Euch ein wenig ausruhen. Um acht Uhr treffen wir uns zum Abendessen. Aber bitte seid diesmal pünktlich, denn ich habe im Restaurant einen Tisch bestellt."

***

„Ausruhen sollen wir uns", meinte Konrad, nachdem er die Zimmertür hinter ihnen geschlossen hatte. „Ich hab aber gar keine Lust, mich auszuruhen. Du?"
Elisabeth schüttelte den Kopf. „Nein, ich auch nicht. Aber hast Du eine andere Idee, was wir machen könnten?"
Konrad überlegte einen Moment. „Nein", sagte er dann, „habe ich nicht. Du vielleicht?"
Elisabeth druckste herum. „Ich würde gerne diesen riesigen Badezuber ausprobieren", antwortete sie schließlich, wobei sie den Blick verlegen zu Boden gerichtet hielt. „Nur leider hab ich niemanden, der mir dabei hilft."
„Vielleicht braucht man ja gar keine Hilfe, wenn man ihn benutzen möchte", meinte Konrad. „Das Wasser kommt aus der Wand, und man lässt es einfach in den Zuber hineinlaufen. Wenn genug drin ist, zieht man sich aus und setzt sich hinein. Das geht doch wohl auch ohne Hilfe, was meinst Du?"
Elisabeth zuckte die Achseln. Sie sah noch immer angestrengt zu Boden.
Konrad machte einen Schritt auf sie zu. „Aber wenn Du das willst, kann ich Dir vielleicht helfen."
„Schickt sich das denn?", entgegnete sie.
„Wahrscheinlich nicht. Aber haben wir nicht schon so vieles getan, was sich eigentlich nicht schickt, seitdem wir durch die Zeit gereist sind?"
Kurz zögerte sie noch, aber dann hob sie den Kopf und sah ihn an. „Du hast recht. Es schickt sich bestimmt nicht, aber ich will trotzdem, dass Du mir beim Baden hilfst. Komm."

Sie griff nach seiner Hand und zog ihn mit sich ins Badezimmer.
Eine Weile später saßen sie zusammen im angenehm warmen Wasser der Badewanne. Es war einfacher gewesen, als sie es sich vorgestellt hatten. Ein klein wenig verlegen waren sie beide schon, aber nicht sehr. Dazu kannten sie sich inzwischen zu gut. Jetzt fanden sie es einfach nur schön. Und lustig. Sie plantschten im Wasser und alberten herum.
Dann verlangte Elisabeth, dass Konrad sie waschen solle, so wie es die Mägde im Haus ihres Vaters immer getan hatten. Lange bitten musste sie ihn darum nicht. Eifrig machte er sich daran, seiner Gefährtin, nein, seiner Freundin, ihren Wunsch zu erfüllen. Anschließend war er an der Reihe. Elisabeth tat es von sich aus, ohne dass er sie erst darum bitten musste.
An diesem Abend lernten die beiden Zeitreisenden eine ganze Menge über sich und ihre Körper. Wobei sie diese Lektion weder als besonders schwierig oder anstrengend oder gar langweilig und ermüdend empfanden. Im Gegenteil.

***

Am folgenden Tag zeigte Hildegard Merseburger ihrem Sohn und seiner Freundin das, was wirklich sehenswert war in Venedig. Winterliches Schmuddelwetter konnte sie davon nicht abhalten. Zumal das, was sie hier, an der Küste des Mittelmeeres antrafen, wesentlich angenehmer zu ertragen war, als es das Winterwetter in der Heimat gewesen wäre. Entsprechend gut gelaunt zogen sie durch die engen Gässchen und ließen sich mit einer Gondel über die Kanäle fahren.
Die gute Laune hatte allerdings auch noch einen weiteren Grund. Zumindest bei Elisabeth und Konrad war das so. Nach der Premiere ihres ersten gemeinsamen Bades hatten sie mit Konrads Mutter zusammen ein vorzügliches Abendessen zu sich genommen und sich bald darauf zum Schlafen hingelegt. In das gemeinsame Bett und unter eine gemeinsame Decke, eng aneinandergeschmiegt, sodass sie die riesigen Dimensionen dieses Bettes bei weitem nicht ausnutzten. So etwas Ähnliches hatten sie zwar schon des Öfteren so gemacht, nur war es diesmal das

erste Mal, bei dem sie dabei auf jegliche Art der Nachtbekleidung verzichteten.

„Wenn wir schon gemeinsam baden, was ja nur ohne Kleider funktioniert, brauchen wir eigentlich auch keine, wenn wir gemeinsam ins Bett gehen", hatte Konrad gemeint und sein T-Shirt und die Boxershorts, die er üblicherweise zum Schlafen anzog, demonstrativ wieder weggelegt. Woraufhin sich auch Elisabeth ihres Nachthemdes entledigte und kichernd unter der Bettdecke verschwand.

Viel geschlafen hatten sie nicht in der vergangenen Nacht, denn viel zu schnell war die Zeit vergangen mit dem Austausch von Zärtlichkeiten. Trotzdem waren sie frisch und munter, als sie sich zur verabredeten Zeit mit Konrads Mutter zum Frühstück trafen. Und nicht zuletzt die riesigen Portionen, die sie dabei verdrückt hatten, trugen das ihre zur guten Laune bei.

So standen sie dann mit strahlenden Augen auf der Rialto Brücke und überlegten, ob Elisabeths Vater seinerzeit schon über sie hinweggeschritten sein mochte.

Hildegard Merseburger schüttelte den Kopf. „Nein, mit Sicherheit nicht", sagte sie. „Die Brücke, auf der wir jetzt stehen, wurde erst gegen Ende des sechzehnten Jahrhunderts erbaut. So lange dürfte Dein Vater wohl kaum gelebt haben."

„Die ‚Basilica di San Marco', so wie wir sie heute sehen, hat Dein Vater allerdings auch gekannt", erläuterte sie, als die drei später auf dem Markusplatz standen und die prächtige Fassade des Markusdoms bewunderten. „Nicht allerdings den Dogenpalast, so wie er jetzt aussieht. Es gab zwar damals schon einen Palast, in dem der Doge von Venedig residierte, aber der sah ganz anders aus. Und ob ihn Dein Vater jemals betreten hat, wage ich auch zu bezweifeln. Wir allerdings, wir können hineingehen und ihn uns ansehen, wenn Ihr wollt."

Natürlich wollten sie. Sie wollten sich alles ansehen, was es in Venedig zu sehen gab. Und da das eine ganze Menge war, wurde ihnen die Zeit, die sie in der Stadt verbrachten, nicht lang.

Kapitel 19 – A.D. 2014

Am zweiten Tag des neuen Jahres flogen Hildegard Merseburger, ihr Sohn Konrad und seine Gefährtin Elisabeth von Raesfeld zurück nach Deutschland. Das Wetter war ähnlich wie bei ihrer Abreise, ein trüber Tag, allerdings mit außergewöhnlich milden Temperaturen.
Da sie bereits am Vormittag schon wieder in Frankfurt gelandet waren, entschlossen sie sich, für die Rückfahrt nach Köln nicht die Autobahn zu benutzen, sondern die Strecke durch das Mittelrheintal, über Koblenz. Zwar planten sie nicht, in Koblenz Station zu machen, da es dort, wie sie bereits wussten, nur weniges noch gab, das sie an die Zeit erinnerte, aus der sie kamen. Trotzdem wollten sie noch einmal durch ihre Geburtsstadt hindurchfahren.
Hildegard Merseburger kannte das Rheintal im Jetzt und im Einst. Ein einziges Mal war sie seinerzeit hindurchgereist auf ihrem Weg von Italien, von wo sie stammte, nach Koblenz. Wie es hingegen jetzt dort aussah, war ihr einigermaßen gut bekannt. Immer wenn es ihre Zeit erlaubte, nahm sie diese Strecke.
Was ihr dabei allerdings noch niemals aufgefallen war, entdeckte ihr Sohn auf den ersten Blick. Ein stattliches Gasthaus auf der linken Rheinseite, auf ehemals kurmainzer Gebiet, ein prächtiges Fachwerkgebäude, das ganz so aussah, als sei es vor Jahrhunderten erbaut und seither mit viel Liebe und Sorgfalt erhalten worden.
„Sieh mal, Mama, da vorn steht ein Gasthaus, das den gleichen Namen trägt wie wir: ‚Gasthof und Weingut Merseburger‘."
Seine Mutter lachte. Sie sah auf die Uhr am Armaturenbrett. „Vielleicht sollten wir dort mal anhalten", schlug sie vor. „Zeit für ein Mittagessen wär's ja."
Auf dem Parkplatz neben dem Gasthof, der trotz seiner Größe recht gut gefüllt war, stellte sie ihren Porsche ab.
Im Restaurant herrschte allerhand Betrieb. Sie fanden einen Tisch in einer ruhigen Ecke. Sofort kam eine Kellnerin und fragte nach ihren Wünschen. Nachdem sie die Getränkebestellung aufgegeben hatte, fragte Hildegard Merseburger:

„Sagen Sie, gibt es in diesem Haus jemanden mit dem Namen ‚Merseburger' oder ist das nur eine alte Bezeichnung für Ihr Lokal?"
Die Bedienung schüttelte den Kopf. „Nein, das Haus gehört der Familie Merseburger, in deren Besitz es auch schon seit vielen hundert Jahren ist", antwortete die junge Frau nicht ohne Stolz. „Wir sind ein echtes Traditionshaus hier. Meines Wissens das einzige im Mittelrheintal, das auf eine derart lange Tradition zurückblicken kann."
„Das ist ja interessant", sagte Konrad. „Wissen Sie, wir heißen nämlich auch Merseburger, aber wir kommen ursprünglich aus Koblenz. Jetzt wohnen wir in Köln."
Die junge Frau setzte ihr Tablett auf dem Tisch ab und machte ein überraschtes Gesicht. „Tatsächlich? Na, das ist ja ein Zufall! Ich heiße Elisabeth Merseburger. Mein Bruder Jan und ich haben vor kurzem das Gasthaus von unserem Vater Konrad übernommen. Der hat sich nach vielen Jahren, in denen er das Haus geführt hat, jetzt zur Ruhe gesetzt."
Konrad setzte sich kerzengerade auf. „Wie heißen Sie, Elisabeth Merseburger?"
Die Frau nickte. „Ja, der Name hat in unserer Familie Tradition." Sie lachte. „Obwohl's recht altmodisch klingt, heißen die Mädchen Hildegard oder Gertrud oder Elisabeth und die Jungen Konrad oder Johannes. Eigentlich heißt mein Bruder auch so, aber er wird nur ‚Jan' gerufen."
Konrad wollte eine Antwort geben, aber seine Mutter legte ihm die Hand auf die Schulter. Er verstand das Zeichen und schwieg.
Stattdessen sagte sie: „Vielleicht bringen Sie uns erstmal etwas zu trinken. Und danach, schätze ich, haben wir eine Menge, worüber wir reden sollten. Mein Name ist nämlich Hildegard Merseburger, und das hier sind mein Sohn Konrad und seine Freundin Elisabeth von Raesfeld."

***

Sie mieteten sich in dem Gasthaus ein und blieben über Nacht. Am Abend saßen sie dann mit der Familie Merseburger in deren Wohnzimmer zusammen und erzählten.

Es war für die Merseburgers schwer, zu begreifen, was sie da hörten. Doch dann stand der alte Wirt des Gasthofs, Konrad Merseburger plötzlich auf, ging hinaus und kam wenig später zurück mit zwei dicken, uralten Büchern, die er vorsichtig auf dem Wohnzimmertisch ablegte.

Hildegard Merseburger, ihr Sohn Konrad und seine Gefährtin Elisabeth konnten es kaum glauben, was sie darin in ihrer alten, mittelhochdeutschen Sprache zu lesen bekamen. Bereitwillig übersetzten sie ihren Gastgebern, was darin geschrieben stand und was diese bislang nur bruchstückhaft zu entziffern vermocht hatten.

Es war eine Aufzeichnung der Ereignisse, die Konrads Geschwistern und Hildegards Kindern nach deren Verschwinden in dem geheimnisvollen ‚Tunnel der Zeit', dem ‚Time-Tunnel', wie Beate und Lukas ihn genannt hatten, widerfahren waren. Und so erfuhr auch Elisabeth von Raesfeld vom Schicksal ihrer Eltern, von ihrer Mutter, die der damals so fürchterlichen und unheilbaren ‚Seitenkrankheit' zum Opfer gefallen war, die man heute, so wie es bei Konrad geschehen war, als einfache Blinddarmentzündung diagnostizieren und mühelos heilen konnte und vom schrecklichen Schicksal ihres Vaters, der ein Opfer der Pestseuche geworden war, die seinerzeit die Stadt Koblenz heimgesucht hatte.

Bittere Tränen vergoss das Mädchen darüber, und ihrem Gefährten, Konrad, dem Fackelträger, und seiner Mutter, Hildegard, der Kleidermacherin, gelang es nur mit Mühe, es zu trösten.

Um so vieles erfreulicher war hingegen das Schicksal der beiden anderen Merseburger-Kinder, Gertrude und Johann, deren Nachkommen sich noch nach mehr als sechshundert Jahren hatten finden lassen. Mitsamt den Aufzeichnungen, die Gertrude Merseburger einst niedergeschrieben hatte und die von Generation zu Generation weitergegeben und stets sorgfältig verwahrt worden waren, obwohl schon seit langem niemand der Merseburger sie mehr zu lesen und zu verstehen vermocht hatte.

Die größte Überraschung aber wartete auf Konrad ganz zum Schluss, als er die beiden Bücher schon weglegen wollte. Er ging etwas unachtsam damit um, und so fielen einige Blätter heraus, die sich wohl aus dem uralten Einband gelöst haben mochten.

Doch so war es nicht.

Bei genauerem Hinsehen erkannte er, dass dies keine Seiten des Buches gewesen waren, denn die Größe der Blätter war nicht die gleiche und auch die Handschrift war eine ganz andere.

Es war seine eigene Handschrift.

Was Konrad in seinen Händen hielt, waren die Zettel mit den Aufzeichnungen, die er als Kind gemacht hatte. Mehr als sechshundert Jahre war alt, was er damals mit krakeliger Kinderschrift niedergeschrieben hatte. Ungläubig und fasziniert hörten die anderen ihm zu, als er daraus vorlas und dabei erklärte, was für ihn Grund und Anlass gewesen war, zu bestimmten Ereignissen Notizen niederzuschreiben.

„Sicherlich wäre das heutige ein ebensolches Ereignis, das es mir wert gewesen wäre, darüber etwas aufzuschreiben", sagte er lachend, nachdem er die Blätter zurück in das Buch gelegt hatte.

Das Ereignis, das drei Zeitreisende in das Haus ihrer Nachkommen geführt hatte, in das Gasthaus und auf das Weingut Merseburger, einst ein Lehen des Kurfürsten und Erzbischofs zu Mainz, erbaut von dem Baumeister Volker von Wiegeland, das dem jungen Johann Merseburger, fast einem Kind noch, durch die Fürsorge und die weise Voraussicht des Gewürzhändlers und Ratsherren der Stadt Koblenz, Giselher von Raesfeld, zugefallen war.

Detlef Wolf

Jg. 1953, verheiratet, 2 Kinder, 2 Enkel, ist eigentlich Ingenieur. Bedingt durch seinen Beruf, hat er viele Jahre im europäischen, amerikanischen und asiatischen Ausland gelebt und gearbeitet. Heute lebt er wieder in Deutschland und hat begonnen in seiner Freizeit Bücher zu schreiben. Geschichten hauptsächlich, in denen junge Leute die Hauptrollen spielen.

Geschwisterliebe
ISBN:978-9-4625-4348-5 (Taschenbuch)
Verlag: Meinbestseller.de, €17.99
ISBN: 978-3-7380-2968-0 (E-Book)
Verlag: neobooks €4.99

Die Geschwister Nicole und Kevin sind in einer verzweifelten Lage. Der Vater misshandelt und missbraucht sie, ebenso wie die Mutter, die danebensitzt und schweigt. Ohne Freunde, dafür umso mehr gemobbt, sind sie gänzlich auf sich selbst angewiesen.
Bis Stephan eines Tages Zeuge davon wird, dass Kevin wieder einmal von Jugendlichen bedrängt wird. Kevin muss ins Krankenhaus, und Nicole erzählt Stephan, wie es so weit gekommen ist. Nachdem ihm klar geworden ist, unter welch widrigen Umständen die Geschwister leben müssen, beschließt er, sie mit zu sich nach Hause zu nehmen und sich fortan um die beiden zu kümmern. Langsam gewinnt Stephan das Vertrauen der Kinder. Mithilfe seiner Freundin Patrizia sorgt er dafür, dass sie bei ihm auf Dauer wohnen, weiter die Schule besuchen und sogar die Prozesse durchstehen können, die nach Bekanntwerden des Kindermissbrauchs geführt werden müssen.
Obwohl es ihnen immer besser geht, lassen die Geschwister nicht voneinander. Sie kennen es nicht anders, und sie wollen es auch nicht anders. Sie vertrauen einander rückhaltlos, in jeder Beziehung.
Kann man dieses Verhältnis zweier Teenager-Geschwister zueinander eigentlich noch normal finden?

Sail away – Band 1: Der Skipper
ISBN: 978-9-4625-4314-0 (Taschenbuch)
Verlag: Meinbestseller.de, €18.99
ISBN: 978-3-7380-2882-9 (E-Book)
Verlag: neobooks €5.49

Eigentlich sollte sie das Flugzeug benutzen, aber um ihrer berühmten Mutter eins auszuwischen, bittet die 13-Jährige Internatsschülerin Franziska den 19-Jährigen Martin sie zu Ferienbeginn mit nach Hause zu nehmen. Eigentlich legt Martin auf eine solche Gesellschaft überhaupt keinen Wert, aber schließlich kann er dem Lächeln der niedlichen Dreizehnjährigen nicht widerstehen. Entgegen seiner Befürchtungen stellt sich während der Autofahrt heraus, dass Franziska ganz sympathisch ist. Darum sagt er auch nicht nein, als sie plötzlich am Liegeplatz des Segelbootes seines Onkels auftaucht und ihn bittet, sie mitzunehmen. Schon bald verlieben sie sich ineinander und planen eine gemeinsame Zukunft im Internat. Aber dann kommt alles anders als sie es sich ausgemalt haben. Dennoch wollen die beiden von ihrem Traum nicht lassen.

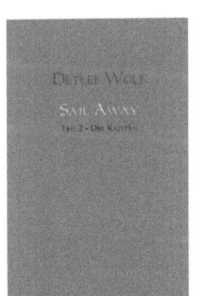

Sail Away – Band 2: Der Kapitän
ISBN: 978-9-4625-4315-7 (Taschenbuch)
Verlag: Meinbestseller.de, €17.49
ISBN: 978-3-7380-2876-8 (E-Book)
Verlag: neobooks, €4.99

Zehn Jahre sind vergangen, seit Martin vor dem Grab seiner geliebten Franziska stand. Inzwischen hat er sich zum Seemann ausbilden lassen und fährt als Erster Offizier auf einem Containerfrachter. Lange hat er getrauert um seine "Kleine Krabbe" und er vermisst sie immer noch.
Sooft er kann, besucht er ihr Grab auf dem Weg zu seinen Freunden Johannes und Jenny, die seit ihrer gemeinsamen Schulzeit noch immer ein Paar sind.
Franziskas Mutter hat ihre Tochter nahezu vergessen, aber der Hass auf Martin, dem sie die Schuld gibt an Franziskas Tod gibt und dem Ende ihrer beruflichen Karriere gibt, lebt weiter.
Immer noch ist sie schwerreich. Doktor Klein, dessen Mörder nie gefunden wurde, hat ihr sein gesamtes Vermögen hinterlassen, einschließlich des prachtvollen Hauses auf der Karibikinsel Saint Bartelemy, in dem sie nun zurückgezogen und einsam lebt wie eine Spinne im Netz und auf Rache an Martin sinnt.

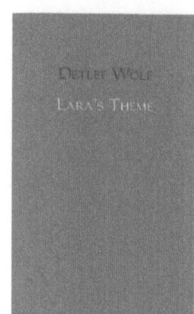

Lara's Theme
ISBN:978-9-4625-4348-5 (Taschenbuch)
Verlag: Meinbestseller.de, €17.99
ISBN: 978-3-7380-2968-0 (E-Book)
Verlag: neobooks €4.99

Ein Lastwagen mit Plutonium ist verschwunden. Mehr zufällig als absichtlich wird der russische Junge, Mikhail Dobrin, darin verwickelt, dessen Familie kurz vor ihrer Rückkehr nach Deutschland steht.

Mikhail wird vorausgeschickt und soll in Deutschland ein Internat besuchen, bis die Familie folgt. Doch dazu kommt es nicht mehr. Sie werden versehentlich Opfer beim Kampf um das gestohlene Plutonium. Mikhail bleibt in dem Internat, einsam und allein, denn niemand will mit ihm etwas zu tun haben, bis er schließlich auf Lara trifft.

Ohne Mikhails Wissen nimmt sich einer der Urheber dieses dreisten Diebstahls, der als reicher Deutsch-Russe in Deutschland lebt, seiner an. Doch dann wird auch der Junge in die Affäre um das gestohlene Plutonium verwickelt und deckt nach und nach die Umstände dieses Verbrechens auf. Dabei lässt er sich auf ein gefährliches Spiel ein.

Salto Fanale
ISBN: 978-9-4625-4745-2 (Taschenbuch)
Verlag: Meinbestseller.de, €14.99
ISBN: 978-3-7380-3084-6 (E-Book)
Verlag: neobooks, €3.99

Oswald Graf von Molzberg, Generaldirektor und Mehrheitseigner des traditionsreichen Bankhauses ‚Molzberg & Co' ist unermesslich reicht an Macht und Geld. Er ist bei niemandem beliebt und wird von allen gefürchtet.
Ebenso wie sein Sohn Adrian: selbstherrlich und arrogant ohne Ende. Mit keinem aus seiner Klasse will er etwas zu tun haben – schon gar nicht mit Tebea, einer unscheinbaren grauen Maus.
Dann geschieht das Ungeheuerliche. Oswald von Molzberg wird verhaftet wegen Veruntreuung und Steuerhinterziehung. Er verliert alles, privat und beruflich, ist in jeglicher Hinsicht ruiniert. Frau und Sohn müssen Hamburg verlassen und ziehen nach Bochum. Dort trifft Adrian wieder auf Tabea, deren Vater hier eine neue berufliche Aufgabe übernommen hat. Zunächst ahnt er nicht, dass seine alte und neue Klassenkameradin Tabea in seinem weiteren Leben eine bedeutende Rolle spielen wird.

Cruise #28
Anmerkungen zu einer Seereise von Sydney nach Singapore
ISBN: 978-9-4625-4322-5 (Taschenbuch)
Verlag: Meinbestseller, €13.99
ISBN: 978-9-4625-4336-2 (E-Book)
Kindl, 4,50€

Was ist das hier? So werden Sie fragen.
Der gefühlt eineinhalbmillionste Reisebericht und der hundertelftausendste über eine Kreuzfahrt. Mein Gott, wie ööödel!! ☹
Kann sein.
Aber für den Autor und seine liebe Ehefrau seit fünfunddreißig Jahren war's eine ganz besondere ganz besondere Reise. Deshalb fand Detlef Wolf es wert, dass sie aufgeschrieben wurde, um andere Leser daran teilhaben zu lassen. Denn wie er als Fazit schloss: „Sie war nämlich richtig toll! Und zwar nicht nur für uns beide!"
Die Leser werden dies beim Lesen schnell nachvollziehen können.

Cruise # 25
Anmerkungen zu einer Seereise von Chile nach Tahiti
ISBN: 978-9-4625-4110-8 (Taschenbuch)
Verlag: Meinbestseller, 11,99 €

Also schön, das hier ist jetzt noch so'n Reisebericht von Detlef Wolf. Muss das denn sein?
Nö, muss natürlich nicht, aber unerwarteterweise kam der Bericht, den der Autor über die Kreuzfahrt # 28 geschrieben hat, in seinem Verwandten- und Bekanntenkreis so gut an, dass er sich entschlossen hat, seine Aufzeichnungen von der Kreuzfahrt # 25 nochmals vorzukramen und in eine verdauliche, humorvolle und gleichsam informative Form zu bringen.
Wie das aussieht bzw. was dabei herausgekommen, ist im vorliegenden Journal zu sehen und zu lesen und macht zweifellos Appetit auf mehr/Meer. Ein wahrer Reiseprofi – sei es auf Kreuzfahrtschiffen, mit der Bahn oder per Flugzeug – meldet sich mal wieder auf seine unterhaltsame Weise zu Wort und bietet Wissenswertes zum Nachdenken und/oder Schmunzeln.